Weitere Bücher von Stephen King
im Wilhelm Heyne Verlag:

*Taschenbücher:*
*Brennen muß Salem* · Band 01/6478
*Im Morgengrauen* · Band 01/6553
*Der Gesang der Toten* · Band 01/6705
*Die Augen des Drachen* · Band 01/6824
*Dead Zone – Das Attentat* · Band 01/6953
*Friedhof der Kuscheltiere* · Band 01/7627
*Das Monstrum – Tommyknockers* · Band 01/7995
*Danse macabre –* Die Welt des
Horrors in Literatur und Film · Band 19/2

*Zusammen mit Peter Straub:*
*Der Talisman* · Band 01/7662

*Unter dem Pseudonym Richard Bachman:*
*Der Fluch* · Band 01/6601
*Menschenjagd* · Band 01/6687
*Sprengstoff* · Band 01/6762
*Todesmarsch* · Band 01/6848
*Amok* · Band 01/7695

*Im Jumbo-Format:*
*»es«* · Band 41/1
*Sie* · Band 41/2
*Schwarz* · Band 41/11
*Drei* · Band 41/14

*Über Stephen King:*
*Das Stephen-King-Buch* · Band 01/7877

STEPHEN KING

# DER FORNIT

*Unheimliche Geschichten*

Deutsche Erstausgabe

**WILHELM HEYNE VERLAG**
MÜNCHEN

HEYNE ALLGEMEINE REIHE
Nr. 01/6888

Titel der amerikanischen Originalausgabe
SKELETON CREW

Dritter Teil der Ausgabe der Kurzgeschichten
Der erste Teil erschien mit dem Titel
»Im Morgengrauen« (01/6553)
Der zweite Teil erschien mit dem Titel
»Der Gesang der Toten« (01/6705)

24. Auflage

Copyright © by Stephen King
Copyright © der deutschen Übersetzung 1986
by Wilhelm Heyne Verlag GmbH & Co. KG, München
Printed in Germany 1997
Umschlaggestaltung: Atelier Ingrid Schütz, München
Satz: werksatz gmbh, Wolfersdorf
Druck und Bindung: Ebner Ulm

ISBN 3-453-00312-8

# Inhalt

Der Affe .................... 7
Paranoid: Ein Gesang ........... 63
Der Textcomputer der Götter ........ 67
Für Owen.................... 95
Überlebenstyp ................. 97
Der Milchmann schlägt wieder zu ..... 126
Der Fornit ................... 147
Der Dünenplanet ............... 225
Anhang ..................... 252

# Der Affe

Als Hal Shelburn ihn sah – als sein Sohn Dennis ihn aus einem schimmeligen Karton herauszog, der weit hinten unter einer Dachtraufe gestanden hatte –, überfiel ihn solche Angst, solches Entsetzen, daß er um ein Haar laut aufgeschrien hätte. Er hielt sich rasch mit einer Hand den Mund zu, um diesen Schrei zu unterdrücken... und es gelang – er hustete nur in seine Hand hinein. Weder Terry noch Dennis hatten etwas bemerkt, nur Petey drehte sich kurz um und warf ihm einen neugierigen Blick zu.

»Mann, der ist ja super!« rief Dennis beeindruckt. Diesen fast ehrerbietigen Ton war Hal von dem Jungen gar nicht mehr gewöhnt. Dennis war zwölf.

»Was ist das?« fragte Peter. Er schaute noch einmal zu seinem Vater hinüber, bevor er seine Aufmerksamkeit dem Ding zuwandte, das sein großer Bruder gefunden hatte. »Was ist das Daddy?«

»Ein Affe, du Blödhammel«, sagte Dennis. »Hast du noch nie einen Affen gesehen?«

»Du sollst deinen Bruder nicht Blödhammel nennen«, mahnte Terry automatisch und begann, in einer Schachtel voller Vorhänge zu stöbern. Sie waren voller Stockflecken und schimmelig, und sie ließ sie rasch wieder fallen. »Pfui Teufel!«

»Kann ich ihn haben, Daddy?« fragte Petey. Er war neun Jahre alt.

»Was soll denn das heißen?« schrie Dennis. »*Ich* habe ihn gefunden.«

»Jungs, bitte«, rief Terry. »Ich bekomme ja Kopfweh!«

Hal hörte ihre Stimmen kaum. Der Affe schimmerte in den Händen seines älteren Sohnes, grinste ihn mit seinem alten wohlvertrauten Grinsen an. Mit demselben Grinsen, das ihm als Kind Alpträume verursacht hatte, das ihn verfolgt hatte, bis er...

Draußen erhob sich eine kalte Windbö, und fleischlose Lippen pfiffen durch die alte, rostige Dachtraufe. Petey rückte näher an seinen Vater heran, den Blick unbehaglich auf das roh gezimmerte Dach mit den hervorstehenden Nägeln gerichtet.

»Was war das, Daddy?« fragte er, als das Pfeifen zu einem kehligen Summen erstarb.

»Nur der Wind«, sagte Hal. Er starrte immer noch den Affen an, dessen Zimbeln – im schwachen Licht der einzigen nackten Glühbirne eher wie Halbmonde als wie Kreise aussehend – bewegungslos etwa einen Fuß voneinander entfernt waren, und er fügte ganz automatisch hinzu: »Wind kann pfeifen, aber eine Melodie bringt er nicht zustande.« Dann fiel ihm ein, daß das ein beliebter Ausspruch von Onkel Will gewesen war, und er bekam eine Gänsehaut.

Das Sausen setzte wieder ein. Der Wind kam in langen Stößen vom Crystal Lake her und pfiff in der Dachtraufe. Durch zahlreiche Ritzen und Spalte blies kalte Oktoberluft in Hals Gesicht – mein Gott, dieser Ort hatte so frapierende Ähnlichkeit mit der Rumpelkammer des Hauses in Hartford, daß er das Gefühl hatte, sie alle seien um dreißig Jahre zurückversetzt worden.

*Ich will nicht daran denken.*

Aber natürlich *konnte* er jetzt an gar nichts anderes mehr denken.

*Die Rumpelkammer, wo ich diesen verfluchten Affen in derselben Schachtel gefunden habe.*

Terry hatte sich ein Stückchen entfernt und kramte in einer Holzkiste, die mit allerlei Ramsch gefüllt war.

»Ich mag ihn nicht«, sagte Petey und griff nach Hals Hand. »Dennis kann ihn haben, wenn er will. Können wir gehen, Daddy?«

»Du hast wohl Angst vor Gespenstern, Hasenfuß?« spottete Dennis.

»Dennis, hör auf!« sagte Terry zerstreut. Sie hielt eine hauchdünne Tasse mit chinesischem Muster in der Hand. »Die ist hübsch. Wirklich sehr...«

Hal sah, daß Dennis den Aufziehschlüssel auf dem Rücken des Affen entdeckt hatte. Düsteres Entsetzen packte ihn.

»Laß das!«

Es kam schärfer heraus als beabsichtigt, und noch bevor er richtig wußte, was er tat, hatte er Dennis den Affen aus der Hand gerissen. Der Junge starrte ihn bestürzt an. Terry warf ihm über die Schulter hinweg einen Blick zu, und Petey schaute hoch. Einen Augenblick lang schwiegen alle, und der Wind pfiff wieder, diesmal sehr tief – es hörte sich an wie eine unangenehme Einladung.

»Ich meine – vermutlich ist er kaputt«, sagte Hal.

*Er pflegte kaputt zu sein... außer wenn er es nicht sein wollte.*

»Deshalb brauchtest du ihn mir noch lange nicht aus der Hand zu reißen!« maulte Dennis.

»Dennis, halt' den Mund!«

Dennis blinzelte und fühlte sich einen Moment lang etwas unbehaglich. Hal hatte ihm gegenüber seit langem nicht mehr einen so scharfen Ton angeschlagen. Nicht, seit er vor zwei Jahren seinen Job bei National Aerodyne in Kalifornien verloren hatte und sie nach Texas umgezogen waren. Dennis beschloß, ihn nicht weiter zu provozieren... wenigstens nicht im Augenblick. Er wandte sich wieder dem Ralston-Purina-Karton zu und wühlte darin herum, aber der übrige Inhalt war völlig uninteressant. Kaputte Spielsachen mit heraushängenden Federn und Sägespänen, die einst Füllungen gewesen waren. Der Wind war jetzt lauter. Das Pfeifen hatte sich in ein Brausen verwandelt. Der Dachboden begann leise zu knarren, als ob jemand darüber schritte.

»Daddy, bitte!« bat Petey so leise, daß nur sein Vater es hören konnte.

»Ja«, sagte Hal. »Terry, komm, gehen wir.«

»Ich bin mit dieser Kiste noch nicht...«

»Ich sagte, *gehen* wir!«

Nun sah auch sie bestürzt aus.

Sie hatten zwei nebeneinanderliegende Zimmer in einem Motel belegt. Gegen zehn Uhr abends schliefen die Jungen in ihrem Zimmer, und Terry schlief im Zimmer der Erwachsenen. Sie hatte auf der Rückfahrt von Casco zwei Valium genommen. Um ihre Nerven zu beruhigen und keine Migräne zu bekommen. In letzter Zeit schluckte sie eine Menge Valium. Sie hatte damit angefangen, als Hal bei National Aerodyne entlassen worden war. Seit zwei Jahren arbeitete er nun für Texas Instruments — er verdiente 4.000 Dollar weniger im Jahr, aber er hatte wenigstens Arbeit. Er erklärte Terry, daß sie Glück hätten. Sie stimmte ihm zu. Es gäbe eine Menge arbeitsloser EDV-Programmierer, sagte er. Sie stimmte ihm zu. Die Firmenwohnung in Arnette sei genauso gut wie die Wohnung in Fresno, sagte er. Sie stimmte ihm zu, aber er hatte das Gefühl, daß ihre Zustimmung von A bis Z nur gespielt war.

Gleichzeitig entglitt ihm Dennis. Er spürte, wie der Junge sich mit frühreifer Geschwindigkeit von ihm entfernte, leb wohl, Dennis, auf Wiedersehen, Fremder, es war nett, im selben Zug mit dir zu fahren. Terry sagte, sie glaube, daß der Junge Marihuana rauche. Sie rieche es manchmal. Du mußt mit ihm reden, Hal. Und er stimmte ihr ebenfalls zu, aber bisher hatte er dieses Gespräch immer wieder aufgeschoben.

Die Jungen schliefen. Terry schlief. Hal ging ins Bad, schloß die Tür ab, setzte sich auf den Klodeckel und betrachtete den Affen.

Er haßte die Art und Weise, wie der Affe sich anfühlte, diesen weichen, flaumigen braunen Pelz, der stellenweise kahl war. Er haßte dieses Grinsen – *dieser Affe grinst genauso wie ein Nigger*, hatte Onkel Will einmal gesagt, aber er grinste nicht wie ein Nigger, er grinste überhaupt nicht wie irgendein menschliches Wesen. Sein Grinsen war ein einziges Zähneblecken, und wenn man ihn aufzog, bewegten sich die Lippen, die Zähne schienen noch größer zu werden, sich in Vampirzähne zu verwandeln, die Lippen zuckten, und die Zimbeln schlugen gegeneinander, dummer Affe, dummer aufziehbarer Affe, dummer, dummer...

Er ließ ihn fallen. Seine Hände zitterten, und er ließ ihn fallen.

Der Schlüssel klirrte, als der Affe auf den Badezimmerfliesen aufschlug. In der Stille wirkte das Geräusch sehr laut. Er grinste Hal mit seinen dunklen Bernsteinaugen an, mit seinen idiotisch glänzenden Puppenaugen, und seine Zimbeln ragten in die Luft, als wollte er einen Marsch in einer höllischen Kapelle spielen. Auf der Unterseite war eingeprägt: MADE IN HONGKONG.

»Du kannst nicht hier sein«, flüsterte Hal. »Ich habe dich in den Brunnen geworfen, als ich neun Jahre alt war.«

Der Affe grinste zu ihm empor.

Draußen in der finsteren Nacht rüttelte der Wind am Motel.

Hals Bruder Bill und Bills Frau Collette trafen sich am nächsten Tag mit ihnen in Onkel Wills und Tante Idas Haus. »Ist dir je der Gedanke gekommen, daß ein Todesfall ein lausiger Anlaß ist, die Familienbande zu erneuern?« fragte Bill ihn mit einem leichten Grinsen. Er war nach Onkel Will genannt worden. Will und Bill, die Champions des Rodeos, hatte Onkel Will immer gesagt und Bill liebevoll das Haar zerzaust. Es war einer seiner Lieblingsaussprüche gewesen... ebenso wie jenes »Wind kann pfeifen, aber eine Melodie bringt er nicht zustande«. Onkel Will war vor sechs Jahren gestorben, und Tante Ida hatte hier allein weitergelebt, bis auch sie vergangene Woche an Herzschlag gestorben war. Ganz plötzlich, hatte Bill gesagt, als er Hal per Ferngespräch benachrichtigt hatte. Als ob er das wissen konnte! Als ob überhaupt jemand das wissen konnte! Sie war allein gestorben.

»Jaa«, sagte Hal. »Diese Idee ist mir auch schon durch den Kopf gegangen.«

Sie blickten beide auf das Haus, in dem sie aufgewachsen waren, das einst ihr Zuhause gewesen war. Ihr Vater, ein Seemann bei der Handelsmarine, war einfach verschwunden wie vom Erdboden verschluckt, als sie noch klein waren; Bill behauptete, sich verschwommen an ihn zu erinnern, aber Hal konnte sich überhaupt nicht an ihn erinnern. Ihre Mutter war gestorben, als Bill zehn und Hal acht gewesen war. Tante Ida hatte sie mit einem Greyhound-Bus von Hartford hierhergebracht, und hier waren sie groß geworden, von hier aus waren sie aufs College gegangen. Nach diesem Ort hatten sie Heimweh gehabt. Bill war in Maine geblieben und hatte jetzt eine florierende Anwaltspraxis in Portland.

Hal sah, daß Petey auf das dichte Brombeergestrüpp östlich des Hauses zuschlenderte. »Bleib von dort weg, Petey«, rief er.

Petey drehte sich um und warf ihm einen fragenden Blick zu. Hal spürte, wie sehr er den Jungen liebte... und plötzlich mußte er wieder an den Affen denken.

»Warum, Daddy?«

»Irgendwo dort hinten ist der alte Brunnen«, erklärte ihm Bill. »Aber ich weiß ums Verrecken nicht mehr, so genau. Dein Vater hat recht, Petey — am besten bleibst du weg von da. Die Dornen könnten dich sonst übel zurichten, Stimmt's, Hal?«

»Stimmt«, sagte Hal auotmatisch. Petey entfernte sich von dem Gestrüpp, ohne einen Blick zurückzuwerfen, und rannte die Uferböschung hinab, auf den schmalen Kiesstrand zu, wo Dennis Steinchen über das Wasser hüpfen ließ. Hal wurde es etwas leichter ums Herz.

Bill mochte vergessen haben, wo der alte Brunnen war, aber Hal bahnte sich am Spätnachmittag mit untrüglicher Sicherheit einen Weg dorthin, durch die Brombeersträucher, die an seinem alten Flanelljackett rissen und Jagd auf seine Augen zu machen schienen. Schwer atmend stand er dann vor dem Brunnen und betrachtete die verzogenen, halbverfaulten Bretter, die ihn bedeckten. Nach kurzem Zögern kniete er nieder und schob zwei der Bretter beiseite.

Vom Grunde dieses nassen, steinummauerten Halses starrte das Gesicht eines Ertrinkenden zu ihm empor, mit weit aufgerissenen Augen und zur Grimasse verzerrtem Mund. Ein Stöhnen entrang sich seiner Brust. Es war nicht laut. Nur in seinem Herzen war es sehr laut gewesen.

Es war sein eigenes Gesicht im dunklen Wasser.

*Nicht* das Gesicht des Affen. Einen Moment lang hatte er geglaubt, es wäre das Gesicht des Affen.

Er zitterte. Zitterte am ganzen Leibe.

*Ich habe ihn in den Brunnen geworfen. Ich habe ihn in den Brunnen geworfen, bitte, lieber Gott, laß mich nicht verrückt sein, ich habe ihn in den Brunnen hinabgeworfen.*

Der Brunnen war in jenem Sommer ausgetrocknet, als Johnny McCabe starb, ein Jahr, nachdem Bill und Hal zu

Onkel Will und Tante Ida gekommen waren. Onkel Will hatte einen Kredit bei der Bank aufgenommen, um einen artesischen Brunnen bohren zu lassen, und die Brombeersträucher waren um den alten gegrabenen Brunnen – den ausgetrockneten Brunnen – herum wild emporgewuchert.

Aber jetzt war das Wasser wieder da. Ebenso wie der Affe.

Diesmal ließ sich die Erinnerung nicht verdrängen. Hal saß hilflos da, überließ sich ihr und versuchte, sie irgendwie zu bewältigen, sich von ihr tragen zu lassen wie ein Surfer von einer riesigen Welle, die ihn zerschmettern würde, wenn er von seinem Brett fiele. Er versuchte einfach, die Sache irgendwie durchzustehen, um sie dann ein für allemal aus seinen Gedanken verbannen zu können.

Er war im Spätsommer jenes Jahres mit dem Affen hierher gekrochen, und die Brombeeren hatten einen sehr starken, fast schon übelkeiterregenden Duft verbreitet. Niemand kam hierher, um sie zu pflücken; nur am Rande des Dickichts blieb Tante Ida manchmal stehen und sammelte einige davon in ihre Schürze. Hier drinnen waren die Beeren aber schon überreif, manche faulten sogar und schwitzten eine dicke weiße Flüssigkeit aus wie Eiter, und die Grillen zirpten wie wahnsinnig im hohen Gras ihr nimmer enden wollendes Lied.

Die Dornen rissen an ihm, kratzten ihm die Wangen und die nackten Arme blutig. Er bemühte sich nicht, ihnen auszuweichen. Er war in blinder Panik – in derart blinder Panik, daß er um ein Haar über die verfaulten Bretter gestolpert wäre, die den Brunnen bedeckten, was nur zu leicht dazu hätte führen können, daß er dreißig Fuß tief hinabgestürzt wäre, bis auf den schlammigen Grund des Brunnens. Er ruderte mit den Armen wild um sich, um das Gleichgewicht zurückzuerlangen, und zerkratzte sich dabei die Arme noch stärker an den Dornen. Diese Erinnerung war es gewesen, die ihn dazu veranlaßt hatte, Petey in scharfer Form zurückzurufen.

Das war der Tag, an dem Johnny McCabe starb – sein bester Freund. Johnny war die Leiter zu seinem Baumhaus im Hinterhof seines Elternhauses hinaufgeklettert. Sie hatten sich in jenem Sommer oft stundenlang zu zweit dort aufgehalten und Seeräuber gespielt, auf dem See imaginäre Galeeren erspäht, die Kanonen abgeprotzt, sich zum Entern fertiggemacht. An jenem Tag war Johnny – wie schon tausendmal vorher – zu seinem Baumhaus hinaufgeklettert, und die Sprosse direkt unterhalb der Falltür im Boden des Baumhauses war zerbrochen, als er sich gerade daran festhielt, und Johnny war dreißig Fuß in die Tiefe gestürzt und hatte sich den Hals gebrochen, und schuld daran war der Affe, der verdammte gehässige Affe. Als das Telefon klingelte, als ein entsetztes »Oh« aus Tante Idas Mund kam, nachdem ihre Freundin Milly – die ein paar Häuser entfernt wohnte – ihr die Neuigkeit berichtet hatte, als Tante Ida zu ihm sagte: »Komm mit auf die Veranda Hal, ich habe eine schlimme Nachricht für dich...«, hatte er voll tödlichen Entsetzens gedacht: *Der Affe! Was hat der Affe jetzt wieder getan?*

An jenem Tag, als er den Affen in den Brunnen warf, spiegelte sich sein Gesicht nicht auf dem Grund; nur Kieselsteine waren zu sehen, und es stank nach nassem Schlamm. Er betrachtete den Affen, der auf dem zähen Gras zwischen den Brombeersträuchern lag, die Zimbeln in den Händen, mit seinen riesigen grinsenden Zähnen zwischen den gebleckten Lippen, mit seinem Pelz, der stellenweise ganz abgewetzt und schäbig geworden war, mit seinen glänzenden Glasaugen.

»Ich hasse dich!« zischte er ihm zu. Er packte den verhaßten Körper mit einer Hand und spürte, wie der flaumige Pelz sich in Falten legte. Er hielt ihn sich vors Gesicht, und der Affe grinste ihn an. »Los, mach doch weiter!« forderte er ihn heraus und brach zum erstenmal an jenem Tag in Tränen aus. Er schüttelte das Spielzeug. Die Zimbeln zitterten leicht. Der Affe verdarb alles Schöne. Alles zerstörte er. Alles. »Na los, mach weiter, schlag schon deine Zimbeln gegeneinander! Los, schlag sie gegeneinander!«

Der Affe grinste nur.

»Los, nun mach doch schon, schlag sie gegeneinander!« kreischte er hysterisch. »*Los, du häßliche Mißgeburt, nun mach schon! Ich fordere dich heraus! Hörst du, ich fordere dich heraus! Doppelt und dreifach!*«

Seine bräunlich-gelben Augen! Seine riesigen strahlenden Zähne!

Er warf ihn in den Brunnen, halb wahnsinnig vor Angst und Kummer. Er sah, wie der Affe sich im Fallen einmal überschlug, wie ein Zirkustier, das ein Kunststück vorführt, wie die Zimbeln ein letztes Mal im Sonnenlicht funkelten. Er schlug dröhnend auf dem Boden des Brunnens auf, und das mußte den Aufzugsmechanismus in Gang gesetzt haben, denn plötzlich begannen die Zimbeln *tatsächlich* gegeneinander zu schlagen. Ihr stetiges, langsames blechernes Klirren drang an seine Ohren, hallte im Steinhals des toten Brunnens gespenstisch und unheilvoll wider: *Tsching-tsching-tsching-tsching...*

Hal preßte seine Hände auf den Mund, und einen Moment lang konnte er ihn dort unten sehen, vielleicht nur in seiner Fantasie — er lag dort im Schmutz, seine Augen starrten empor zu dem kleinen Jungengesicht, das über den Brunnenrand spähte (als wollte er sich dieses Gesicht für immer einprägen), die Lippen um jene grinsenden Zähne bewegten sich rhythmisch auf und ab, die

Zimbeln schlugen gegeneinander — ein merkwürdiger Aufziehaffe.

*Tsching-tsching-tsching-tsching, wer ist tot? Tsching-tsching-tsching-tsching, ist es Johnny McCabe, der mit weit aufgerissenen Augen in die Tiefe stürzt, der einen Purzelbaum schlägt wie ein Akrobat, während er durch die klare Sommerferienluft fliegt, die zerborstene Sprosse immer noch in der Hand, der mit lautem Dröhnen auf dem Boden aufprallt, aus dessen Nase, Mund und weit aufgesperrten Augen Blut hervorquillt? Ist es Johnny, Hal? Oder bist du's?*

Stöhnend schob Hal die Bretter über die Brunnenöffnung; es war ihm völlig gleichgültig, daß er Holzsplitter in seine Hände bekam, ja er bemerkte das erst später. Und immer noch konnte er den Affen hören, sogar durch die Bretter hindurch, jetzt zwar gedämpft, aber irgendwie um so schlimmer: Er lag dort unten in der steinummauerten Dunkelheit, schlug seine Zimbeln und zuckte mit seinem ganzen abstoßenden Körper, und die Geräusche drangen zu ihm herauf wie Geräusche, die man im Traum hört.

*Tsching-tsching-tsching-tsching, wer ist diesmal tot?*

Hal bahnte sich entsetzt einen Weg durch das Brombeergestrüpp. Die Dornen rissen ihm neue blutige Kratzer ins Gesicht, Kletten verfingen sich in den Aufschlägen seiner Jeans, und einmal fiel er der vollen Länge nach hin, und in seinen Ohren dröhnte immer noch jenes Klirren, so als würde der Affe ihn verfolgen. Onkel Will fand ihn später; er saß auf einem alten Reifen in der Garage und schluchzte, und der Onkel dachte, daß Hal um seinen toten Freund weinte. Das stimmte auch; aber ebenso weinte er auch im nachhinein vor panischer Angst.

Er hatte den Affen am Nachmittag in den Brunnen geworfen. An jenem Abend, als die Dämmerung durch einen schimmernden Mantel von Bodennebel hindurch einfiel, überfuhr ein Auto, das bei der schlechten Sicht eine zu hohe Geschwindigkeit hatte, Tante Idas Manx-Katze auf der Straße und fuhr einfach weiter. Überall hätten Gedärme herumgelegen, berichtete Bill, aber Hal wandte nur das Gesicht ab, sein bleiches, starres Gesicht, und Tante Idas Schluchzen (der Verlust ihrer Katze, und das auch noch kurz nach der schlimmen Nachricht vom Tod des McCabe-Jungen, hatte bei ihr einen fast hysterischen Weinkrampf ausgelöst, und erst nach zwei Stunden gelang es Onkel Will, sie völlig zu beruhigen) drang wie aus weiter Ferne an seine Ohren. Sein Herz war erfüllt von einer kalten frohlockenden Freude. Es hatte nicht ihn getroffen. Tante Idas Manx-Katze hatte daran glauben müssen, nicht er, nicht sein Bruder Bill, nicht sein Onkel Will. Und jetzt war der Affe fort, er lag im Brunnen, und eine dreckige Manx-Katze mit Milben in den Ohren war kein zu hoher Preis. Wenn der Affe jetzt seine höllischen Zimbeln schlagen wollte, sollte er das ruhig tun. Er konnte sie für die Käfer und anderen Kriechtiere klirrend erschallen lassen, für jene dunklen Geschöpfe, die im Steinschlund des Brunnens hausten. Er würde dort unten vermodern. Seine ekelhaften Zahnräder und Federn würden dort unten verrosten. Er würde dort unten völlig zugrunde gehen. Im Schlamm und in der Finsternis. Spinnen würden ihm ein Leichentuch wirken.

Aber... er war zurückgekommen.

Langsam deckte Hal den Brunnen wieder ab, wie er es an jenem längst vergangenen Tag getan hatte, und in seinen Ohren dröhnte das Phantom-Echo der Zimbeln: *Tsching-tsching-tsching-tsching, wer ist tot, Hal? Ist es Terry? Dennis? Ist es Petey, Hal? Er ist doch dein Liebling, stimmt's? Ist er es, der tot ist? Tsching-tsching-tsching...*

»*Leg das hin!*«

Petey zuckte zusammen und ließ den Affen fallen, und

einen schrecklichen Moment lang glaubte Hal, daß es jetzt passiert sei, daß der Aufprall den Mechanismus in Gang setzen, daß die Zimbeln klirrend gegeneinanderschlagen würden.

»Daddy, du hast mich erschreckt.«

»Tut mir leid. Ich... ich möchte einfach nicht, daß du damit spielst.«

Seine Familie war ins Kino gegangen, und er hatte gedacht, daß er vor ihnen wieder im Motel sein würde. Aber er hatte sich länger als vermutet im Garten seines ehemaligen Zuhauses aufgehalten; die alten verhaßten Erinnerungen schienen ihrem eigenen ewigen Zeitablauf zu folgen.

Terry saß neben Dennis und schaute sich ›The Beverly Hillbillies‹ an. Sie starrte mit jener leicht verwirrten, angestrengten Konzentration auf das alte körnige Bild, die verriet, daß sie vor kurzem Valium geschluckt hatte. Dennis las in einer Rock-Zeitschrift mit Culture Club auf dem Titelbild. Petey hatte im Schneidersitz auf dem Teppich gesessen und mit dem Affen gespielt.

»Er ist sowieso kaputt«, sagte Petey. *Deshalb hat Dennis ihm den Affen auch überlassen*, dachte Hal und schämte und ärgerte sich sofort über sich selbst. Immer häufiger überkam ihn in letzter Zeit diese unbändige Feindseligkeit gegenüber Dennis, aber hinterher kam er sich immer erniedrigt und schäbig vor... und sehr hilflos.

»Ja«, sagte er. »Er ist alt. Ich werde ihn wegwerfen. Gib ihn mir.«

Er streckte seine Hand aus, und Petey reichte ihm betrübt das Spielzeug.

Dennis sagte zu seiner Mutter: »Pa wird wirklich immer verrückter.«

Hal hatte das Zimmer mit einem Satz durchquert, noch bevor er sich dessen richtig bewußt war, den scheinbar beifällig grinsenden Affen in einer Hand. Er zerrte Dennis am Hemd von seinem Stuhl hoch. Eine Naht des Hemdes zerriß. Dennis sah fast komisch erschrocken aus. ›RockWave‹ fiel auf den Boden.

»He!«

»Du kommst jetzt mit!« sagte Hal grimmig und zerrte seinen Sohn zur Tür des Nebenzimmers.

»Hal!« schrie Terry. Peteys Augen waren weit aufgerissen.

Hal schob Dennis ins Nebenzimmer. Er schlug die Tür hinter sich zu, und dann stieß er Dennis gegen diese Tür. Der Junge sah allmählich verunsichert aus. »Du hast eine zu große Schnauze in deinem blöden Kürbis!« sagte Hal.

»Laß mich *los*! Du hast mein Hemd zerrissen, du...«

Hal stieß den Jungen wieder gegen die Tür. »Ja«, sagte er. »Du spuckst wirklich zu große Töne. Hast du das in der Schule gelernt? Oder im Raucherzimmer?«

Dennis errötete, und sein Gesicht verzerrte sich schuldbewußt. »Ich wäre nicht in dieser Scheißschule, wenn man dich nicht gefeuert hätte!« platzte er heraus.

Hal stieß ihn wieder gegen die Tür. »Ich bin nicht gefeuert worden! Man hat mich entlassen, das weißt du genau, und ich hab's nicht nötig, mir deine Scheißkommentare darüber anhören zu müssen. Du hast Probleme? Willkommen in der Welt, Dennis! Nur mach' bitte nicht mich für alles verantwortlich. Du hast genug zu essen. Du brauchst nicht mit nacktem Arsch rumzulaufen. Du bist elf Jahre alt, und von einem Elfjährigen brauche... ich... nun... wirklich... keine... Scheißkommentare.« Er unterstrich jedes Wort, indem er den Jungen nach vorne zog, bis ihre Nasen sich fast berührten, und ihn dann nach hinten gegen die Tür stieß; es tat nicht richtig weh, aber Dennis bekam es trotzdem mit der Angst zu tun – sein Vater hatte ihn seit ihrem Umzug nach Texas nicht mehr verprügelt – und brach in Tränen aus, schluchzte laut und schniefend wie ein kleines Kind.

»Los, schlag mich doch!« schrie er mit verzerrtem, tränenüberströmten Gesicht. »Schlag mich doch, wenn du willst, ich weiß sowieso, daß du mich haßt!«

»Ich hasse dich nicht, Dennis, ich liebe dich sehr. Aber ich bin dein Vater, und du hast mich gefälligst zu respektieren, sonst muß ich dir diesen Respekt leider einbleuen.«

Dennis versuchte, sich aus dem Griff seines Vaters zu befreien. Hal zog ihn an sich und umarmte ihn; Dennis wehrte sich kurz, dann lehnte er seinen Kopf an Hals Brust und weinte erschöpft. Es war ein Weinen, wie Hal es seit Jahren nicht mehr von seinen Kindern gehört hatte. Er schloß die Augen und stellte fest, daß er selbst ebenfalls völlig ausgelaugt war.

Terry begann, von der anderen Seite gegen die Tür zu hämmern. »Hör auf, Hal! Was immer du mit ihm machst – hör auf damit!«

»Ich bring' ihn nicht um«, rief Hal. »Geh weg, Terry.«

»Du darfst ihm nichts...«

»Alles in Ordnung, Mom«, sagte Dennis, an Hals Brust geschmiegt.

Einen Moment lang stand sie noch völlig perplex an der Tür, dann entfernte sie sich. Hal schaute seinen Sohn an.

»Es tut mir leid, daß ich frech zu dir war, Dad«, brachte Dennis mühsam hervor.

»Okay. Ich nehme deine Entschuldigung dankend an. Und wenn wir nächste Woche heimkommen, werde ich zwei oder drei Tage warten und dann sämtliche Schubladen in deinem Zimmer durchsuchen, Dennis. Falls also etwas drin ist, was ich nicht sehen soll, solltest du's lieber vorher verschwinden lassen.«

Wieder jenes schuldbewußte Erröten. Dennis senkte die Augen und wischte sich mit dem Handrücken etwas Rotze ab.

»Kann ich jetzt gehen?« Er klang schon wieder etwas trotzig.

»Natürlich«, sagte Hal und ließ ihn gehen. *Ich muß im Frühling mal mit ihm zelten, nur wir beide. Mit ihm angeln, so wie Onkel Will es mit Bill und mir getan hat. Ich muß irgendwie an ihn herankommen. Es wenigstens versuchen.*

Er setzte sich auf das Bett im leeren Zimmer und betrachtete den Affen. *Du wirst nie wieder an ihn herankommen, Hal,* schien sein Grinsen zu besagen. *Verlaß dich drauf. Ich bin jetzt wieder da, um mich der Dinge anzunehmen, und du hast immer gewußt, daß das eines Tages der Fall sein würde.*

Hal legte den Affen beiseite und verdeckte mit einer Hand seine Augen.

Als Hal sich an jenem Abend die Zähne putzte, dachte er: *Er war in derselben Schachtel. Wie konnte er nur in derselben Schachtel sein?*

Die Zahnbürste rutschte aus und verletzte sein Zahnfleisch. Er zuckte zusammen.

Er war vier und Bill sechs Jahre alt gewesen, als er den Affen zum erstenmal gesehen hatte. Ihr Vater hatte ein Haus in Hartford gekauft, bevor er starb oder durch irgendein Loch ins Erdinnere fiel oder was ihm auch immer zugestoßen sein mochte. Ihre Mutter arbeitete als Sekretärin bei Holmes Aircraft, der Hubschrauberfabrik draußen in Westville, und eine ganze Reihe von Babysittern paßte auf die Jungen auf; zur besagten Zeit brauchten die Babysitter sich tagsüber allerdings nur noch um Hal zu kümmern — Bill ging schon zur Schule, in die erste Klasse. Keiner der Babysitter blieb lange. Sie wurden schwanger und heirateten oder bekamen Jobs bei Holmes, oder aber Mrs. Shelburn stellte fest, daß sie an ihrem Sherry zum Kochen oder an ihrer Flasche Brandy gewesen waren, die für besondere Anlässe im Schrank aufbewahrt wurde. Meistens waren es dumme Mädchen, die offensichtlich nur essen und schlafen wollten. Keines von ihnen hatte Lust, Hal etwas vorzulesen, so wie seine Mutter das früher getan hatte.

Der Babysitter in jenem langen Winter war ein großes, schlankes schwarzes Mädchen namens Beulah. Sie hätschelte Hal, wenn seine Mutter zuhause war, und in deren Abwesenheit zwickte und knuffte sie ihn manchmal. Trotzdem hatte Hal Beulah recht gern, denn ab und zu las sie ihm irgendeine grausige Geschichte aus ihren Lieblingszeitschriften mit wahren Kriminalfällen oder Lebensbeichten vor (»Der Tod raffte wollüstigen Rotschopf dahin«, deklamierte sie beispielsweise düster in der einschläfernden Stille des Wohnzimmers und schob sich einen Bonbon in den Mund, während Hal seine Milch trank und dabei hingebungsvoll die körnigen Bilder betrachtete). Daß er sie gern gehabt hatte, machte alles nur noch schlimmer.

Er fand den Affen an einem kalten, wolkenverhangenen Tag im März. Graupelregen trommelte leise gegen die Fenster, und Beulah schlief auf der Couch, ein aufgeschlagenes Exemplar von ›Meine Geschichte‹ auf dem herrlich üppigen Busen.

Hal kroch in die Rumpelkammer, um sich die Sachen seines Vaters anzusehen.

Die Rumpelkammer zog sich über die ganze linke Längsseite im ersten Stock – zusätzliche Wohnfläche, die nie ausgebaut worden war. Man konnte nur durch eine kleine Tür – so eine Art Kaninchenloch-Tür – auf Bills Seite des Jungenschlafzimmers hineingelangen. Sie hielten sich beide gern dort auf, obwohl es in der Rumpelkammer im Winter eiskalt und im Sommer so heiß war, daß man schweißgebadet herauskam. Sie war lang und schmal und irgendwie gemütlich, und sie enthielt eine Unmenge faszinierender Dinge. Soviel man sich dort auch umschauen mochte, man schien sie nicht erschöpfen zu können. Er und Bill hatten schon ganze Samstagnachmittage hier oben verbracht; ohne viel miteinander zu reden, hatten sie alle möglichen Sachen aus den Kartons geholt, von allen Seiten betrachtet und betastet, bis jede Einzelheit ihnen wohlvertraut war, und dann wieder zurückgelegt. Jetzt überlegte Hal, ob er und Bill damals vielleicht auf diese Weise ihr möglichstes getan hatten, um zu ihrem verschwundenen Vater irgendwie Kontakt aufzunehmen.

Er war bei der Handelsmarine gewesen, hatte ein Steuermannspatent gehabt, und in der Rumpelkammer lagen ganze Stöße von Karten, manche mit ordentlichen Kreisen markiert (in der Mitte jeden Kreises war deutlich der Einstichpunkt des Zirkels zu sehen). Es gab 20 Bände von ›Barrons's Guide to Navigation‹. Mehrere gekrümmte Ferngläser, durch die man nicht allzu lange schauen konnte, weil es einem sonst vor den Augen flimmerte und sie zu brennen anfingen. Es gab auch Souvenirs aus allen möglichen Häfen – Hulahula-Puppen aus Gummi, einen schwarzen Pappbowler mit einem zerrissenen Band, auf dem YOU PICK A GIRL AND I'LL PICCADILLY stand, eine Glaskugel mit einem winzigen Eiffelturm darin. Da waren Umschläge mit ausländischen Briefmarken und sorgfältig gefalteten Briefbögen; ausländische Münzen; Steine von der Hawaii-Insel Maui, glasig-schwarz, schwer und irgendwie unheimlich; und komische Schallplatten mit fremden unverständlichen Sprachen.

An jenem Tag hatte sich Hal, während der Graupelregen einschläfernd auf das Dach direkt über seinem Kopf trommelte, bis zum Ende der Rumpelkammer vorgearbeitet. Er schob eine Kiste beiseite und entdeckte dahinter einen Karton – einen Ralston-Purina-Karton. Braune glasige Augen schauten über den Rand hinweg. Hal zuckte zusammen und wich mit laut pochendem Herzen einen Schritt zurück, so als hätte er einen bösartigen Zwerg erspäht. Dann nahm er den unnatürlichen Glanz der Augen und die Reglosigkeit wahr und begriff, daß es sich um ein Spielzeug handeln mußte. Er trat wieder näher heran und holte es aus dem Karton heraus.

Der Affe grinste in dem gelben Licht sein zeitloses Grinsen und entblößte dabei seine Zähne; seine Zimbeln waren ein Stückchen voneinander entfernt.

Entzückt hatte Hal ihn von allen Seiten betrachtet, seine Finger in den weichen, flaumigen Pelz gegraben. Das eigenartige Grinsen des Affen gefiel ihm. Aber war da nicht zugleich auch etwas anderes gewesen? Ein instinktiver Widerwille, der aber sofort wieder verflogen war, noch bevor er ihn richtig empfunden hatte? Vielleicht war es wirklich so gewesen, aber bei uralten Erinnerungen wie dieser mußte man sehr vorsichtig sein, um nicht nachträglich etwas hineinzuinterpretieren. Alte Erinnerungen konnten trügerisch sein. Aber... hatte er nicht denselben Ausdruck auf Peteys Gesicht gesehen, auf dem Dachboden von Tante Idas Haus?

Er hatte den Schlüssel auf dem Rücken des Affen entdeckt und ihn aufziehen wollen. Er ließ sich viel zu leicht drehen; es gab keine klickenden Geräusche wie beim Aufziehen eines Spielzeugs. Er mußte demnach kaputt sein. Trotzdem war er sehr hübsch.

Hal nahm ihn mit, um damit zu spielen.

»Was hast du da, Hal?« fragte Beulah, die von ihrem Nickerchen aufgewacht war.

»Nichts«, sagte Hal. »Ich hab's gefunden.«

Er stellte den Affen auf das Regal in seiner Zimmerhälfte. Da stand er nun auf den Lassie-Malbüchern, grinsend, ins Leere starrend, die Zimbeln in den Händen. Er war kaputt, aber er grinste trotzdem. In jener Nacht wachte Hal aus einem schlechten Traum auf; er sprang aus dem Bett, weil er dringend aufs Klo mußte. Am anderen Ende des Zimmers war Bill nur als atmendes Bündel unter lauter Decken zu sehen.

Schlaftrunken kam Hal zurück... und plötzlich begann der Affe in der Dunkelheit seine Zimbeln zu schlagen.

*Tsching-tsching-tsching-tsching...*

Hal war mit einem Mal hellwach, so als hätte ihm jemand mit einem kalten, nassen Handtuch ins Gesicht geschlagen. Sein Herzschlag stockte vor Überraschung einen Moment, und ein leises mausartiges Quieken entrang sich seiner Kehle. Mit weit aufgerissenen Augen und zitternden Lippen starrte er auf den Affen.

*Tsching-tsching-tsching-tsching...*

Sein Körper ruckte auf dem Regal hin und her. Seine Lippen öffneten und schlossen sich, öffneten und schlossen sich, in einer scheußlich fröhlichen Art, und dabei kamen riesige bedrohliche Zähne zum Vorschein.

»Hör auf«, flüsterte Hal.

Sein Bruder drehte sich im Schlaf um und gab einen lauten einzelnen Schnarcher von sich. Sonst war alles still... abgesehen von dem Affen. Die Zimbeln schlugen klirrend gegeneinander, und bestimmt würde der Affe gleich seinen Bruder, seine Mutter, die ganze Welt aufwecken. Er würde die Toten auferwecken.

*Tsching-tsching-tsching-tsching...*

Hal ging darauf zu; er wollte ihn irgendwie zum Schweigen bringen, vielleicht seine Hand zwischen die Zimbeln halten, bis der Aufziehmechanismus abgelaufen sein würde — aber plötzlich blieb der Affe von allein wieder stehen. Die Zimbeln schlugen ein letztes Mal gegeneinander — *tsching!* — und kehrten langsam in ihre ursprüngliche Position zurück. Das Messing schimmerte im Dunkeln. Die schmutzig-gelblichen Zähne des Affen grinsten.

Im Haus herrschte nun wieder völlige Stille. Hals Mutter drehte sich in ihrem Bett um und schnarchte einmal laut auf, wie zuvor Bill. Hal kroch wieder unter seine Decken; er hatte rasendes Herzklopfen und dachte: *Ich werde ihn morgen in die Rumpelkammer zurückbringen. Ich will ihn nicht haben.*

Aber am nächsten Morgen vergaß er völlig, den Affen wegzubringen, weil seine Mutter nicht zur Arbeit ging. Beulah war tot. Mutter erzählte ihnen nichts Genaues darüber, wie es passiert war. »Ein Unfall, einfach ein schrecklicher Unfall« — mehr wollte sie nicht sagen. Aber an jenem Nachmittag kaufte Bill auf dem Heimweg von der Schule eine Zeitung und schmuggelte Seite vier unter seinem Hemd in ihr Zimmer. Er las Hal den Artikel langsam und stockend vor, während ihre Mutter in der Küche das Abendessen zubereitete, aber die Überschrift konnte Hal sogar selbst entziffern — ZWEI TOTE BEI SCHIESSEREI IN WOHNUNG. Beulah McCaffery, 19, und Sally Tremont, 20, waren von Miß McCafferys Freund, Leonard White, 25, erschossen worden, nachdem es zu einem heftigen Streit darüber gekommen war, wer noch einmal weggehen und chinesisches Essen besorgen sollte. Miß Tremont war im Hartford Receiving gestorben. Beulah McCaffery war noch am Tatort für tot erklärt worden.

Es war so, als wäre Beulah einfach in eine ihrer geliebten Detektivgeschichten entschwunden, dachte Hal Shelburn; ein kalter Schauder lief ihm den Rücken hinauf und legte sich ihm ums Herz. Und dann fiel ihm ein, daß die Schießerei etwa zu jener Zeit stattgefunden hatte, als der Affe...

»Hal?« Es war Terrys schläfrige Stimme. »Kommst du ins Bett?«

Er spuckte die Zahnpasta ins Waschbecken und spülte seinen Mund aus. »Ja«, rief er.

Er hatte den Affen früher am Abend in seinen Koffer

gelegt und diesen abgeschlossen. In zwei oder drei Tagen würden sie nach Texas zurückfliegen. Aber zuvor würde er das verdammte Ding für immer loswerden.

Irgendwie.

»Du bist heute nachmittag mit Dennis ganz schön grob umgesprungen«, sagte Terry im Dunkeln.

»Dennis hatte es schon seit einiger Zeit mehr als nötig, daß jemand ihn einmal hart anpackt, glaube ich. Er hat sich einfach treiben lassen. Ich möchte vermeiden, daß er sich den Hals bricht.«

»Psychologisch betrachtet sind Prügel keine sehr wirkungsvolle...«

»Ich *habe* ihn nicht verprügelt, Terry... verdammt noch mal!«

»... Maßnahme zur Aufrechterhaltung elterlicher Autorität...«

»Verschon mich doch bitte mit diesem Scheißgewäsch deiner Frauengruppe«, sagte Hal ärgerlich.

»Ich sehe schon, daß man mit dir darüber nicht reden kann.« Ihre Stimme war kalt.

»Ich habe ihm auch befohlen, das Rauschgift aus dem Haus zu schaffen.«

»Tatsächlich?« Jetzt klang sie besorgt. »Wie hat er es aufgenommen? Was hat er gesagt?«

»Verdammt noch mal, Terry, was hätte er denn *sagen* sollen? Du bist gefeuert?«

»Hal, was ist nur *los* mit dir? Du bist doch sonst nicht so — was ist *passiert*?«

»Nichts«, sagte er und dachte an den Affen, der in seinem Samsonite-Koffer eingeschlossen war. Würde er es hören, wenn der Affe anfing, seine Zimbeln gegeneinanderzuschlagen? O ja, bestimmt. Gedämpft, aber unüberhörbar. Wenn er mit seinen Zimbelschlägen jemanden ins Verderben stürzte, wie es bei Beulah, Johnny McCabe, Onkel Wills Hund Daisy der Fall gewesen war.

*Tsching-tsching-tsching, bist jetzt du an der Reihe, Hal?* »Ich bin einfach gestreßt.«

»Ich *hoffe*, daß es nichts weiter ist. Denn du gefällst mir gar nicht, wenn du dich so benimmst.«

»Nein?« Die nächsten Worte entschlüpften ihm, bevor er sie sich verbeißen konnte. Aber eigentlich wollte er das auch gar nicht. »Dann schluck eben ein Valium, und schon wird alles wieder in bester Ordnung sein.«

Er hörte, wie sie scharf die Luft einzog und zitternd wieder ausstieß. Dann begann sie zu weinen. Er hätte sie trösten können (vielleicht), aber er schien keine tröstenden Worte parat zu haben. Dafür hatte er viel zu große Angst. Es würde besser werden, wenn der Affe erst wieder verschwunden sein würde, für immer verschwunden. Gebe Gott, daß er für immer verschwindet!

Er lag sehr lange wach – bis die Morgendämmerung den Himmel grau färbte. Aber dann glaubte er zu wissen, was er tun mußte.

Bill hatte den Affen zum zweitenmal gefunden.

Das war etwa anderthalb Jahre nach Beulah McCafferys Tod gewesen. Im Sommer. Er kam vom Spielen heim, und seine Mutter rief: »Wasch dir die Hände, Senor, du siehst wie ein Dreckschwein aus!« Sie saß auf der Veranda, trank Eistee und las ein Buch. Sie hatte gerade zwei Wochen Urlaub.

Hal hielt seine Hände flüchtig unter kaltes Wasser und wischte den Schmutz ins Handtuch hinein. »Wo ist Bill?«

»Oben. Sag ihm, er soll seine Zimmerhälfte aufräumen. Sie ist ein einziger Saustall.«

Hal, der liebend gern unangenehme Botschaften dieser Art übermittelte, rannte hinauf. Bill saß auf dem Fußboden. Die kleine Kaninchenloch-Tür zur Rumpelkammer war halb geöffnet. Er hielt den Affen in der Hand.

»Der ist kaputt«, sagte Hal sofort.

Er war beunruhigt, obwohl er sich nur noch schwach daran erinnerte, wie er in jener Nacht vom Bad zurückgekommen war, und wie der Affe plötzlich angefangen hatte, seine Zimbeln gegeneinanderzuschlagen. Etwa eine Woche nach jenem Vorfall hatte er einen Alptraum gehabt, in dem es irgendwie um den Affen und Beulah ging — er erinnerte sich nicht mehr genau daran — und er war schreiend aufgewacht und hatte im ersten Moment geglaubt, das leichte Gewicht auf seiner Brust sei der Affe, der ihn angrinsen würde, sobald er die Augen öffnete. Aber es war natürlich nur sein Kissen gewesen, das er in panischer Angst umklammert hielt. Seine Mutter war gekommen und hatte ihn mit einem Glas Wasser und zwei orangefarbenen Kinderaspirintabletten beruhigt, jenem Valium für die Kümmernisse der Kindheit. Sie hatte geglaubt, daß Beulahs Tod den Alptraum verursacht hätte. Das stimmte ja auch, allerdings in einem anderen Zusammenhang, als sie glaubte.

Er erinnerte sich jetzt kaum noch an all das, aber trotzdem ängstigte ihn der Affe, besonders dessen Zimbeln. Und die Zähne.

»Das weiß ich«, sagte Bill und warf den Affen beiseite. »Er ist blöd.« Er landete auf Bills Bett und starrte zur Decke empor, die Zimbeln ein Stückchen voneinander entfernt. Es gefiel Hal gar nicht, ihn dort liegen zu sehen. »Willst du mitkommen und bei ›Teddy's‹ Bonbons kaufen?«

»Ich hab mein Taschengeld schon ausgegeben«, sagte Hal. »Außerdem hat Mom gesagt, daß du deine Zimmerhälfte aufräumen sollst.«

»Das kann ich später auch noch machen«, meinte Bill. »Ich kann dir fünf Cents pumpen, wenn du willst.« Gelegentlich schikanierte Bill ihn völlig grundlos, stellte ihm ein Bein oder knuffte ihn; aber meistens war er schwer in Ordnung.

»Na klar«, rief Hal dankbar. »Ich bring nur schnell diesen kaputten Affen in die Rumpelkammer zurück, okay?«

»Nee«, sagte Bill und stand auf. »Los, wir gehen gleich.«

Hal ging mit. Bill war launisch, und wenn er zurückblieb, um den Affen wegzubringen, würde er vielleicht keine Bonbons bekommen. Sie gingen zu ›Teddy's‹ und kauften ihre Bonbons, und zwar nicht irgendwelche, sondern die seltenen mit Blaubeergeschmack. Dann schlenderten sie zum Spielplatz, wo einige Kinder Baseball spielten. Hal war zum Mitspielen zu klein, aber er setzte sich hinter der Grenzlinie hin, lutschte seine Blaubeerbonbons und verfolgte aufmerksam das Spiel der größeren Kinder. Sie kamen erst nach Hause, als es schon fast dunkel war, und ihre Mutter verprügelte sie – Hal, weil er das Handtuch beschmutzt hatte, und Bill, weil er seine Zimmerhälfte nicht aufgeräumt hatte. Nach dem Abendessen saßen sie vor dem Fernseher, und Hal dachte überhaupt nicht mehr an den Affen. Irgendwie landete er diesmal auf *Bills* Regal, neben dem Autogramm-Foto von Bill Boyd. Und dort blieb er fast zwei Jahre lang.

Als Hal sieben Jahre alt geworden war, meinte seine Mutter, es sei reine Geldverschwendung, weiterhin Babysitter zu engagieren, und von da an lautete ihre Abschiedsformel jeden Morgen: »Bill, paß auf deinen Bruder auf.«

An jenem Tag mußte Bill jedoch länger in der Schule bleiben, und Hal ging allein nach Hause; er blieb an jeder Ecke stehen, bis in beiden Richtungen kein Auto mehr zu sehen war, dann rannte er geduckt über die Straße, wie ein Infanterist, der Niemandsland durchquert. Er öffnete die Tür mit dem Schlüssel unter der Fußmatte und ging als erstes zum Kühlschrank, um sich ein Glas Milch einzugießen. Er holte die Flasche heraus, und dann entglitt sie plötzlich seinen Fingern und zerschellte auf dem Boden, und die Glasscherben flogen nach allen Seiten.

*Tsching-tsching-tsching-tsching*, ertönte es von oben, aus ihrem Schlafzimmer. *Tsching-tsching-tsching, hallo, Hal! Willkommen daheim! Und, übrigens, Hal, bist du's diesmal? Bist diesmal du an der Reihe? Wirst diesmal du tot umfallen?*

Er stand regungslos da und starrte auf die zerbrochene Flasche und die Milchlache, erfüllt von einem Entsetzen, das er weder erklären noch verstehen konnte. Es war einfach da, sickerte ihm gleichsam aus allen Poren.

Er drehte sich um und rannte die Treppe hinauf, in ihr Schlafzimmer. Der Affe stand auf Bills Regal und schien ihn anzustarren. Er hatte das Autogramm-Foto von Bill Boyd heruntergestoßen – es lag auf Bills Bett. Der Affe bewegte sich und schlug seine Zimbeln zusammen. Hal näherte sich ihm langsam, gegen seinen Willen, magisch angezogen. Die beiden Zimbeln entfernten sich voneinander und schlugen gegeneinander und entfernten sich dann wiederum voneinander. Als Hal näher kam, konnte er das Gangwerk im Inneren des Affen deutlich hören.

Mit einem Schrei, in dem sich Angst und Abscheu vermischten, fegte Hal ihn plötzlich vom Regal wie irgendein lästiges Insekt. Er fiel auf Bills Kissen und dann auf den Boden, wo er fortfuhr, seine Zimbeln zu schlagen, *tsching-tsching-tsching*, und seine Lippen zu öffnen und zu schließen, während er auf dem Rücken lag und ein Strahl Aprilsonne ihn beschien.

Hal versetzte ihm einen Fußtritt, kickte mit aller Kraft danach, und diesmal war es ein Wutschrei, den er ausstieß. Der Aufziehaffe schlitterte über den Boden, prallte gegen die Wand und blieb bewegungslos dort liegen. Hal starrte mit geballten Fäusten und laut pochendem Herzen auf ihn herab. Der Affe grinste frech zu ihm empor, und die Sonne spiegelte sich stecknadelkopfgroß in einem seiner Glasaugen. *Kick mich, soviel du willst,* schien er zu sagen, *ich bestehe nur aus Zahnrädern und einem Uhrwerk und ein-zwei Schneckengetrieben, kick mich, kick mich ruhig, wenn dir danach zumute ist, ich bin nicht real, ich bin nur ein drolliger Aufziehaffe, und wer ist tot? In der Hubschrauberfabrik hat es eine Explosion gegeben! Was fliegt denn da gen Himmel wie eine große blutige Kegelkugel mit Augen anstelle der Löcher für die Finger? Ist es der Kopf deiner Mutter, Hal? Juchhe! Was für einen tollen Flug der Kopf deiner Mutter macht! Oder dort, an der Ecke Brook Street! Sieh doch nur, Junge! Das Auto ist zu schnell gefahren! Der Fahrer war betrunken! Und jetzt gibt es einen Bill weniger auf der Welt! Hast du das knirschende Geräusch gehört, als die Räder über seinen Schädel rollten und sein Gehirn aus den Ohren herausquoll? Ja? Nein? Vielleicht? Frag mich nicht, ich weiß nichts, ich kann nichts wissen, ich weiß nur eines: wie man diese Zimbeln schlägt, tsching-tsching-tsching, und wer ist tot, Hal? Deine Mutter? Dein Bruder? Oder bist du's, Hal? Bist du's?*

Hal rannte hin und wollte ihn zertreten, zerstampfen, darauf herumtrampeln, bis die Zahnräder und Schneckengetriebe herausflogen und die fürchterlichen Glasaugen über den Boden rollten. Als er gerade vor ihm stand, mußte eine Feder im Innern sich ein letztes Mal gedreht haben, denn die Zimbeln schlugen noch einmal gegeneinander, sehr leise... (tsching)... und es war, als ob ein Eissplitter Hals Herzwand durchdränge, um es zu pfählen, so daß seine Wut mit einem Male dahin war und nur noch kaltes Entsetzen übrigblieb. Der Affe schien das alles zu wissen... wie fröhlich er grinste!

Hal packte einen seiner Arme mit Daumen und Zeigefinger der rechten Hand und hob ihn auf, die Mundwinkel vor Ekel nach unten verzogen, so als transportierte er einen Kadaver. Die schäbige Pelzimitation kam ihm heiß vor und schien seine Haut zu verbrennen. Er fummelte an der kleinen Tür zur Rumpelkammer herum, brachte sie schließlich auf und schaltete das Licht ein. Der Affe grinste ihn an, während er zwischen den aufeinandergestapelten Kisten und Kartons hindurchkroch, vorbei an den Büchern über Navigation, den Fotoalben mit ihrem Geruch nach alten Chemikalien, den Souvenirs und den alten Kleidern, und Hal dachte: *Wenn er jetzt anfängt, sich in meiner Hand zu bewegen, und seine Zimbeln zu schlagen, werde ich schreien, und wenn ich schreie, wird er nicht nur grinsen, dann wird er lachen, er wird mich auslachen, und dann werde ich verrückt, und man wird mich hier finden, faselnd und irrsinnig lachend, ich werde überschnappen, o bitte, lieber Gott, bitte, lieber Jesus, laß mich nicht verrückt werden...*

Endlich war er am Ende der Rumpelkammer angelangt, schob zwei Schachteln beiseite, wobei eine umfiel, und warf den Affen in den Ralston-Purina-Karton in der hintersten Ecke. Und da lehnte er nun behaglich, als wäre er endlich nach Hause gekommen, die Zimbeln ein Stück voneinander entfernt, und grinste sein Affengrinsen, als machte er sich immer noch über Hal lustig. Hal kroch schwitzend rückwärts; ihm war abwechselnd heiß und kalt, und er wartete auf das Klirren der Zimbeln, und wenn sie gegeneinanderschlugen, würde der Affe aus seiner Schachtel springen und auf ihn zurennen wie ein Käfer, mit surrendem Aufziehmechanismus und wie wahnsinnig klirrenden Zimbeln und...

... nichts davon geschah. Er schaltete das Licht aus und schlug die kleine Kaninchenloch-Tür hinter sich zu und lehnte sich keuchend dagegen. Schließlich fühlte er sich etwas besser. Mit weichen Knien ging er nach unten, holte eine leere Plastiktüte und begann, sorgfältig die zackigen Scherben und scharfen Splitter der zerbrochenen Milchflasche aufzusammeln, wobei er überlegte, ob er sich vielleicht daran schneiden und verbluten würde, ob die klirrenden Zimbeln vielleicht *das* angekündigt hatten. Aber nichts passierte. Er holte einen Lappen und wischte die Milch auf, und dann setzte er sich hin und wartete, ob seine Mutter und sein Bruder nach Hause kommen würden.

Seine Mutter kam als erste und fragte: »Wo ist Bill?«

Mit leiser, tonloser Stimme – jetzt ganz überzeugt davon, daß Bill irgendwo tot lag – berichtete Hal von der Theatergruppenbesprechung in der Schule; ihm war klar, daß Bill – selbst wenn es eine sehr lange Besprechung gewesen war – spätestens vor einer halben Stunde hätte zu Hause sein müssen.

Seine Mutter sah ihn forschend an und wollte gerade fragen, was mit ihm los sei, als die Tür aufging und Bill hereinkam – nur war es eigentlich überhaupt nicht Bill; er sah aus wie sein eigenes Gespenst, schneeweiß im Gesicht und unnatürlich still.

»Was ist passiert?« rief Mrs. Shelburn. »Bill, was ist passiert?«

Bill begann zu weinen und erzählte schluchzend und abgerissen: Ein Auto... Er und sein Freund Charlie Silverman waren nach der Besprechung zusammen nach Hause gegangen, und das Auto war zu schnell um die Ecke Brook Street gerast, und Charlie war wie erstarrt stehengeblieben, und er hatte Charlie bei der Hand gepackt, aber seine Finger waren abgerutscht, und das Auto...

Bill brach in lautes hysterisches Schluchzen aus, und seine Mutter zog ihn an ihre Brust und wiegte ihn sanft, und Hal schaute auf die Veranda hinaus und sah dort zwei Polizisten stehen. Der Streifenwagen, mit dem sie Bill nach Hause gefahren hatten, war am Bordstein abgestellt. Dann begann Hal selbst zu weinen... aber bei ihm waren es Tränen der Erleichterung.

Danach war es Bill, der von Alpträumen heimgesucht wurde – Träume, in denen Charlie Silverman immer und immer wieder starb, aus seinen Red Ryder-Cowboystiefeln geschleudert wurde und auf die Motorhaube des rostigen Hudson Hornet flog, den der Betrunkene gefahren hatte. Charlie Silvermans Kopf und die Windschutzscheibe waren mit enormer Wucht aufeinandergeprallt. Der betrunkene Fahrer, dem ein Süßwarengeschäft in Milford gehörte, erlitt kurz nach seiner Verhaftung einen Herzanfall (vielleicht beim Anblick von Charlies Gehirn, das auf seiner Hose eintrocknete), und sein Anwalt hatte bei der Gerichtsverhandlung Erfolg mit seinem Plädoyer: »Dieser Mann ist schon genügend gestraft.« Der Täter wurde zu sechzig Tagen Haft verurteilt (die Strafe wurde ausgesetzt) und verlor seine Fahrerlaubnis im Staat Connecticut für fünf Jahre... und etwa ebenso lange wurde Bill Shelburn immer wieder von Alpträumen geplagt. Der Affe war wieder in der Rumpelkammer versteckt. Bill bemerkte nie, daß er von seinem Regal verschwunden war... oder zumindest erwähnte er nie etwas davon.

Eine Zeitlang fühlte sich Hal in Sicherheit. Er begann den Affen sogar wieder zu vergessen oder zu glauben, daß es nur ein böser Traum gewesen war. Aber als er an dem Nachmittag, als seine Mutter starb, aus der Schule nach Hause kam, stand der Affe wieder auf seinem Regal und grinste ihn von dort an.

Er näherte sich ihm langsam und hatte dabei das Gefühl, nicht er selbst zu sein... so als hätte sich beim Anblick des Affen sein eigener Körper in ein aufziehbares Spielzeug verwandelt. Er sah sich die Hand ausstrecken und den Affen vom Regal nehmen. Er spürte, wie sich das flaumige Fell unter seinem Griff in Falten legte, aber auch seine Hand schien irgendwie taub zu sein, so als hätte ihm jemand eine Novocain-Spritze gegeben. Er hörte sich selbst atmen, schnell und trocken, wie wenn der Wind durchs Stroh pfeift.

Er drehte den Affen um und griff nach dem Schlüssel, und Jahre später dachte er, daß seine betäubte Faszination der eines Mannes geglichen hatte, der einen Sechskammer-Revolver mit einer geladenen Kammer gegen ein geschlossenes, bebendes Augenlid preßt und auf den Abzug drückt.

*Nein, nicht... laß ihn, wirf ihn weg, rühr ihn nicht an...*

Er drehte den Schlüssel; es war so still, daß er das erstaunlicherweise perfekt funktionierende leise Klicken des Aufzugsmechanismus deutlich hören konnte. Als er den Schlüssel losließ, begann der Affe, seine Zimbeln gegeneinanderzuschlagen, und Hal spürte das Rucken und Zucken seines Körpers, so als wäre er lebendig; er *war* lebendig, er zuckte in seiner Hand wie ein ekelhafter Zwerg, und die Vibration, die er durch das abgewetzte Fell hindurch spürte, rührte nicht von den sich drehenden Zahnrädern her, sondern von seinem Herzschlag.

Stöhnend ließ Hal den Affen fallen und wich zurück, die Hände auf den Mund gepreßt, die Fingernägel ins Fleisch unter seinen Augen gekrallt. Er stolperte über etwas und verlor fast das Gleichgewicht (dann hätte er direkt neben dem Affen auf dem Boden gelegen und mit seinen weit aufgerissenen Augen in die braunen Glasaugen gestarrt). Er taumelte rückwärts über die Schwelle, schlug hinter sich die Tür zu und lehnte sich dagegen. Dann stürzte er plötzlich ins Bad und übergab sich.

Es war Mrs. Stukey von der Hubschrauberfabrik, die ihnen die schlimme Nachricht übermittelte und jene beiden ersten endlosen Nächte bei ihnen verbrachte, bis Tante Ida von Maine ankam. Ihre Mutter war mitten am Nachmittag an einem Gehirnschlag gestorben. Sie hatte mit einer Tasse Wasser in der Hand am Wasserkühler gestanden und war plötzlich zusammengebrochen, als hätte jemand sie erschossen, die Papptasse immer noch in einer Hand haltend. Mit der anderen hatte sie sich am

Wasserkühler festgeklammert und die große Wasserflasche mit sich nach unten gerissen. Sie war zerbrochen... aber der Fabrikarzt, der sofort kam, sagte später, er glaube, daß Mrs. Shelburn schon tot gewesen sei, bevor das Wasser durch ihr Kleid und ihre Unterwäsche auf ihre Haut gesickert sei. Den Jungen wurden diese Einzelheiten nie erzählt, aber Hal wußte trotzdem alles. In den langen Nächten nach dem Tod seiner Mutter träumte er immer wieder davon. *Hast du immer noch Probleme mit dem Schlafen, kleiner Bruder?* hatte Bill ihn gefragt, und Hal nahm an, daß Bill glaubte, das ganze Umsichschlagen und die Alpträume hingen mit dem plötzlichen Tod ihrer Mutter zusammen, und das stimmte natürlich auch... aber nur teilweise. Da war das Schuldbewußtsein, das schreckliche todsichere Wissen, daß er seine Mutter umgebracht hatte, indem er an jenem sonnigen Nachmittag nach Schulschluß den Affen aufgezogen hatte.

Schließlich fiel Hal in einen sehr tiefen Schlaf, aus dem er erst kurz vor Mittag erwachte. Petey saß mit übereinandergeschlagenen Beinen auf einem Stuhl am anderen Ende des Zimmers, aß eine Orange und schaute sich im Fernsehen eine Spielshow an. Hal schwang seine Beine aus dem Bett. Er fühlte sich so, als hätte ihn jemand in den Schlaf geboxt... und mit Boxhieben auch wieder aus dem Schlaf gerissen. Sein Kopf dröhnte. »Wo ist deine Mutter, Petey?«

Petey schaute zu ihm herüber. »Sie ist mit Dennis zum Einkaufen gefahren. Ich hab gesagt, ich würde hier bei dir bleiben. Sprichst du eigentlich immer im Schlaf?«

Hal warf seinem Sohn einen erschrockenen Blick zu. »Nein. Was habe ich denn gesagt?«

»Ich konnte es nicht verstehen. Aber ich hatte ein bißchen Angst.«

»Na, jetzt bin ich jedenfalls wieder voll da«, sagte Hal

und brachte ein schwaches Grinsen zustande. Petey grinste zurück, und Hal spürte wieder seine Liebe zu dem Jungen, ein Gefühl, das stark, ungetrübt und unkompliziert war. Er fragte sich, warum es ihm immer leichtfiel, zu Petey eine so positive Einstellung zu haben, warum er das Gefühl hatte, Petey zu verstehen und ihm helfen zu können, und warum andererseits Dennis ihm wie ein dunkles Fenster vorkam, durch das er nicht hindurchsehen konnte, warum die ganze Art des Jungen ihm ein Rätsel blieb, das er nicht zu entschlüsseln vermochte, weil er selbst als Junge ganz anders gewesen war. Es wäre viel zu einfach zu sagen, daß der Umzug von Kalifornien nach Texas Dennis verändert hatte, oder daß...

Seine Gedankengänge rissen abrupt ab. Der Affe! Der Affe saß auf dem Fensterbrett. Einen Augenblick lang stockte Hals Herzschlag, dann begann es rasend zu pochen. Ihm verschwamm alles vor den Augen, und seine Kopfschmerzen wurden schier unerträglich.

Irgendwie war der Affe aus dem Koffer entwischt und stand jetzt auf dem Fensterbrett. Er grinste ihn an. *Du hast gedacht, du seist mich losgeworden, was? Aber das hast du auch früher schon geglaubt, weißt du noch?*

Ja, dachte er. Ihm war ganz übel. O ja, das habe ich geglaubt.

»Petey, hast du den Affen aus meinem Koffer geholt?« fragte er, obwohl er die Antwort schon wußte. Er hatte den Koffer abgeschlossen und den Schlüssel in seine Manteltasche gelegt.

Petey warf einen flüchtigen Blick auf den Affen, und etwas wie Unbehagen – so schien es Hal – huschte über sein Gesicht. »Nein«, sagte er. »Mom hat ihn dort hingesetzt.«

»Mom?«

»Ja. Sie hat ihn dir weggenommen. Sie hat gelacht.«

»Mir weggenommen? Wovon redest du?«

»Du hattest ihn bei dir im Bett. Ich hab gerade meine Zähne geputzt, aber Dennis hat es auch gesehen und gelacht. Er hat gesagt, du hättest ausgesehen wie ein Baby mit einem Teddybär.«

Hal starrte den Affen an. Sein Mund war so trocken, daß er nicht schlucken konnte. Er hatte ihn bei sich im *Bett* gehabt? Im *Bett*? Dieses ekelhafte Fell an seiner Wange, vielleicht sogar an seinem *Mund*? Diese bösartigen Glasaugen hatten aus nächster Nähe auf sein schlafendes Gesicht gestarrt? Diese grinsenden Zähne waren dicht an seinem Nacken gewesen? Oder *auf* seinem Nacken? *Mein Gott!*

Er drehte sich abrupt um und ging zum Wandschrank. Der Koffer war noch dort. Er war abgeschlossen. Der Schlüssel befand sich immer noch in seiner Manteltasche.

Hinter ihm wurde der Fernseher ausgeschaltet. Langsam wandte er sich wieder um. Petey schaute ihn ernst an. »Daddy, ich mag diesen Affen nicht«, sagte er so leise, daß Hal ihn kaum verstehen konnte.

»Ich auch nicht«, erwiderte Hal.

Petey warf ihm einen scharfen Blick zu, um zu sehen, ob er nur scherzte. Er stellte fest, daß das nicht der Fall war. Er lief zu seinem Vater und schmiegte sich fest an ihn. Hal spürte, daß der Junge zitterte.

Hal beugte sich zu ihm hinab, und Petey flüsterte ihm ins Ohr, sehr schnell, als befürchte er, den Mut zu verlieren... oder als befürchte er, daß der Affe ihn hören könnte.

»Er... er scheint einen immer anzuschauen. Ganz egal, wo man sich im Zimmer aufhält – er scheint einen anzuschauen. Und wenn man ins andere Zimmer geht, scheint er einen durch die Wand hindurch anzuschauen. Ich habe ständig das Gefühl, als... als wollte er etwas von mir.«

Ein Schauder überlief Petey. Hal hielt ihn eng an sich gedrückt.

»Als wollte er, daß man ihn aufzieht«, sagte Hal.

Petey nickte heftig. »Er ist gar nicht richtig kaputt, nicht wahr, Daddy?«

»Manchmal schon«, sagte Hal und betrachtete den Affen über die Schulter seines Sohnes hinweg. »Aber manchmal funktioniert er noch.«

»Ich wollte dauernd rübergehen und ihn aufziehen. Es war so still, und ich dachte, ich darf es nicht tun, ich werde sonst Daddy aufwecken, aber ich wollte es immer noch tun, und ich bin rübergegangen und ich... ich hab ihn *berührt*, und... er fühlt sich scheußlich an... aber gleichzeitig gefiel er mir auch... und es war so, als würde er sagen: Zieh mich auf, Petey, wir werden spielen, dein Vater wird nicht aufwachen, er wird überhaupt nie aufwachen, zieh mich auf, zieh mich auf...«

Der Junge brach plötzlich in Tränen aus.

»Er ist böse, ich weiß es. Irgendwas stimmt nicht mit ihm. Können wir ihn nicht wegwerfen, Daddy? Bitte!«

Der Affe grinste Hal mit seinem immer gleichbleibenden Grinsen an. Seine Zimbeln funkelten in der Sonne — das Licht wurde nach oben reflektiert und zauberte Sonnenstreifen auf die glatte weiße Stuckdecke des Motels.

»Um wieviel Uhr wollte deine Mutter mit Dennis wieder hier sein, Petey?«

»So gegen eins.« Er wischte sich mit dem Hemdsärmel die roten Augen und schien sich seiner Tränen zu schämen. Aber er vermied es, den Affen anzuschauen. »Ich hab' den Fernseher eingeschaltet«, flüsterte er. »Und ich hab' ihn ganz laut gestellt.«

»Das hast du gut gemacht, Petey.«

*Wie wäre es wohl passiert?* überlegte Hal. *Herzschlag? Embolie, wie bei meiner Mutter? Was? Aber eigentlich spielt das keine Rolle.*

Und gleich darauf ein anderer, kaltblütiger Gedanke: *Wirf ihn weg, sagt der Junge. Also, sieh zu, daß du ihn irgendwie loswirst. Aber kann man ihn überhaupt jemals loswerden?*

Der Affe grinste höhnisch, seine Zimbeln einen Fuß voneinander entfernt. *Ist er in jener Nacht, als Tante Ida starb, plötzlich zum Leben erwacht?* fragte sich Hal auf einmal. *War dies das letzte Geräusch, das sie hörte, das gedämpfte Tsching-tsching-tsching des Affen, der auf dem dunklen Dachboden seine Zimbeln schlug, während der Wind durch die Regenrinne pfiff?*

»Vielleicht ist diese Idee gar nicht so verrückt«, sagte Hal langsam zu seinem Sohn. »Hol deine Flugtasche, Petey.«

Petey schaute ihn unsicher an. »Was werden wir machen?«

*Vielleicht können wir ihn loswerden. Vielleicht für immer, vielleicht nur für eine Weile ... für lange oder kurze Zeit. Vielleicht wird er einfach immer und immer wieder zurückkommen, und wir können nichts dagegen tun ... aber vielleicht kann ich – können wir – ihn für lange Zeit loswerden. Er hat diesmal zwanzig Jahre gebraucht, um zurückzukommen. Er hat immerhin zwanzig Jahre gebraucht, um aus dem Brunnen herauszukommen ...*

»Wir machen eine Autofahrt«, sagte Hal. Er war jetzt relativ ruhig, aber er hatte das Gefühl übermäßiger Schwere. Sogar seine Augäpfel schienen plötzlich schwerer geworden zu sein. »Aber zuerst möchte ich, daß du mit deiner Flugtasche rausgehst und dort drüben am Rand des Parkplatzes drei oder vier große Steine suchst. Die legst du dann in die Tasche und bringst sie mir. Okay?«

Verständnis flackerte in Peteys Augen auf. »In Ordnung, Daddy.«

Hal schaute auf seine Uhr. Es war fast Viertel nach zwölf. »Beeil dich. Ich möchte weg sein, bevor deine Mutter zurückkommt.«

»Wohin fahren wir denn?«
»Zum Haus von Onkel Will und Tante Ida.«

Hal ging ins Bad und holte die Klobürste, die hinter der Toilette an der Wand lehnte. Er kehrte ans Fenster zurück und stand da, die Bürste in der Hand wie einen Zauberstab. Er beobachtete, wie Petey in seiner Wolljacke den Parkplatz überquerte, die Flugtasche mit der weißen Aufschrift DELTA auf blauem Grund in der Hand. Eine Fliege surrte in der oberen Ecke des Fensters; sie war langsam und schwerfällig, weil die warme Jahreszeit nun vorüber war. Hal wußte, wie ihr zumute war.

Er sah, wie Petey drei große Steine in die Tasche legte und sich auf den Rückweg über den Parkplatz machte. Ein Auto bog um die Ecke des Motels, ein Auto, das zu schnell fuhr, viel zu schnell, und er reagierte ohne nachzudenken, völlig reflexartig – die Hand mit der Toilettenbürste sauste hinab wie zu einem Karateschlag... und stoppte abrupt.

Die Zimbeln schlossen sich lautlos um seine Hand, und er spürte etwas in der Luft. Etwas wie Wut.

Die Autobremsen quietschten. Petey sprang zurück. Der Fahrer gab ihm ein Zeichen, ungeduldig, als ob Petey schuld daran sei, daß es fast zu einem Unfall gekommen war. Petey rannte mit wehendem Kragen über den Parkplatz zum Hintereingang des Motels.

Hals Brust war schweißnaß; und er spürte, daß ihm auch auf der Stirn der Schweiß stand wie ölige Regentropfen. Die Zimbeln drückten kalt gegen seine Hand, machten sie völlig empfindungslos.

*Nur zu*, dachte er grimmig. *Mach ruhig weiter, ich kann den ganzen Tag warten. Bis zum Jüngsten Tage, wenn es nötig sein sollte.*

Die Zimbeln lösten sich von seiner Hand, bewegten sich in ihre Ausgangsposition und kamen zur Ruhe. Hal hörte ein leises *Klick*! aus dem Innern des Affen. Er zog die Bürste zurück und betrachtete sie. Einige der weißen Borsten waren jetzt schwarz, so als wären sie versengt worden.

Die Fliege surrte und versuchte, die kalte Oktobersonne zu finden, die so nahe schien.

Petey stürzte ins Zimmer, schnell atmend, mit rosigen Wangen. »Ich hab' drei tolle gefunden, Dad, ich...« Er unterbrach sich. »Geht's dir nicht gut, Daddy?«

»Doch, doch«, sagte Hal. »Bring die Tasche hierher.«

Hal schob das Sofatischchen mit dem Fuß ans Fenster heran, unter das Fensterbrett, und stellte die Flugtasche darauf. Er öffnete sie weit und sah die schimmernden Steine, die Petey gesammelt hatte. Er benutzte die Klobürste, um den Affen hineinzustoßen. Einen Moment lang schwankte er, dann fiel er in die Tasche. Ein schwaches *Tsching!* ertönte, als eine der Zimbeln gegen die Steine schlug.

»Dad? Daddy?« Petey hörte sich ängstlich an. Hal drehte sich nach ihm um. Etwas war anders; etwas hatte sich verändert. Aber was?

Dann sah er, wohin Petey starrte, und begriff. Das Surren war verstummt. Die Fliege lag tot auf dem Fensterbrett.

»Hat das der Affe getan?« flüsterte Petey.

»Komm«, sagte Hal, während er den Reißverschluß der Tasche zuzog. »Ich erzähl's dir während der Fahrt.«

»Womit sollen wir denn fahren? Mom und Dennis haben doch das Auto.«

»Mach dir keine Sorgen«, sagte Hal und strich ihm übers Haar.

Er zeigte dem Angestellten am Empfang seinen Führerschein und einen Zwanzig-Dollar-Schein. Nachdem der Angestellte Hals Digitaluhr als Pfand eingesteckt hatte, gab er ihm die Schlüssel seines Privatwagens — eines verbeulten AMC Gremlin. Während sie auf der Route 302 nach Osten, in Richtung Casco, fuhren, begann Hal zu erzählen, zuerst stockend, dann allmählich etwas flüssiger. Als erstes erzählte er Petey, daß sein Vater den Affen vermutlich aus dem Ausland mitgebracht hatte, als Geschenk für seine Söhne. Es war kein ausgefallenes Spielzeug — es hatte nichts Besonderes an sich, war nicht wertvoll. Es mußte Hunderttausende von Aufziehaffen gegeben haben, manche in Hongkong hergestellt, andere in Taiwan und Korea. Aber irgendwo unterwegs — vielleicht sogar auch erst in der dunklen Rumpelkammer des Hauses in Connecticut, wo die beiden Jungen ihre frühe Kindheit verbracht hatten — war mit dem Affen irgend etwas passiert. Etwas Schlimmes. Möglicherweise, sagte Hal, während er sich bemühte, den Gremlin des Empfangsangestellten auf eine höhere Geschwindigkeit als 40 Meilen pro Stunde zu bringen, möglicherweise seien manche bösen Wesen — vielleicht sogar die meisten — nicht einmal richtig erweckt, wüßten nichts von ihrer Beschaffenheit. Er beließ es dabei, weil es vermutlich das Äußerste war, was Petey begreifen konnte, aber für sich spann er diese Idee weiter. Er dachte, daß das meiste Böse durchaus große Ähnlichkeit mit einem aufziehbaren Affen haben könnte; man zieht ihn auf, der Mechanismus setzt sich in Bewegung, die Zimbeln beginnen gegeneinanderzuschlagen, die Zähne grinsen, die dummen Glasaugen lachen... oder scheinen zu lachen...

Er erzählte Petey, wie er den Affen gefunden hatte, aber darüber hinaus nicht sehr viel — er wollte den ohnehin schon beunruhigten Jungen nicht noch mehr erschrecken. Deshalb blieb vieles in seiner Geschichte zusammenhanglos und unklar, aber Petey stellte keine Fragen; Hal dachte, daß sein Sohn vielleicht die Lücken auf eigene Faust schließen könne, so wie er selbst im Traum immer wieder den Tod seiner Mutter gesehen hatte, obwohl er nicht dabeigewesen war.

Onkel Will und Tante Ida waren zur Beerdigung gekommen. Hinterher fuhr Onkel Will nach Maine zurück – es war Erntezeit –, und Tante Ida blieb noch zwei Wochen bei den Jungen, bevor sie sie nach Maine mitnahm. Sie mußte die Angelegenheit ihrer Schwester ordnen; noch wichtiger war aber, in dieser Zeit das Vertrauen der Jungen zu gewinnen – sie waren durch den plötzlichen Tod der Mutter so betäubt, daß sie Ähnlichkeit mit Schlafwandlern hatten. Wenn sie nicht schlafen konnten, brachte sie ihnen warme Milch; sie war da, wenn Hal um drei Uhr morgens aus Alpträumen hochschreckte (Alpträume, in denen seine Mutter sich dem Wasserkühler näherte, ohne den Affen zu sehen, der in der kühlen saphirblauen Tiefe auf und ab sprang, grinste und seine Zimbeln gegeneinanderschlug); sie war da, als Bill drei Tage nach der Beerdigung zuerst Fieber, dann einen schmerzhaften Ausschlag im Mund und dann Windpokken bekam. Sie lernte die Jungen kennen und gewann ihr Vertrauen, und bevor sie zu dritt mit dem Bus von Hartford nach Portland fuhren, waren Bill und Hal – jeder für sich – zu ihr gekommen und hatten sich in ihrem Schoß ausgeweint, und sie hatte sie festgehalten und liebkost, und das war der Beginn einer sehr innigen Beziehung gewesen.

Am Tag, bevor sie Connecticut für immer verließen und nach Maine fuhren, kam der Lumpensammler mit seinem alten klapprigen Lastwagen und holte einen riesigen Haufen nutzloses Zeug ab, das Bill und Hal aus der Rumpelkammer auf den Gehweg getragen hatten. Danach hatte Tante Ida ihnen gesagt, sie sollten sich noch einmal in der Rumpelkammer umschauen und aussuchen, welche Sachen sie besonders gern mitnehmen wollten. Wir haben einfach keinen Platz für alles, Jungs, sagte sie, und Hal nahm an, daß Bill sie beim Wort genommen und ein letztes Mal all jene faszinierenden Kartons und Kisten durchstöbert hatte, die von ihrem Vater zurückgeblieben waren. Hal beteiligte sich nicht daran. Er hatte seine Vorliebe für die Rumpelkammer total verloren. Eine schreckliche Idee war ihm in jenen ersten beiden Wochen nach dem Tod seiner Mutter gekommen: vielleicht war sein Vater nicht einfach verschwunden oder weggelaufen, weil er ein Bruder Leichtfuß gewesen war und festgestellt hatte, daß die Ehe nichts für ihn war.

Vielleicht hatte der Affe ihn auf dem Gewissen.

Als Hal hörte, daß der Lastwagen des Lumpensammlers rumpelnd und klappernd und dröhnend immer näher kam, nahm er seinen ganzen Mut zusammen, riß den Affen von seinem Regal, wo er seit dem Todestag seiner Mutter gestanden hatte (er hatte sich bisher nicht getraut, ihn anzurühren, nicht einmal, um ihn in die Rumpelkammer zurückzubefördern), und rannte damit die Treppe hinab ins Freie. Weder Bill noch Tante Ida sahen ihn. Auf einem Faß voller zerbrochener Souvenirs und schimmeliger Bücher stand der Realston-Purina-Karton, der mit ähnlichem Ramsch gefüllt war. Hal warf den Affen zurück in die Schachtel, aus der er ursprünglich aufgetaucht war, und forderte ihn hysterisch heraus, doch seine Zimbeln gegeneinanderzuschlagen (*los, nun mach schon, ich fordere dich heraus, doppelt und dreifach fordere ich dich heraus*), aber der Affe lehnte sich nur gemütlich zurück, als warte er auf einen Bus, und grinste sein schreckliches, schlaues Grinsen.

Hal, ein kleiner Junge in alten Kordhosen und abgetretenen Buster Browns, drückte sich in der Nähe herum, als der Lumpensammler, ein Italiener, der ein Kreuz um den Hals trug und durch seine Zahnlücken pfiff, begann, Schachteln und Kisten auf seinen alten Lastwagen zu laden. Hal beobachtete, wie der Mann das Faß samt Ralston-Purina-Karton hochhob; er sah, wie der Affe auf der Ladefläche des Lastwagens verschwand; er verfolgte alles genau, bis der Lumpensammler wieder einstieg, sich kräftig in die Hand schneuzte, sie an einem riesigen roten Taschentuch abwischte und dröhnend den Motor anließ. Er sah, wie der Lastwagen sich entfernte, und ein riesiger Stein fiel ihm vom Herzen – er spürte es richtig. Er machte zwei Luftsprünge, so hoch, wie er nur konnte, mit weit ausgebreiteten Armen, und wenn ihn irgendwelche Nachbarn dabei gesehen hätten, wären sie wahrscheinlich äußerst erstaunt, um nicht zu sagen schokkiert, gewesen – *warum macht der Junge denn Freudensprünge* (denn Freudensprünge kann man schwerlich für etwas anderes halten), hätten sie sich bestimmt gefragt, *wo doch seine Mutter noch keinen Monat im Grabe liegt?*

Er tat es, weil der Affe fort war, fort für immer.

Zumindest glaubte er das damals.

Knapp drei Monate später hatte Tante Ida ihn auf den Dachboden geschickt, um die Schachteln mit dem Christbaumschmuck zu holen, und während er auf der Suche danach herumkroch und sich die Hosen an den Knien staubig machte, sah er ihn plötzlich wieder, dicht vor sich, und seine Verblüffung und Angst waren so groß, daß er sich kräftig in die Handkante beißen mußte, um nicht zu schreien... oder tot umzufallen. Da war er, grinste mit den Zähnen, hielt die Zimbeln ein Stückchen voneinander entfernt, bereit zum Spielen, lehnte gemütlich in einer Ecke eines Ralston-Purina-Kartons, als warte er auf einen Bus, und schien zu sagen: *Du hast geglaubt, mich los zu sein, stimmt's? Aber mich wird man nicht so leicht los, Hal. Ich mag dich, Hal. Wir sind füreinander bestimmt, ein Junge und sein Spielzeugaffe, zwei gute alte Freunde. Und irgendwo südlich von hier liegt ein blöder alter italienischer Lumpensammler in einer Badewanne, mit hervorquellenden Augäpfeln und halb aus dem schreienden Mund heraushängenden künstlichen Gebiß, ein Lumpensammler, der riecht wie eine ausgebrannte Batterie. Er wollte mich für seinen Enkel aufheben, Hal, er stellte mich auf das Regal im Bad, neben seine Seife und seinen Rasierapparat und sein Philco-Radio, in dem er sich gerade die Brooklyn Dodgers anhörte, und ich begann, in meine Zimbeln zu schlagen, und eine davon stieß gegen das alte Radio, und es fiel in die Badewanne, und dann bin ich zu dir gekommen, Hal, ich habe mich nachts auf den Landstraßen vorwärtsbewegt, und nachts um drei spiegelte sich das Mondlicht in meinen Zimbeln, und ich hinterließ unterwegs an vielen Orten viele Tote. Ich bin zu dir gekommen, Hal, ich bin dein Weihnachtsgeschenk, also zieh mich auf, und wer ist tot? Ist es Bill? Ist es Onkel Will? Bist du's, Hal? Bist du's?*

Hal wich mit angstverzerrtem Gesicht und wild rollenden Augen zurück und wäre fast die Treppe hinabgestürzt. Er erzählte Tante Ida, er hätte den Christbaumschmuck nicht finden können – es war die erste Lüge, die er ihr erzählte, und sie sah es ihm am Gesicht an, aber Gott sei Dank fragte sie ihn nicht, warum er sie anlog – und als Bill etwas später heimkam, bat sie *ihn*, den Christbaumschmuck zu suchen, und Bill brachte ihn nach unten. Als sie später unter sich waren, schimpfte Bill ihn einen Trottel, der mit beiden Händen und einer Taschenlampe noch nicht einmal den eigenen Hintern finden würde. Hal erwiderte nichts darauf. Er war bleich und still, und er stocherte nur in seinem Abendessen herum. Und in jener Nacht träumte er wieder von dem Affen, träumte, wie eine der Zimbeln an das Radio stieß, aus dem gerade ein Lied von Dean Martin erscholl, wie das Radio in die Badewanne fiel, während der Affe grinste und seine Zimbeln gegeneinanderschlug: TSCHING und TSCHING und TSCHING und TSCHING. Nur war es nicht der italienische Lumpensammler, der in der Wanne lag, als diese plötzlich unter Strom stand.

In dieser Badewanne lag *er selbst*.

Hal und sein Sohn kletterten die Uferböschung hinter dem Haus hinab, zum Bootshaus, das auf seinen alten Pfählen ins Wasser hineinragte. Hal hatte die Flugtasche in der rechten Hand. Seine Kehle war trocken, und er hatte Ohrensausen. Die Tasche war sehr schwer.

Hal stellte sie ab. »Rühr sie nicht an«, sagte er zu Petey. Dann holte er aus seiner Hosentasche den Schlüsselbund, den Bill ihm gegeben hatte, und suchte einen Schlüssel heraus, der mit Klebeband ordentlich beschriftet war: BOOTSHAUS.

Der Tag war klar, kalt und windig, der Himmel strahlend blau. Die Blätter der Bäume, die bis zum Wasser sehr dicht standen, leuchteten in allen möglichen Herbstfarben von Blutrot bis Schulbusgelb. Sie raschelten und raunten im Wind. Sie wirbelten um Peteys Beine herum, der eifrig neben seinem Vater stand, und Hal stellte fest, daß der Wind schon den November ankündigte, und daß der Winter hier nicht mehr allzu fern war.

Der Schlüssel drehte sich im Schloß, und er öffnete die Tür. Seine Erinnerungen waren so lebendig, daß er ohne hinzuschauen mit dem Fuß den Holzpflock zurechtschob, der die Tür offen hielt. Hier roch es noch ganz nach Sommer: nach Segeltuch, hellem Holz, nach aufgestauter Wärme.

Onkel Wills Ruderboot war noch da, die Ruder ordentlich eingelegt, so als hätte er erst gestern zuletzt sein Angelzeug und zwei Sechserpacks Black Label eingeladen. Bill und Hal waren oft mit Onkel Will zum Angeln rausgefahren, aber nie beide zusammen; der Onkel hatte immer behauptet, das Boot sei für drei Leute zu klein. Der rote Trimm, den Onkel Will jedes Frühjahr aufgefrischt hatte, war jedoch verblaßt und blätterte ab, und Spinnen hatten im Bug des Bootes ihre seidenen Netze gewebt.

Hal zog das Boot die Rampe hinab zum steinigen Ufer. Die Ausflüge zum Angeln waren mit das Schönste während seiner Kindheit bei Onkel Will und Tante Ida gewesen. Er hatte das Gefühl, daß Bill ebenfalls dieser Meinung war. Im allgemeinen war Onkel Will ein äußerst schweigsamer Mann gewesen, aber sobald er das Boot 60 oder 70 Yards vom Ufer entfernt in die gewünschte Position gebracht hatte, und die Angeln ausgeworfen waren, pflegte er eine Bierdose für sich und eine für Hal zu öffnen (der selten mehr als die Hälfte der einen Dose trank, die Onkel Will ihm zugestand, stets mit der rituellen Ermahnung, daß er Tante Ida nie etwas davon erzählen dürfe, weil ›sie mir den Kopf abreißt, wenn sie erfährt, daß ich euch Jungs Bier gebe‹) und gesprächig zu werden. Dann erzählte er alle möglichen Geschichten, beantwortete Fragen und befestigte, wenn nötig, neue Köder an Hals Angelhaken; und das Boot trieb im Wind und in der sanften Strömung langsam dahin.

»Wie kommt es, daß du nie bis zur Mitte des Sees rausfährst, Onkel Will?« hatte Hal ihn einmal gefragt.

»Schau mal in die Tiefe«, hatte Onkel Will geantwortet.

Hal tat, wie ihm geheißen. Er sah das blaue Wasser und seine Angelrute, die weiter unten in der Dunkelheit verschwand.

»Du blickst in den tiefsten Teil des Crystal Lake«, sagte Onkel Will, während er mit einer Hand seine leere Bierdose zusammendrückte und mit der anderen nach einer neuen griff. »Hundert Fuß tief. Amos Culligans alter Studebaker liegt irgendwo da unten. Der verdammte Idiot ist einmal Anfang Dezember damit auf den See rausgefahren, als das Eis noch nicht tragfähig war. Er hatte noch Glück, daß er mit dem Leben davongekommen ist. Diesen Stud kriegt niemand mehr aus dem See raus, den sieht bis zum Jüngsten Gericht keiner mehr. Der See ist an dieser Stelle verdammt tief. Die großen Fische sind genau hier, Hal. Völlig überflüssig, weiter rauszufahren.

Laß mal sehen, wie dein Wurm aussieht. Na, den kannst du vergessen. Wirf ihn weg.«

Hal tat, wie ihm geheißen, und während Onkel Will einen neuen Köder aus der alten Konservendose holte und auf seinen Haken spießte, starrte er fasziniert ins Wasser und versuchte, Amos Culligans alten Studebaker zu sehen – ganz verrostet, mit Wasserpflanzen, die aus dem offenen Fenster auf der Fahrerseite heraushingen, durch das Amos buchstäblich im letzten Augenblick dem Tod entronnen war, mit Wasserpflanzen, die das Lenkrad zierten wie eine modrige Girlande, mit Wasserpflanzen, die vom Rückspiegel herabhingen und in der Strömung hin und her trieben wie ein seltsamer Rosenkranz. Aber er konnte nur Bläue sehen, die in Schwärze überging, und die Umrisse von Onkel Wills Nachtschwärmer, der dort unten an einem unsichtbaren Haken hing... Hal hatte eine flüchtige schwindelerregende Vision der menschlichen Realität – er sah sich selbst über einem gewaltigen Abgrund hängen – und er schloß die Augen, bis der Schwindelanfall vorüber war. Er glaubte sich daran erinnern zu können, daß er an jenem Tag seine ganze Bierdose ausgetrunken hatte.

*... der tiefste Teil des Crystal Lake... hundert Fuß tief...*

Er verschnaufte einen Moment und blickte zu Petey hoch, der immer noch begierig seine Aktivitäten verfolgte. »Soll ich dir helfen, Daddy?«

»Gleich.«

Er war wieder zu Atem gekommen und zog das Boot über den schmalen Sandstreifen ins Wasser. Die Farbe war zwar abgeblättert, aber ansonsten sah das Boot völlig unversehrt aus – es war im Bootshaus ja eigentlich auch gut aufgehoben gewesen.

Wenn er mit Onkel Will rausgefahren war, hatte sein Onkel das Boot immer bis zum Bug ins Wasser gezogen, war hineingeklettert, hatte ein Ruder zur Hand genommen, um das Boot abstoßen zu können, und dann gerufen: »Stoß mich ab, Hal – damit kannst du dir dein Bruchband erwerben!«

»Stell die Tasche rein, Petey, und dann stoß mich kräftig ab«, sagte Hal. Und mit einem kleinen Lächeln fügte er hinzu: »Damit kannst du dir dein Bruchband erwerben!«

Aber Petey erwiderte sein Lächeln nicht. »Darf ich mitkommen, Daddy?«

»Diesmal nicht. Ein anderes Mal nehme ich dich zum Angeln mit raus, aber... heute nicht.«

Petey zögerte. Der Wind zerzauste sein braunes Haar, und ein paar knisternde trockene Blätter wirbelten an seinen Schultern vorbei, landeten im seichten Wasser und trieben wie kleine Boote dahin.

»Du hättest was dazwischenstopfen sollen«, sagte Petey leise.

»Was?« Aber er hatte gut begriffen, was Petey meinte.

»Du hättest Putzwolle oder irgend sowas über die Zimbeln legen und mit Leukoplast festkleben sollen. Damit der Affe nicht... nicht dieses Geräusch machen kann.«

Hal dachte daran, wie Daisy auf ihn zugekommen war – nicht normal laufend, sondern taumelnd – und wie ganz plötzlich aus ihren beiden Augen Blut hervorschoß, ihr Fell am Hals durchtränkte und auf den Scheunenboden tropfte; wie ihre Vorderpfoten einknickten... und in der stillen regnerischen Frühlingsluft jenes Tages hatte er das Geräusch gehört, nicht gedämpft, sondern seltsam klar – es kam vom Dachboden des Hauses, aus 50 Fuß Entfernung: tsching-tsching-tsching.

Er hatte hysterisch geschrien und den Armvoll Holz fallenlassen, das er zum Anheizen holen sollte. Er war in die Küche gerannt, um Onkel Will zu holen, der gerade

Spiegeleier und Toast aß und noch nicht einmal die Hosenträger hochgezogen hatte.

*Sie war alt*, hatte Onkel Will gesagt, mit abgehärmtem, unglücklichem Gesicht — er hatte dabei selbst alt ausgesehen. *Sie war zwölf Jahre alt, und das ist für einen Hund ein hohes Alter. Du darfst es dir nicht so zu Herzen nehmen — die alte Daisy hätte das nicht gewollt.*

*Alt* — das hatte dann auch der Tierarzt gesagt, aber trotzdem hatte er beunruhigt ausgesehen, denn Hunde sterben nicht an plötzlichem Blutsturz im Gehirn, nicht einmal, wenn sie zwölf Jahre alt sind. (»Als hätte jemand in ihrem Kopf einen Feuerwerkskörper angezündet«, hörte Hal den Tierarzt zu Onkel Will sagen, während dieser hinter der Scheune ein Grab schaufelte, unweit der Stelle, wo er 1950 Daisys Mutter begraben hatte; »ich hab sowas noch nie gesehen, Will«).

Und später war Hal auf den Dachboden gestiegen, halb wahnsinnig vor Angst und doch außerstande, diesem Drang zu widerstehen.

*Hallo, Hal, wie geht's dir?* grinste der Affe aus seiner dunklen Ecke. Seine Zimbeln waren etwa einen Fuß voneinander entfernt. Das Sofakissen, das Hal dazwischengestopft hatte, lag ganz am anderen Ende des Dachbodens. Irgend etwas — irgendeine Kraft — hatte das Kissen mit solcher Wucht weggeschleudert, daß der Bezug aufgerissen war und die Füllung hervorquoll. *Du brauchst nicht um Daisy zu trauern*, flüsterte der Affe in seinem Kopf, die glasigen braunen Augen hypnotisch auf Hals weit aufgerissene blaue Augen gerichtet. *Trauere nicht um Daisy, Hal, sie war alt, sogar der Tierarzt hat das gesagt, und — übrigens — hast du gesehen, wie das Blut aus ihren Augen hervorschoß? Zieh mich auf, Hal! Zieh mich auf, wir wollen spielen, und wer ist tot, Hal? Bist du's?*

Und als Hal wieder zu sich kam, stellte er fest, daß er wie hypnotisiert auf den Affen zugegangen war und schon eine Hand nach dem Schlüssel ausgestreckt hatte. Leise wimmernd taumelte er rückwärts und wäre um ein Haar die Treppe hinuntergefallen.

Jetzt saß er im Boot und schaute Petey ernst an. »Es funktionierte nicht«, sagte er. »Ich hab's einmal versucht, etwas zwischen die Zimbeln zu stopfen.«

Petey warf einen ängstlichen Blick auf die Flugtasche. »Und was ist passiert, Daddy?«

»Ich möchte jetzt nicht darüber reden«, antwortete Hal, »und du willst es bestimmt nicht hören. Stoß mich jetzt lieber kräftig ab.«

Petey schob, und das Heck des Bootes glitt knirschend über den Sand. Hal stieß sich mit einem Ruder ab, und plötzlich verschwand jedes Gefühl, an die Erde gebunden zu sein, und das Boot bewegte sich geschmeidig, schwankte auf den leichten Wellen, nach Jahren im dunklen Bootshaus endlich wieder frei.

»Sei vorsichtig, Daddy!« rief Petey.

»Es wird nicht lange dauern«, versprach Hal, aber er warf einen Blick auf die Flugtasche und war sich alles andere als sicher, ob das stimmte.

Er begann, kräftig zu rudern und spürte rasch den alten, wohlvertrauten Schmerz im Rücken und zwischen den Schulterblättern. Er entfernte sich immer weiter vom Ufer. Petey wurde immer kleiner, schien sich wie durch Zauberei in einen Achtjährigen, einen Sechsjährigen, schließlich in einen Vierjährigen zu verwandeln, der am Wasser stand und mit einer winzigen Hand die Augen vor der Sonne abschirmte.

Hal warf von Zeit zu Zeit einen Blick auf das Ufer, gestattete es sich aber nicht, es genau zu betrachten. Fast 15 Jahre waren vergangen, und wenn er die Küstenlinie sorgfältig studierte, würden ihm sämtliche Veränderungen ins Auge springen, und dann würde er verwirrt vom richtigen Kurs abkommen. Die Sonne brannte auf seinen

Nacken, und er geriet ins Schwitzen. Er warf einen Blick auf die Tasche und kam einen Moment lang aus dem Ruderrhythmus. Die Tasche schien... schien sich zu wölben. Er begann, schneller zu rudern.

Eine kräftige Bö trocknete seinen Schweiß und kühlte seine Haut. Das Boot hob sich, und wenn der Bug sich wieder senkte, schwappte auf beiden Seiten Wasser hoch. War der Wind innerhalb der letzten Minute nicht stärker geworden? Und rief Petey etwas? Ja. Doch der Wind trug seine Worte davon. Aber das war sowieso nicht wichtig. Wichtig war jetzt einzig und allein, den Affen für weitere zwanzig Jahre loszuwerden – oder vielleicht

(*bitte, lieber Gott, für immer*)
für immer.

Das Boot hob und senkte sich jetzt immer stärker. Hal schaute nach links und sah kleine weiße Schaumkronen. Er blickte zum Ufer und sah Hunter's Point und einen eingestürzten Schuppen, der zu jener Zeit, als Bill und er Kinder waren, das Bootshaus der Burdons gewesen sein mußte. Demnach hatte er sein Ziel fast erreicht. Er war fast an jener Stelle angelangt, wo Amos Culligans berühmter Studebaker an einem längst vergangenen Dezembertag ins Eis eingebrochen war. Er hatte den tiefsten Teil des Sees fast erreicht.

Petey schrie etwas; schrie und gestikulierte. Hal konnte immer noch nichts verstehen. Das Ruderboot schaukelte und schlingerte; der Bug zerschnitt die Wellen und ließ dabei feine Wasserfontänen hochspritzen. Winzige Regenbogen funkelten sekundenlang darin, wurden auseinandergerissen. Sonne und Schatten wechselten auf dem See in rasender Folge ab, und die Wellen waren jetzt nicht mehr klein; die weißen Schaumkronen wuchsen rasch. Von Schwitzen konnte keine Rede mehr sein; Hal hatte eine Gänsehaut, und der Rücken seines Jacketts war von feinsten Wasserspritzern völlig durchnäßt. Er ruderte, so schnell er nur konnte; seine Blicke schweiften von der Küstenlinie zur Flugtasche. Wieder stieg das Boot, diesmal so hoch, daß das linke Ruder einen Moment lang nicht das Wasser, sondern nur Luft durchschnitt.

Petey gestikulierte immer noch wild, deutete gen Himmel; seine Schreie waren jetzt nur noch ganz schwach zu hören.

Hal warf einen Blick über die Schulter hinweg.

Der See glich jetzt einem Inferno von Wellen. Er hatte sich zu einem unheimlichen Dunkelblau verfärbt, gesäumt von weißen Schaumkronen. Ein Schatten raste über das Wasser auf das Boot zu, und seine Form hatte etwas so Vertrautes, so fürchterlich Bekanntes an sich, daß Hal aufschaute und den Schrei, der in seiner engen Kehle aufstieg, nur mit großer Mühe unterdrücken konnte.

Die Sonne verbarg sich hinter der Wolke und verwandelte sie in eine gekrümmte Gestalt mit zwei goldumrandeten Halbmonden in den Händen. Zwei Löcher waren in ein Ende der Wolke gerissen, und durch diese Löcher fluteten Sonnenstrahlen.

Als die Wolke über das Boot hinwegzog, begannen die Zimbeln des Affen, durch die Tasche kaum gedämpft, gegeneinanderzuschlagen. *Tsching-tsching-tsching-tsching, du bist es, Hal, endlich bist du's, du befindest dich jetzt über dem tiefsten Teil des Sees, und jetzt bist du an der Reihe, an der Reihe, an der Reihe...*

Sämtliche Anhaltspunkte am Ufer, die ihm Orientierung gaben, stimmten jetzt genau. Die verrosteten Überreste von Amos Culligans Studebaker lagen irgendwo da unten, hier waren die größten Fische, hier war die richtige Stelle.

Hal nahm die Ruder rasch ins Boot, beugte sich vor,

ohne Rücksicht auf das heftig schwankende Boot zu nehmen, und packte die Flugtasche. Ihre Seiten wölbten sich wie von kräftigen Atemzügen. Die Zimbeln vollführten ihre wilde heidnische Musik.

»Genau hier, du Hundesohn!« schrie Hal. »GENAU HIER!«

Er warf die Tasche über Bord.

Sie sank schnell. Einen Moment lang sah er, wie sich im Fallen die Seiten immer noch wölbten, einen endlos scheinenden Moment lang hörte er immer noch das Klirren der Zimbeln. Einen Moment lang schien das schwarze Wasser durchsichtig, und er konnte einen Blick in diesen schrecklichen Abgrund werfen; dort war Amos Culligans Studebaker, und Hals Mutter saß hinter dem schleimigen Lenkrad, ein grinsendes Skelett, durch dessen Augenhöhle ein Seebarsch stierte. Onkel Will und Tante Ida lagen neben ihr, und Tante Idas graue Haare fluteten empor, während die Tasche hinabfiel und einige Silberbläschen hochstiegen: *tsching-tsching-tsching-tsching...*

Hal schürfte sich die Knöchel blutig, so heftig senkte er die Ruder wieder ins Wasser (*und o Gott die Rücksitze von Amos Culligans Studebaker waren voll toter Kinder gewesen! Charlie Silverman... Johnny Mc Cabe...*) und begann das Boot zu wenden.

Ein dumpfer Knall, wie von einem Pistolenschuß, ertönte zwischen seinen Füßen, und plötzlich drang Wasser ins Boot. Es war alt; zweifellos hatte das Holz der Planken sich ein bißchen verzogen; es war nur ein kleines Leck. Aber es war noch nicht vorhanden, als er hinausruderte. Das hätte er beschwören können.

Ufer und See tauschten aus seiner Sicht die Plätze. Jetzt war Petey irgendwo hinter ihm. Über seinem Kopf hing immer noch die schreckliche affenartige Wolke. Hal ruderte. Zwanzig Sekunden genügten, um ihn davon zu überzeugen, daß er um sein Leben ruderte. Er war nur ein mittelmäßiger Schwimmer, und sogar ein erstklassiger hätte es bei diesem heftigen Wellengang ziemlich schwer gehabt.

Zwei weitere Planken barsten mit jenem schußähnlichen Knall auseinander. Nun strömte schon wesentlich mehr Wasser ins Boot und durchnäßte seine Schuhe. Mit leisem metallischem Knacksen brachen Nägel aus dem Holz heraus. Eine der Ruderklampen löste sich und flog ins Wasser — würde als nächstes der Drehzapfen wegfliegen?

Der Wind blies ihm jetzt in den Rücken, als versuchte er, ihn aufzuhalten oder gar in die Mitte des Sees hinauszutreiben. Er hatte Angst, aber gleichzeitig erfüllte ihn irrsinniges Frohlocken. Der Affe war diesmal für immer verschwunden. Irgendwie wußte er das. Was jetzt auch immer mit ihm selbst geschehen würde — der Affe würde nicht zurückkommen, er würde keinen Schatten auf Dennis' und Peteys Leben mehr werfen können. Der Affe war weg; vielleicht lag er auf dem Dach oder der Motorhaube von Amos Culligans Studebaker, dort unten auf dem Grund des Crystal Lake. Er war weg. Verschwunden für immer und ewig.

Er ruderte, was das Zeug hielt. Jenes berstende Geräusch kam wieder, und jetzt schwamm die rostige Konservendose, die im Bug gelegen hatte, in drei Zoll Wasser. Schaum flog in Hals Haare. Mit noch lauterem Krachen zerbarst die Sitzbank im Bug in zwei Teile und schwamm neben der Konservendose. Eine Planke flog von der linken Seite des Bootes weg, dann riß sich eine zweite auf der rechten Seite los, dicht über der Wasseroberfläche. Hal ruderte. Der Atem rasselte in seinem Mund, heiß und trocken, und seine Kehle füllte sich mit dem Kupfergeschmack der Erschöpfung. Seine verschwitzten Haare flogen im Wind.

Nun zerbarst krachend der Boden des Bootes; der Riß verlief zickzackförmig zwischen seinen Füßen hindurch zum Bug. Wasser flutete hinein. Es ging ihm bis zu den Knöcheln, dann bis zu den Waden. Er ruderte, kam aber kaum noch von der Stelle. Er wagte nicht, sich umzuschauen und festzustellen, wie weit er noch vom Ufer entfernt war.

Noch eine Planke fiel ins Wasser. Der Riß in der Mitte des Bodens trieb Zweige wie ein Baum. Immer mehr Wasser flutete jetzt ins Boot.

Obwohl er schon total außer Atem war, ruderte Hal in seiner Verzweiflung keuchend immer schneller. Plötzlich flogen beide Drehzapfen ins Wasser. Er verlor ein Ruder, umklammerte das andere, stand auf und begann damit das Wasser zu pflügen. Das Boot schwankte, kenterte fast und warf ihn zurück auf seine Bank.

Augenblicke später lösten sich weitere Planken, die Sitzbank zerbarst, und er lag im Bootsinneren im Wasser. Es war überraschend kalt. Er versuchte, auf die Knie zu kommen, und war nur von einem Gedanken beseelt: *Petey darf so etwas nicht sehen, er darf nicht sehen, wie sein Vater vor seinen Augen ertrinkt, du wirst schwimmen, paddeln wie ein Hund, wenn es nicht anders geht, aber tu etwas, tu irgend etwas...*

Ein letztes Bersten und Krachen — und er war im Wasser und schwamm zum Ufer, schwamm wie nie zuvor in seinem Leben... und das Ufer war erstaunlich nahe. Eine Minute später stand er keine fünf Yards vom Land entfernt nur noch bis zur Taille im Wasser.

Petey platschte mit weit ausgebreiteten Armen auf ihn zu, schreiend und weinend und lachend. Hal wollte ihm entgegenrennen und verlor das Gleichgewicht. Auch Petey taumelte, als das Wasser ihm bis zur Brust ging.

Sie fingen einander auf.

Obwohl Hal mühsam nach Luft rang, riß er den Jungen in seine Arme und trug ihn ans Ufer, wo sie beide keuchend auf den Sand sanken.

»Daddy, ist er weg? Der böse Affe?«

»Ja. Ich glaube, er ist weg. Und diesmal für immer.«

»Das Boot fiel auseinander. Es fiel einfach... um dich herum auseinander!«

Hal betrachtete die Planken, die 40 Fuß entfernt auf dem See trieben. Sie hatten nicht die geringste Ähnlichkeit mit dem solide handgearbeiteten Ruderboot, das er aus dem Bootshaus gezogen hatte.

»Jetzt ist alles wieder in Ordnung«, sagte Hal und lehnte sich zurück, auf die Ellbogen gestützt. Er schloß die Augen und ließ sein Gesicht von der Sonne wärmen.

»Hast du die Wolke gesehen?« füsterte Petey.

»Ja... aber jetzt sehe ich sie nicht mehr. Du?«

Sie blickten zum Himmel empor. Hier und dort waren vereinzelte weiße Wölkchen, aber keine Spur von einer großen dunklen affenähnlichen Wolke. Sie war verschwunden, wie er gesagt hatte.

Hal zog Petey hoch. »Im Haus oben wird es Handtücher geben. Komm.« Aber er blieb noch einen Moment stehen und schaute seinen Sohn an. »Es war reiner Wahnsinn von dir, einfach so in den See zu rennen.«

Petey sah ihn ernst an. »Du warst sehr tapfer, Daddy.«

»Tatsächlich?« An Tapferkeit hatte er überhaupt nicht gedacht. Nur an seine Angst. Die Angst war zu groß gewesen, um etwas anderes sehen zu können. Wenn wirklich noch etwas anderes dagewesen war. »Komm, Petey.«

»Was werden wir Mom erzählen?«

Hal lächelte. »Weiß ich noch nicht, mein Junge. Wir werden uns aber schon etwas ausdenken.«

Er verharrte noch einen Moment und betrachtete von neuem die im Wasser treibenden Bootsplanken. Der See war jetzt wieder ruhig. Harmlose kleine Wellen funkelten in der Sonne. Plötzlich hatte Hal Sommerurlauber vor Augen, die er überhaupt nicht kannte — vielleicht einen Mann und seinen Sohn, die nach großen Fischen angelten. *Ich habe etwas gefangen, Dad!* ruft der Junge. *Wir holen die Angelrute mal ein und schauen nach,* sagt der Vater, und aus der Tiefe kommt... der Affe empor; an seinen Zimbeln hängt Seetang, und er grinst sein schreckliches Willkommensgrinsen.

Hal schauderte zusammen — aber das waren schließlich nur Fantasiegespinste.

»Komm«, sagte er noch einmal zu Petey, und sie gingen auf dem Pfad zwischen den in Oktoberpracht prangenden Bäumen auf das Haus zu.

Aus: ›The Bridgton News‹, 24. Oktober 1980
DAS GEHEIMNIS DER TOTEN FISCHE
von BETSY MORIARTY

Ende letzter Woche trieben auf dem Crystal Lake in der Umgebung der Stadt Casco Hunderte toter Fische mit den Bäuchen nach oben. Die meisten scheinen in der Nähe von Hunter's Point verendet zu sein, obwohl es aufgrund der Strömungen im See schwierig ist, das genau festzustellen. Unter den toten Fischen waren alle Arten vertreten, die gewöhnlich in diesen Gewässern leben — blaue Sonnenfische, Hechte, Karpfen, Regenbogenforellen, braune Forellen, sogar ein in eingeschlossenen Gewässern lebender Lachs. Experten und zuständige Behörden stehen vor einem Rätsel...

# Paranoid: Ein Gesang

Ich kann nicht mehr hinausgehen.
Vor der Tür lauert ein Mann
Im Regenmantel,
Der eine Zigarette raucht.

Aber

Ich beschreibe ihn in meinem Tagebuch.
Und die Briefcouverts sind säuberlich aufgereiht
Auf dem Bett, blutrot im Schein
Der Neonreklame der Bar nebenan.

Er weiß, wenn ich sterbe
(Oder nur von der Bildfläche verschwinde)
Wird das Tagebuch abgeschickt und jeder weiß
Daß der CIA in Virginia ist.

500 Briefcouverts, gekauft in
500 verschiedenen Drug Stores,
Und 500 verschiedene Notizbücher
Jedes mit 500 Seiten.

Ich bin bereit.

Ich kann ihn von hier oben sehen.
Die Zigarette glüht deutlich
Oberhalb seines Trenchcoat-Kragens
Und irgendwo fährt ein Mann mit der U-Bahn
Der unter einer Black Velvet-Werbung sitzt und meinen
    Namen denkt.

Männer haben sich in Hinterzimmern über mich
    unterhalten.
Wenn das Telefon klingelt höre ich nur totes Atmen.
In der Bar gegenüber hat ein schallgedämpfter Revolver
In der Herrentoilette den Besitzer gewechselt.
Auf jeder Kugel steht mein Name.
Mein Name ist in Karteien gespeichert
Und wird in den Todesanzeigen der Zeitungen gesucht.

Über meine Mutter wurde ermittelt;
Gott sei dank, daß sie tot ist.

Sie haben Handschriftenmuster
Und untersuchen meinen Stuhlgang
Und die entlegensten Winkel.

Mein Bruder ist bei ihnen, sagte ich das schon?
Seine Frau ist Russin und er
Bittet mich ständig, Formulare auszufüllen.
Alles steht in meinem Tagebuch.
Hören Sie...
    Hören Sie
        Bitte Hören Sie
            Sie müssen zuhören.

Im Regen an der Bushaltestelle
Tun schwarze Kerle mit schwarzen Regenmänteln so
Als würden sie auf die Uhr sehen, aber
Es regnet nicht. Ihre Augen sind Silberdollars.
Ein paar sind vom FBI bezahlte Studenten
Die meisten aber Fremde, die durch unsere
Straßen gehen. Ich habe sie zum Narren gehalten
Stieg an der 25sten und Lex aus dem Bus aus
Wo ein Cabby mich über die Zeitung hinweg
    beobachtete.

Im Zimmer über mir hat eine alte Frau
Eine elektrische Saugglocke auf den Boden gepreßt.
Sie sendet Strahlen durch meine Stromkabel
Und jetzt schreibe ich im Dunkeln
Im Licht der Bar-Reklame.
Ich sage Ihnen, *ich weiß Bescheid*.

Sie schickten mir einen Hund mit braunen Flecken
Und einem Abhörmikrofon in der Nase.
Ich habe ihn im Waschbecken ersäuft und
Im Ordner GAMMA darüber geschrieben.

Ich sehe nicht mehr in den Briefkasten.
Die Grußkarten sind Briefbomben.

(Verschwindet! Gottverdammt!
Verschwindet, ich kenne wichtige Leute!
Ich sage euch, ich kenne *sehr* wichtige Leute!)

Im Restaurant haben die Wände Ohren
Und die Kellnerin sagt, es sei Salz, ich aber kenne
Arsen, wenn es vor mich hingestellt wird. Und der
    scharfe Senf
Soll den Bittermandelgeruch verbergen.

Ich habe seltsame Lichter am Himmel gesehen.
Letzte Nacht kroch ein dunkler Mann ohne Gesicht
    neun Meilen
Durch Abwasserrohre in meine Toilettenschüssel
    und hörte
Mit Ohren aus Chrom durch das billige Holz der Wand
Meine Telefongespräche ab.
Ich sage Ihnen, Mann, ich *höre* das.

Ich sah seine schmutzigen Fingerabdrücke
Auf dem Emaille.

Ich gehe jetzt nicht mehr ans Telefon.
Hatte ich das schon erwähnt?

Sie haben vor, die Erde mit Schlamm zu überfluten.
Sie planen Einbrüche.

Sie haben Ärzte
Die perverse Sex-Stellungen befürworten.
Sie stellen Abführmittel her, die süchtig machen
Und Zäpfchen, die brennen.
Sie wissen, wie man die Sonne
Mit Kanonen ausschießt.

Ich lege mich in Eis — habe ich Ihnen das gesagt?
Ihre Infrarotsucher können es nicht durchdringen.
Ich kenne Gesänge und trage Amulette.
Ihr denkt vielleicht, ihr habt mich, aber ich könnte euch
Jeden Augenblick vernichten.

Jeden Augenblick.

Jeden Augenblick.

Möchtest du etwas Kaffee, Liebste?

Habe ich schon gesagt, daß ich nicht mehr hinaus-
   gehen kann?
Vor der Tür lauert ein Mann
Im Regenmantel.

# Der Textcomputer der Götter

Auf den ersten Blick sah das Ding aus wie ein Wang-Textcomputer – es hatte eine Wang-Tastatur und einen Wang-Bildschirm. Erst auf den zweiten Blick bemerkte Richard Hagstrom, daß das Gehäuse des Bildschirmgeräts aufgeschnitten worden war (und das nicht einmal behutsam; es sah vielmehr so aus, als sei eine Metallsäge benutzt worden), um eine etwas größere IBM-Bildröhre einbauen zu können. Die Disketten, die zu diesem seltsamen Ding gehörten, waren alles andere als flexibel; sie waren so hart wie die Single-Platten, die Richard als Kind gehört hatte.

»Um *Gottes* willen, was ist denn das?« fragte Lina, als er und Mr. Nordhoff das Ding zu seinem Arbeitszimmer schleppten. Mr. Nordhoff hatte Tür an Tür mit der Familie von Richard Hagstroms Bruder gewohnt... Tür an Tür mit Roger, Belinda und ihrem Sohn Jonathan.

»Etwas, das Jon gebaut hat«, sagte Richard. »Mr. Nordhoff sagt, es sei für mich bestimmt gewesen. Es sieht aus wie ein Textcomputer.«

»O ja«, keuchte Nordhoff. Er war über Siebzig und völlig außer Atem. »Er hat mir gesagt, es sei einer. Der arme Junge... Könnten wir das Ding vielleicht mal kurz abstellen, Mr. Hagstrom? Ich bin ganz geschafft.«

»Na klar«, sagte Richard, und dann rief er nach seinem Sohn Seth, der unten auf seiner Fender-Gitarre seltsame atonale Akkorde klimperte – der Raum im Tiefgeschoß, den Richard selbst ausgebaut hatte und der ursprünglich als ›Familienzimmer‹ gedacht gewesen war, wurde statt dessen von seinem Sohn in Beschlag genommen und zum ›Übungsschuppen‹ umfunktioniert.

»Seth!« rief er. »Komm, hilf uns mal!«

Unten spielte Seth weiterhin falsche Akkorde auf seiner Gitarre. Richard warf Mr. Nordhoff einen entschuldigenden Blick zu und zuckte die Achseln. Er schämte sich und konnte das nicht verbergen. Auch Nordhoff zuckte die Achseln, so als wollte er sagen: *Kinder! Was kann man von ihnen heutzutage schon Besseres erwarten*? Nur wußten sie beide genau, daß Jon – der arme, zu einem tragisch frühen Tod verurteilte Jon Hagstrom, der Sohn seines verrückten Bruders – besser gewesen war.

»Es war sehr nett von Ihnen, mir zu helfen«, sagte Richard.

Nordhoff zuckte wieder die Achseln. »Was soll ein alter Mann wie ich denn sonst mit seiner Zeit anfangen? Und es war wirklich das mindeste, was ich für Jonny tun konnte. Wissen Sie, er hat mir immer umsonst den Rasen gemäht. Ich wollte ihm etwas dafür bezahlen, aber der Junge wollt's nicht annehmen. Er war wirklich ein großartiger Bursche.« Nordhoff war immer noch außer Atem. »Hätten Sie vielleicht ein Glas Wasser für mich, Mr. Hagstrom?«

»Na klar.« Er holte es selbst, als er sah, daß seine Frau keinerlei Anstalten machte aufzustehen; sie saß am Küchentisch, las einen Schundroman und aß ein Twinkie. »Seth!« rief er dann wieder. »Komm rauf und hilf uns, okay?«

Aber Seth spielte einfach weiter seine gedämpften arhythmischen Akkorde auf der Fender-Gitarre, die Richard noch nicht ganz abbezahlt hatte.

Er lud Nordhoff zum Abendessen ein, aber der alte Mann lehnte taktvoll ab. Richard nickte, wieder sehr verlegen, auch wenn es ihm diesmal gelang, es ein bißchen besser zu verbergen. *Wie kommt ein so netter Kerl wie du nur zu so einer Familie*? hatte sein Freund Bernie Epstein ihn einmal gefragt, und Richard hatte damals die gleiche dumpfe Verlegenheit und Scham verspürt wie jetzt und nur hilflos mit den Schultern gezuckt. Er *war* ein netter Kerl. Und doch hatte er aus irgendeinem Grund diese beiden am Hals – eine übergewichtige mürrische Frau, die sich um die schönen Dinge des Lebens betrogen fühlte, die das Gefühl hatte, auf das falsche Pferd gesetzt zu haben, es aber nie offen zugab, und einen verschlossenen fünfzehnjährigen Sohn, der dieselbe Schule besuchte, an der Richard unterrichtete, und der sich so wenig Mühe gab, daß er immer ganz nahe daran war sitzenzubleiben... einen Sohn, der morgens, mittags und abends (mit Vorliebe *spät* abends) komische Akkorde auf der Gitarre klimperte und zu glauben schien, ausschließlich damit durchs Leben kommen zu können.

»Na, wie wär's mit einem Bier?« fragte Richard. Er wollte Nordhoff noch nicht gehen lassen – er wollte noch mehr über Jon hören.

»Ein Bier wäre jetzt ganz fantastisch«, sagte Nordhoff, und Richard nickte dankbar.

»Gut«, sagte er und ging ins Haus, um ein paar Flaschen Bud zu holen.

Sein Arbeitszimmer befand sich in einem kleinen schuppenartigen Gebäude etwas abseits vom Haus – er hatte es, ebenso wie das ›Familienzimmer‹, selbst ausgebaut. Aber im Gegensatz zum Familienzimmer war dies ein Ort, der wirklich *ihm* gehörte – ein Ort, von dem er die Fremde, die er geheiratet hatte, und den Fremden, den sie zur Welt gebracht hatte, aussperren konnte.

Lina war natürlich nicht damit einverstanden, daß er einen Platz hatte, wohin er sich zurückziehen konnte, aber sie hatte nichts dagegen machen können – es war einer der wenigen kleinen Siege, die er über sie errungen hatte. Er gab zu, daß sie in gewisser Weise *wirklich* aufs falsche Pferd gesetzt hatte — als sie vor 16 Jahren geheiratet hatten, hatten sie beide geglaubt, er würde wunderbare lukrative Romane schreiben, und sie würden schon bald in Mercedessen herumfahren. Aber der einzige Roman, den er veröffentlicht hatte, war nicht lukrativ gewesen, und die Kritiker hatten ihn auch nicht für wunderbar gehalten. Lina hatte sich der Meinung dieser Kritiker angeschlossen, und das war der Anfang ihrer gegenseitigen Entfremdung gewesen.

Der Lehrauftrag an der High School, den sie ursprünglich beide nur als Sprungbrett auf ihrem Weg zu Erfolg, Ruhm und Reichtum angesehen hatten, war in den letzten 15 Jahren ihre Haupteinnahmequelle gewesen — ein verdammt langes Intermezzo, dachte er manchmal. Aber er hatte seinen Traum nie ganz begraben, schrieb Kurzgeschichten, und hin und wieder auch kurze Artikel. Er war ein angesehenes Mitglied des Schriftstellerverbands und verdiente alljährlich mit seiner Schreibmaschine etwa 5000 Dollar zusätzlich, und das berechtigte ihn zu einem eigenen Arbeitszimmer, ganz egal, wie sehr Lina auch dagegen murren mochte — besonders, da sie sich strikt weigerte, irgendeine Arbeit anzunehmen.

»Sie haben's hier sehr gemütlich«, sagte Nordhoff, nachdem er sich in dem kleinen Zimmer mit den alten Stichen an den Wänden umgesehen hatte. Der komische Textcomputer stand auf dem Schreibtisch. Richards alte elektrische Olivetti war vorübergehend auf einen der Aktenschränke verbannt worden.

»Das Zimmer erfüllt jedenfalls seinen Zweck«, sagte Richard. Er deutete mit dem Kopf auf die Anlage. »Glauben Sie, daß dieses Ding wirklich funktioniert? Jon war schließlich erst vierzehn.«

»Es sieht komisch aus, nicht wahr?«

»Das kann man wohl sagen«, stimmte Richard zu.

Nordhoff lachte. »Und dabei wissen Sie noch nicht mal

die Hälfte«, sagte er. »Ich hab mal hinten ins Bildschirmgerät reingeschaut. Auf einigen Drähten steht IBM, auf anderen Radio Shack. Dann ist da der Großteil eines Western Electronic-Telefons eingebaut. Und, ob Sie's glauben oder nicht, auch ein kleiner Motor von Erector Set.« Er schlürfte sein Bier und fuhr nachdenklich fort: »Fünfzehn. Er war gerade erst fünfzehn geworden. Ein paar Tage vor dem Unfall.« Er schwieg eine Weile, betrachtete seine Bierflasche und wiederholte halblaut: »Fünfzehn.«

»Erector Set?« Richard starrte den alten Mann erstaunt an.

»Ja. Von Erector Set gibt es einen Elektromodellbaukasten. Jon besaß so einen, seit er so etwa... ich glaube, so etwa sechs Jahre alt war. Ich habe ihm das Ding mal zu Weihnachten geschenkt. Er war schon damals ganz verrückt nach technischem Zubehör aller Art, und dieser Elektrobaukasten mit Motoren scheint ihm wirklich gefallen zu haben. Er hat ihn fast zehn Jahre lang aufbewahrt. Das ist bei Kindern sehr selten, Mr. Hagstrom.«

»O ja«, sagte Richard und dachte an die vielen Spielzeuge, die er Seth geschenkt hatte, und die der Junge achtlos beiseite gelegt, weggeworfen oder kaputtgemacht hatte. Er warf einen Blick auf den Textcomputer. »Er funktioniert demnach bestimmt nicht.«

»Darauf würde ich an Ihrer Stelle keine Wette abschließen, bevor Sie's probiert haben«, sagte Nordhoff. »Der Junge war fast so was wie ein elektrotechnisches Genie.«

»Ich glaube, Sie übertreiben ein bißchen. Ich weiß natürlich, daß er eine Begabung für technische Dinge hatte, und in der sechsten Klasse hat er den State Science Fair gewonnen...«

»Obwohl die anderen Teilnehmer an diesem Wettbewerb wesentlich älter waren – einige hatten sogar die High School schon fast abgeschlossen«, warf Nordhoff ein. »Das hat mir zumindest seine Mutter erzählt.«

»O ja, das stimmt. Wir waren alle sehr stolz auf ihn.«
Das entsprach allerdings nicht ganz der Wahrheit. Richard war stolz auf ihn gewesen, und Jons Mutter ebenfalls; der Vater des Jungen hatte sich einen Dreck daraus gemacht. »Aber zwischen solchen Wettbewerbsprojekten und dem Eigenbau eines Textcomputers aus bunt zusammengewürfelten Einzelteilen...« Er zuckte mit den Schultern.

Nordhoff stellte seine Bierflasche ab. »In den 50er Jahren gab's einen Jungen«, berichtete er, »der aus zwei Suppendosen und elektrischem Zubehör im Wert von etwa fünf Dollar einen Atomzertrümmerer konstruierte. Jon hat mir davon erzählt. Und er sagte, in irgendeiner Kleinstadt Neumexikos hätte 1954 ein Junge Tachyonen entdeckt – negative Elementarteilchen, die sich angeblich rückwärts durch die Zeit bewegen. Ein Junge in Waterbury, Connecticut – elf Jahre alt war er – hat aus dem Zelluloid, das er von den Rückseiten der Spielkarten abkratzte, eine Bombe fabriziert und damit eine leere Hundehütte in die Luft gesprengt. Kinder sind eigenartige Geschöpfe. Besonders die Superintelligenten. Vielleicht erleben Sie eine richtige Überraschung.«

»Vielleicht. Möglich wär's immerhin.«

»Er war ein großartiger Junge, das steht jedenfalls fest.«

»Sie liebten ihn ein wenig, ja?«

»Mr. Hagstrom«, erwiderte Nordhoff, »ich liebte ihn *sehr*. Er war wirklich ein ungewöhnlich netter und kluger Junge.«

Und Richard dachte wieder einmal, wie merkwürdig es doch war – sein Bruder, der seit seinem sechsten Lebensjahr ein absoluter Dreckskerl gewesen war, hatte eine großartige Frau und einen großartigen klugen Sohn bekommen. Er selbst hingegen, der sich immer bemüht hatte, freundlich und gut zu sein (was auch immer ›gut‹

in dieser verrückten Welt bedeuten mochte), hatte Lina geheiratet, die sich zu einer mürrischen, fetten Frau entwickelt hatte, und sie hatte dann Seth bekommen. Während er jetzt Nordhoffs ehrliches, müdes Gesicht betrachtete, fragte er sich, wie so etwas hatte passieren können, und inwieweit es seine eigene Schuld war, das folgerichtige Ergebnis seiner eigenen Schwäche.

»Ja«, sagte er. »Das war er zweifellos.«

»Es würde mich nicht wundern, wenn dieses Ding funktioniert«, sagte Nordhoff. »Würde mich nicht im geringsten wundern.«

Nachdem Nordhoff gegangen war, schaltete Richard Hagstrom die Anlage ein. Ein Summen ertönte, und er wartete darauf, ob die Buchstaben IBM auf dem Bildschirm aufleuchten würden. Das war nicht der Fall. Statt dessen tauchten unheimlicherweise, wie eine Stimme aus dem Grab, folgende Worte wie grüne Gespenster aus der Dunkelheit auf:

ALLES LIEBE ZUM GEBURTSTAG, ONKEL RICHARD! JON.

»Mein Gott!« flüsterte Richard und ließ sich auf den Schreibtischstuhl fallen. Der Unfall, bei dem sein Bruder mit Frau und Sohn ums Leben gekommen waren, hatte sich vor zwei Wochen ereignet — auf der Rückfahrt von einem Tagesausflug. Roger war betrunken gewesen — für ihn ein völlig normaler Zustand. Aber diesmal hatte ihn sein übliches Glück verlassen, und er war mit seinem staubigen alten Lieferwagen in einen 90 Fuß tiefen Abgrund gestürzt. Der zertrümmerte Wagen war in Flammen aufgegangen. *Jon war vierzehn — nein, fünfzehn. Wie der alte Mann gesagt hat, ein paar Tage vor dem Unfall ist er fünfzehn geworden. Nur noch drei Jahre, dann wäre er von diesem schwerfälligen dummen Bär von Vater befreit gewesen. Sein Geburtstag... und ich selbst habe auch demnächst Geburtstag. Heute in einer Woche.*

Der Textcomputer war Jons Geburtstagsgeschenk für ihn gewesen. Irgendwie machte das alles noch viel schlimmer, auch wenn Richard nicht genau hätte erklären können, warum. Er streckte die Hand aus, um die Anlage auszuschalten, zog sie aber wieder zurück.

*Ein Junge hat aus zwei Suppendosen und elektrischem Zubehör im Wert von etwa fünf Dollar einen Atomzertrümmerer konstruiert.*

*O ja, und das Abzugskanalsystem von New York City ist voll mit Ratten, und die U.S. Luftwaffe hat irgendwo in Nebraska die Leiche eines Ausländers auf Eis liegen. Solche Geschichten gibt's doch massenhaft. Alles totaler Blödsinn. Aber vielleicht ist das etwas, das ich nicht mit absoluter Sicherheit wissen will.*

Er stand auf, ging zur Rückseite des Bildschirmgeräts und spähte durch die Schlitze. Ja, es war, wie Nordhoff gesagt hatte. Drähte mit der Aufschrift RADIO SHACK MADE IN TAIWAN. Drähte mit den Aufschriften von Western Electric und Westrex und Erector Set, letztere mit den kleinen Markenzeichen ›r‹ in einem Kreis. Und er sah noch etwas anderes, etwas, das Nordhoff entweder entgangen war, oder das er nicht hatte erwähnen wollen. Da drin befand sich auch ein Lionel-Eisenbahntransformator, der mit Drähten gespickt war wie die Braut von Frankenstein im Film.

»Mein Gott«, murmelte er lachend, aber den Tränen verdächtig nahe. »Mein Gott, Jonny, was glaubtest du bloß herzustellen?«

Aber er wußte es genau. Seit Jahren träumte und redete er davon, einen Textcomputer zu besitzen, und als Linas sarkastisches Lachen unerträglich geworden war, hatte er sich mit Jon darüber unterhalten. »Ich könnte schneller arbeiten, schneller was ändern und auf diese Weise mehr veröffentlichen«, hatte er Jon letzten Sommer erzählt − er erinnerte sich genau, daß der Junge ihn ernst angeschaut hatte. Die Brille hatte seine hellblauen

Augen vergrößert, die so intelligent waren, aber immer einen wachsamen Ausdruck bewahrten, so als sei er ständig auf der Hut. »Es wäre großartig... wirklich fantastisch.«

»Warum schaffst du dir dann keinen an, Onkel Rich?«

»Na ja, man bekommt sie nicht gerade geschenkt«, hatte Richard lächelnd geantwortet. »Die billigsten Radio Shack-Modelle kosten schon etwa drei Riesen. Von dieser Summe an geht's dann aufwärts bis zu 18 000 Dollar.«

»Vielleicht bau ich dir einmal einen«, hatte Jon gesagt.

»Vielleicht.« Richard hatte ihm auf den Rücken geklopft. Und dann hatte er bis zu Nordhoffs Anruf überhaupt nicht mehr daran gedacht.

Drähte aus Elektromodellbaukästen.

Ein Lionel-Eisenbahntransformator.

Du lieber Himmel!

Er ging wieder zur Vorderseite des seltsamen Geräts und wollte es ausschalten. Irgendwie hatte er das Gefühl, wenn er tatsächlich etwas einzugeben versuchte, und es klappte dann nicht, so würde das die Absicht seines ernsten, sensiblen

(von Tragik überschatteten)

Neffen entweihen.

Trotzdem drückte er plötzlich auf die Taste EXECUTE. Ein leichter kalter Schauder lief ihm dabei über den Rücken — wenn man darüber nachdachte, war EXECUTE ein komisches Wort, das er nicht mit Computern assoziierte; vielmehr fielen ihm dabei Gaskammern und elektrische Stühle ein... vielleicht auch staubige alte Lieferwagen, die über den Straßenrand brausten.

EXECUTE.

Die C.P.U. summte lauter als alle Modelle, die er je gehört hatte, wenn er sich gelegentlich Textcomputer in Fachgeschäften anschaute; eigentlich war es schon kein

Summen, sondern eher ein Dröhnen. *Was ist im Speicher alles eingebaut, Jon?* dachte er. *Sprungfedern? Eisenbahntransformatoren in Reihenschaltung? Suppendosen?* Ihm fielen wieder Jons Augen ein, das ruhige, zarte Gesicht. War es sonderbar, vielleicht sogar krankhaft, einen anderen Menschen so um seinen Sohn zu beneiden?

*Aber er hätte eigentlich mein Sohn sein müssen. Ich wußte es... und ich glaube, auch er wußte es.* Und dann war da auch noch Belinda, Rogers Frau. Belinda, die an regnerischen und bewölkten Tagen so häufig Sonnenbrillen trug. Solche mit besonders großen Gläsern, weil blaugeschlagene Augen nicht leicht zu verbergen sind. Manchmal hatte er sie angeschaut, wenn sie still und wachsam dasaß, während Roger sein lautes Lachen erschallen ließ, und dann hatte er auch immer gedacht: *Eigentlich müßte sie meine Frau sein.*

Es war ein erschreckender Gedanke, denn beide hatten sie Belinda auf der High School gekannt und waren mit ihr ausgegangen. Roger war zwei Jahre älter als er, und Belinde stand altersmäßig genau zwischen ihnen – sie war ein Jahr älter als Richard und ein Jahr jünger als Roger. Richard war sogar als erster mit dem Mädchen ausgegangen, das später Jon zur Welt gebracht hatte. Dann war Roger dazwischengetreten, der ältere und stärkere Roger, der immer bekam, was er wollte, Roger, der einem weh tat, wenn man sich ihm in den Weg zu stellen versuchte.

*Ich bekam es mit der Angst zu tun. Ich hatte Angst vor Roger, deshalb überließ ich sie ihm. War die Sache wirklich so einfach? Lieber Gott, steh mir bei, ich glaube, es war wirklich so. Es wäre mir viel lieber, wenn es eine andere Erklärung gäbe, aber vielleicht ist es besser, sich nichts vorzumachen, wenn es um Dinge wie Feigheit geht. Und Scham.*

Und wenn es tatsächlich stimmte – wenn Lina und

Seth eigentlich zu seinem Taugenichts von Bruder, und Belinda und Jon zu ihm selbst gehört hatten — was bewies das? Und wie sollte ein denkender Mensch mit einer so absurden Verwicklung fertigwerden? Sollte er lachen? Weinen oder schreien? Sollte er sich selbst eine Kugel durch den Kopf jagen?

*Es würde mich nicht wundern, wenn das Ding funktioniert. Würde mich nicht im geringsten wundern.*

EXECUTE.

Seine Finger glitten rasch über die Tasten. Er schaute auf den Bildschirm und sah die grünen Wörter, die darauf flimmerten:

MEIN BRUDER WAR EIN WERTLOSER TRUNKENBOLD.

Sie flimmerten auf dem Bildschirm, und plötzlich fiel Richard ein Spielzeug ein, das er als Kind gehabt hatte: ein Magischer Ball. Man stellte ihm eine Frage, die mit ja oder nein beantwortet werden konnte, und dann drehte man den Magischen Ball um und sah, was er zu sagen hatte — zu seinem Repertoire an hinreißend mysteriösen Antworten gehörten Sätze wie ES IST FAST SICHER, DAMIT WÜRDE ICH NICHT RECHNEN und FRAG SPÄTER NOCH EINMAL.

Roger hatte ihn um dieses Spielzeug beneidet, und schließlich hatte er Richard eines Tages so lange eingeschüchtert, bis dieser es ihm gegeben hatte — und dann hatte Roger es mit aller Kraft auf den Gehweg geschmettert, wo es zerbrochen war, und hatte schallend gelacht. Und während Richard jetzt dasaß und dem eigenartig abgehackten Dröhnen aus der C.P.U. lauschte, die Jon gebastelt hatte, dachte er daran, wie er weinend auf dem Gehweg gekniet hatte und einfach nicht begreifen konnte, wie sein Bruder so etwas hatte tun können.

»*Heulsuse! Heulsuse!* Nun schaut euch nur mal an, wie das Baby flennt!« hatte Roger ihn auch noch verhöhnt. »Es war doch sowieso nur ein billiges Scheißspielzeug,

Richie. Du siehst doch selbst, es war nichts drin als ein Haufen kleiner Schilder und 'ne Menge Wasser.«

»ICH SAG'S!« hatte Richie aus voller Lunge gebrüllt, mit hochrotem Kopf und tränenüberströmtem Gesicht – Tränen der Wut hauptsächlich. »DAS SAG ICH, ROGER. ICH SAG'S MOM!«

»Wenn du mich verpetzt, brech ich dir den Arm«, hatte Roger gesagt, und an seinem kalten Grinsen hatte Richard gesehen, daß es ihm ernst mit seiner Drohung war. Er hatte Roger *nicht* verpetzt.

MEIN BRUDER WAR EIN WERTLOSER TRUNKENBOLD.

Nun, trotz komischer Einzelteile wurde die Texteingabe tatsächlich auf den Bildschirm übertragen. Ob die Anlage auch Informationen in der C.P.U. speichern würde, blieb noch abzuwarten, aber Jons Kombination einer Wang-Tastatur mit einem IBM-Bildschirm funktionierte tatsächlich. Zwar rief das Ding auch einige sehr unangenehme Erinnerungen wach, aber das war schließlich nicht Jons Schuld.

Er schaute sich in seinem Arbeitszimmer um, und zufällig fiel sein Blick auf das einzige Bild, das er nicht selbst ausgesucht hatte, und das ihm nicht gefiel. Es war ein Studioporträt von Lina – sie hatte es ihm vor zwei Jahren zu Weihnachten geschenkt. *Ich möchte, daß du es in deinem Arbeitszimmer aufhängst*, hatte sie gesagt, und natürlich hatte er das auch brav getan. Er vermutete, daß sie ihn auf diese Weise im Auge behalten wollte, selbst wenn sie nicht persönlich anwesend war. *Vergiß mich nicht, Richard. Ich bin da. Vielleicht habe ich aufs falsche Pferd gesetzt, aber ich bin immer noch da. Und das solltest du lieber nicht vergessen.*

Das Studioporträt mit seinen unnatürlichen Farben paßte überhaupt nicht zu den anmutigen Stichen von Whistler, Homer und N.C. Wyeth. Linas Augen waren halb geschlossen, der breite cupidoförmige Mund zu einem schwach angedeuteten Lächeln verzogen. *Ich bin immer noch da*, schien ihr Mund ihm zu sagen. *Vergiß das ja nicht.*

Er tippte:
DAS FOTO MEINER FRAU HÄNGT AN DER WESTWAND MEINES ARBEITSZIMMERS!

Er betrachtete den Satz auf dem Bildschirm, und er mißfiel ihm ebenso wie das Foto selbst. Er drückte auf die Taste DELETE. Die Wörter verschwanden. Jetzt war der Bildschirm bis auf den Leuchtzeiger leer.

Richard blickte zur Wand und sah, daß auch das Foto seiner Frau verschwunden war.

Er saß sehr lange da — zumindest kam es ihm so vor — und starrte auf die Wand, an der das Bild gehangen hatte. Was ihn schließlich aus seinem unglaublichen Schockzustand riß, war der Geruch aus der C.P.U. — ein Geruch, an den er sich aus seiner Kindheit ebenso deutlich erinnerte wie an den Magischen Ball, den Roger zerbrochen hatte, weil er nicht ihm gehörte. Diesen Geruch verströmte manchmal der Transformator seiner elektrischen Eisenbahn, und dann mußte man das Ding ausschalten, damit es abkühlen konnte.

Und das würde er jetzt auch tun.

In einer Minute.

Er stand auf und ging mit weichen Knien zur Wand. Er fuhr mit den Fingern über die Holztäfelung. Hier hatte das Bild gehangen, ja, *genau hier*.. Aber nun war es verschwunden, und der Haken, an dem es gehangen hatte, war ebenfalls verschwunden, und es war auch kein Loch im Holz zu sehen, an jener Stelle, wo er den Haken eingeschraubt hatte.

Verschwunden.

Ihm wurde schwarz vor Augen, und er taumelte rückwärts und dachte verschwommen, daß er gleich in Ohnmacht fallen würde. Er hielt sich am Schreibtisch fest, bis die Gegenstände um ihn herum wieder klare Konturen annahmen.

Er schaute von der leeren Stelle an der Wand, wo noch vor kurzem Linas Foto gewesen war, zum Textcomputer, den sein toter Neffe zusammengebastelt hatte.

*Vielleicht erleben Sie eine richtige Überraschung*, hörte er Nordhoff sagen. *Vielleicht erleben Sie eine richtige Überraschung, o ja, wenn irgendein Junge in den 50er Jahren Elementarteilchen entdecken konnte, die sich rückwärts durch die Zeit bewegen, so wäre es auch durchaus möglich, daß Sie eine große Überraschung erleben, was Ihr genialer Neffe aus weggeworfenen Speicherelementen und Drähten und Elektrozubehör machen konnte. Sie könnten eine solche Überraschung erleben, daß Sie das Gefühl haben, den Verstand zu verlieren.*

Der Transformator stank jetzt stärker, und er sah Rauchschwaden aus den Schlitzen im Bildschirmgerät aufsteigen. Auch das Dröhnen in der C.P.U. war noch lauter als zuvor. Es war Zeit, die Anlage auszuschalten – so klug Jon auch gewesen war, er hatte offensichtlich nicht genug Zeit gehabt, alle Mängel dieses verrückten Dings zu beheben.

Aber hatte Jon gewußt, *wie* es funktionieren würde?

Mit dem Gefühl, ein Opfer seiner eigenen Fantasie zu sein, setzte sich Richard wieder hin und tippte:

DAS FOTO MEINER FRAU HÄNGT AN DER WAND.

Er betrachtete den Satz einen Moment lang, dann drückte er auf die Taste EXECUTE.

Er blickte zur Wand hinüber.

Linas Foto hing wieder da, genau an der alten Stelle.

»Jesus«, flüsterte er. »Jesus Christus!«

Er fuhr sich mit der Hand über die Wange, blickte auf die Tastatur und tippte:

MEIN FUSSBODEN IST LEER.

Dann drückte er auf die Taste INSERT und tippte weiter:

Bis auf zwölf Zwanzig-Dollar-Goldmünzen in einem kleinen Baumwollsäckchen.

Er drückte auf Execute.

Er blickte auf den Boden, wo jetzt ein kleines weißes Baumwollsäckchen lag, das mit einer Kordel verschnürt war. Wells Fargo stand mit verblaßter schwarzer Tinte darauf.

»Lieber Jesus«, hörte er sich mit einer Stimme sagen, die nicht seine eigene war. »Lieber Jesus, lieber guter Jesus...«

Er hätte vielleicht minuten- oder auch stundenlang den Erlöser angerufen, wenn die Anlage nicht plötzlich angefangen hätte, Pieps-Töne von sich zu geben. Oben auf dem Bildschirm flimmerte das Wort Overload.

Richard schaltete hastig alles aus und stürzte aus seinem Arbeitszimmer, als wären sämtliche Teufel der Hölle hinter ihm her.

Vorher hob er aber doch noch das Säckchen vom Boden auf und schob es in seine Hosentasche.

Als er an jenem Abend Nordhoff anrief, spielte ein kalter Novemberwind draußen in den Bäumen Dudelsack ohne erkennbare Melodien. Seths Gruppe war unten und malträtierte ein Lied von Seger. Lina war nicht zu Hause — sie spielte Bingo im Gemeindesaal von Our Lady of Perpetual Sorrows.

»Na, funktioniert das Ding?« fragte Nordhoff.

»O ja, es funktioniert«, sagte Richard. Er griff in seine Tasche und holte eine Münze hervor. Sie war schwer — schwerer als eine Rolex-Uhr. Auf einer Seite war das grimmige Profil eines Adlers eingeprägt sowie die Jahreszahl 1871. »Es funktioniert auf eine Art und Weise, die Sie nie glauben würden.«

»Vielleicht doch«, sagte Nordhoff ruhig. »Er war ein sehr intelligenter Junge, und er liebte Sie sehr, Mr. Hagstrom. Aber seien Sie vorsichtig. Ein Junge ist nur ein Junge, und mag er noch so intelligent sein. Und Liebe kann auch irregeleitet sein. Verstehen Sie, was ich meine?«

Richard hatte keine Ahnung, was Nordhoff meinte. Ihm war heiß und fiebrig zumute. In der Zeitung war der gegenwärtige Goldpreis an diesem Tag mit 514 Dollar pro Unze angeführt. Die Münzen hatten auf seiner Briefwaage ein Durchschnittsgewicht von 4,5 Unzen pro Stück ergeben. Das machte beim jetzigen Goldpreis insgesamt 27 756 Dollar. Und er vermutete, daß das nur etwa ein Viertel der Summe war, die er bekommen konnte, wenn er die Münzen als *Münzen* verkaufte.

»Mr. Nordhoff, könnten Sie herkommen? Gleich jetzt? Noch heute abend?«

»Nein«, sagte Mordhoff. »Nein, ich glaube, das möchte ich lieber nicht, Mr. Hagstrom. Ich glaube, diese Sache sollte ein Geheimnis zwischen Ihnen und Jon sein und bleiben.«

»Aber...«

»Nur vergessen Sie bitte nicht, was ich gesagt habe. Seien Sie um Gottes willen vorsichtig.« Es klickte leise in der Leitung. Nordhoff hatte den Hörer aufgelegt.

Eine halbe Stunde später war Richard wieder in seinem Arbeitszimmer und betrachtete den Textcomputer. Er berührte die ON/OFF-Taste, drückte aber noch nicht darauf. Beim zweitenmal hatte er Nordhoffs Warnung mitbekommen. *Seien Sie um Gottes willen vorsichtig.* Ja, er würde wirklich vorsichtig sein müssen. Eine Maschine, die so etwas zustande brachte...

Wie *konnte* eine Maschine nur so etwas zustande bringen?

Er hatte keine Ahnung... aber in gewisser Weise konnte er diese verrückte Sache dadurch sogar leichter akzeptieren. Er war Englischlehrer und gelegentlich

Schriftsteller, kein Techniker, und er verstand bei sehr vielen Geräten nicht, wie sie funktionierten: Plattenspieler, Gasmotoren, Telefone, Fernseher, die Wasserspülung in der Toilette. Natürlich konnte er mit diesen Dingen umgehen, sie handhaben, aber die zugrundeliegenden Gesetzmäßigkeiten waren für ihn stets ein Buch mit sieben Siegeln geblieben. Wen könnte es da noch wundern, wenn er die Funktionsweise dieser Maschine nicht begriff?

Er schaltete sie ein. Wie zuvor erschien auf dem Bildschirm der Glückwunsch:

ALLES LIEBE ZUM GEBURTSTAG, ONKEL RICHARD! JON.

Er drückte auf EXECUTE, und die Botschaft seines Neffen verschwand.

*Diese Anlage wird nicht lange funktionieren*, dachte er plötzlich. Er war sicher, daß Jon noch daran gearbeitet hatte, als er starb, daß er zuversichtlich geglaubt hatte, bis zu Onkel Richards Geburtstag noch drei Wochen Zeit zu haben...

Aber dann war Jons Zeit plötzlich abgelaufen, und deshalb begann dieser erstaunliche Textcomputer, der offenbar neue Dinge einführen und alte aus der realen Welt löschen konnte, nach wenigen Minuten wie ein überhitzter Eisenbahntransformator zu stinken und zu rauchen. Jon hatte nicht die Möglichkeit gehabt, ihn zu perfektionieren. Er...

*Hatte Jon wirklich zuversichtlich geglaubt, noch Zeit zu haben?*

Nein, das stimmte nicht. Das stimmte *überhaupt* nicht. Richard wußte es. Jons stilles, wachsames Gesicht, die nüchternen Augen hinter den dicken Brillengläsern... sie hatten keine Zuversicht ausgestrahlt, keinen Glauben an die Tröstungen der Zeit. Welches Wort war ihm früher am Tag in Zusammenhang mit Jon eingefallen? *Tragisch*. Von *Tragik* überschattet. Ja, das war nicht nur ein *gutes* Wort, um Jon zu charakterisieren; es war das einzig *richtige* Wort. Diese Tragik hatte den Jungen so deutlich spürbar umgeben, daß Richard ihn manchmal am liebsten in den Arm genommen und ihm gesagt hätte, er solle alles ein bißchen leichter nehmen, hin und wieder gebe es im Leben auch ein Happy-End, und die Guten müßten nicht zwangsläufig immer früh sterben.

Dann dachte er wieder daran, wie Roger seinen Magischen Ball mit aller Kraft auf den Gehweg geworfen hatte; er sah direkt vor sich, wie die Plastikkugel zerbrochen und die magische Flüssigkeit – Wasser, sonst nichts! – über den Gehsteig geflossen war. Und dieses Bild wurde gleich darauf überlagert von Rogers altem Lieferwagen mit der Aufschrift Hagstroms Engroslieferungen an der Seitenfläche. Er hatte – gegen seinen Willen – die Szene vor Augen, wie der Wagen irgendwo draußen auf dem Land über die Kante eines abbröckelnden Felsens raste, wie das Gesicht seiner Schwägerin sich in eine blutige Masse verwandelte, wie Jon schreiend im Autowrack verbrannte und verkohlte.

Keine Zuversicht, keine echte Hoffnung. Jon schien schon immer eine Vorahnung gehabt zu haben, daß ihm nicht viel Zeit zum Leben blieb. Und er hatte recht behalten.

»Was für eine Bedeutung hat das alles?« murmelte Richard, während er auf den leeren Bildschirm starrte.

Wie hätte wohl sein Magischer Ball diese Frage beantwortet? Frag später noch einmal? Die Folgen sind ungewiss? Oder vielleicht Es ist bestimmt so?

Das Dröhnen aus der C.P.U. wurde immer lauter, noch schneller als am Nachmittag. Schon nahm er den Geruch des erhitzten Eisenbahntransformators wahr, den Jon zusammen mit allen möglichen anderen Bestandteilen in die Anlage eingebaut hatte.

Eine Wundermaschine.

Ein Textcomputer der Götter.

War es das? War es das, was Jon seinem Onkel zum Geburtstag hatte schenken wollen? Ein dem Weltraumzeitalter entsprechendes Äquivalent zu Aladdins Wunderlampe oder zu einem Wunschbrunnen?

Er hörte, wie die Hintertür des Hauses aufflog. Dann die Stimmen von Seth und den anderen Bandmitgliedern. Die Stimmen waren viel zu laut, viel zu heiser. Sie hatten entweder getrunken oder Hasch geraucht.

»Wo ist denn dein Alter, Seth?« hörte er einen der Jungen fragen.

»Ich nehm an, er pfuscht wie gewöhnlich in seinem sogenannten Arbeitszimmer rum«, antwortete Seth. »Vermutlich...« Ein neuer heftiger Windstoß machte den Rest des Satzes unverständlich, aber das allgemeine dreckige, höhnische Gelächter hörte Richard ganz deutlich.

Er saß lauschend da, den Kopf etwas zur Seite geneigt, und plötzlich tippte er:

MEIN SOHN IST SETH ROBERT HAGSTROM.

Sein Finger kreiste über der DELETE-Taste.

*Was tust du?* schrie sein Verstand ihm zu. *Ist das wirklich dein Ernst? Hast du die Absicht, deinen eigenen Sohn zu ermorden?*

»Irgendwas muß er da drin doch machen«, sagte einer der Jungen.

»Er ist ein gottverdammter Blödhammel«, antwortete Seth. »Fragt nur mal meine Mutter. Sie wird's euch bestätigen. Er...«

*Ich ermorde ihn nicht. Ich... ich* LÖSCHE *ihn einfach.*

Sein Finger drückte auf die DELETE-Taste.

»... hat nie was gemacht außer...«

Die Worte MEIN SOHN IST SETH ROBERT HAGSTROM verschwanden vom Bildschirm.

Gleichzeitig verklangen draußen Seths Worte.

Jetzt war nur noch der kalte Novemberwind zu hören, der grimmige Vorbote des Winters.

Richard stellte seine Wundermaschine aus und ging hinaus. Die Auffahrt war leer. Der erste Gitarrist der Band, Norm Sowieso, fuhr einen großen häßlichen LTD-Stationswagen, in dem die Gruppe auch ihre Instrumente verstaute, wenn sie — was allerdings sehr selten der Fall war — öffentlich auftrat. Der Wagen stand nicht mehr auf der Auffahrt. Vielleicht war er irgendwo auf der Welt, fuhr auf irgendeinem Highway dahin oder stand auf dem Parkplatz vor einem schmierigen Hamburger-Lokal, und auch Norm war irgendwo auf der Welt, ebenso wie Darey, der Baßgitarrist mit dem beängstigend leeren Blick und der Sicherheitsnadel im Ohrläppchen, ebenso wie der Schlagzeuger, dem die Vorderzähne fehlten. Sie waren irgendwo auf der Welt, irgendwo, aber nicht hier, weil Seth nicht hier war, weil Seth nie hier gewesen war.

Seth war GELÖSCHT worden.

»Ich habe keinen Sohn«, murmelte Richard. Wie oft hatte er diesen melodramatischen Satz in schlechten Romanen gelesen? Hundertmal? Zweihundertmal? Er hatte ihn immer als kitschig empfunden. Aber hier und jetzt traf er genau den Kern der Sache. O ja.

Der Wind heulte, und plötzlich überfielen Richard so heftige Magenkrämpfe, daß er sich vor Schmerzen krümmte und stöhnte.

Als die Krämpfe nachließen, ging er ins Haus.

Als erstes fiel ihm auf, daß Seths schäbige Tennisschuhe — er hatte vier Paar davon und weigerte sich strikt, auch nur eines wegzuwerfen — aus dem Eingangsflur verschwunden waren. Er ging zum Treppengeländer und fuhr mit dem Daumen über eine bestimmte Stelle. Mit zehn Jahren (alt genug, um zu wissen, was er tat, aber Lina hatte Richard trotzdem verboten, dem Jungen auch nur ein Haar zu krümmen) hatte Seth seine Initialien tief ins Holz des Geländers geschnitten, an dem Richard fast einen ganzen Sommer lang gearbeitet hatte. Und obwohl Richard die Stelle abgeschliffen, mit flüssigem Holz ausgebessert und neu lackiert hatte, hatte er sie immer ertasten können.

Jetzt war jede Spur der Schandtat verschwunden.

Richard ging in den ersten Stock hinauf. Seths Zimmer. Es war sauber und ordentlich und offensichtlich unbewohnt, bar jeder persönlichen Note. Zweifellos ein Gästezimmer.

Das Tiefgeschoß. Hier verweilte Richard am längsten. Die überall herumliegenden Kabel waren verschwunden; die Verstärker und Mikrofone waren verschwunden; die verstreuten Einzelteile eines zerlegten kaputten Kassettenrecorders, den Seth immer ›herrichten‹ wollte (er hatte dazu weder Jons Geschicklichkeit noch dessen Konzentration), waren ebenfalls verschwunden. Statt dessen legte das Zimmer unverkennbar (wenn auch nicht besonders erfreulich) Zeugnis von Linas Geschmack ab — protzige Möbel, kitschige Wandbehänge aus Samt (einer stellte das heilige Abendmahl dar, und Christus hatte darauf eine frappierende Ähnlichkeit mit Wayne Newton; auf dem anderen stand ein röhrender Hirsch bei Sonnenuntergang in einer Landschaft irgendwo in Alaska) und ein greller blutroter Teppich. Es gab nicht mehr das geringste Anzeichen dafür, daß ein Junge namens Seth Hagstrom dieses Zimmer einmal in Beschlag genommen hatte. Im ganzen Haus war keine Spur mehr von Seth zu finden.

Richard stand immer noch am Fuß der Treppe und schaute sich um, als er ein Auto auf der Auffahrt hörte.

*Lina*, dachte er, und plötzlich überfiel ihn ein wahnsinniges Schuldgefühl. *Es ist Lina, die vom Bingospielen zu-*

*rückkommt; was wird sie sagen, wenn sie feststellt, daß Seth verschwunden ist? Was... was...*

*Mörder!* hörte er sie schreien. *Du hast meinen Jungen ermordet.*

Aber er hatte Seth nicht ermordet.

»Ich habe ihn GELÖSCHT«, murmelte er und ging hinauf, um sie in der Küche zu treffen.

Lina war fetter.

Die Frau, die zum Bingospielen weggefahren war, hatte so um die 180 Pfund gewogen. Die Frau die zurückgekommen war, wog mindestens 300 Pfund, wenn nicht mehr; sie mußte sich seitwärts durch die Hintertür zwängen. Elefantenartige Hüften und Schenkel schwabbelten bei jeder Bewegung unter Polyesterhosen von der Farbe überreifer grüner Oliven. Ihre Haut, die noch vor drei Stunden nur etwas blaß gewesen war, sah jetzt krankhaft gelblich aus. Obwohl er kein Arzt war, glaubte Richard an dieser Haut einen ernsten Leberschaden oder das Anfangsstadium einer Herzkrankheit ablesen zu können. Ihre Augen mit den schweren Lidern musterten Richard herablassend, fast verächtlich. Sie balancierte einen riesigen tiefgefrorenen Truthahn auf einer dicken Hand.

»Was glotzt du denn so, Richard?« fragte sie.

*Du, Lina. Dich starre ich so an. So also hast du dich in einer Welt entwickelt, in der wir keine Kinder hatten. So also, hast du dich in einer Welt entwickelt, in der du kein Objekt für deine Liebe hattest — auch wenn deine Art von Liebe für ein Kind vermutlich Gift gewesen wäre. So also sieht Lina in einer Welt aus, in der sie alles nimmt und überhaupt nichts gibt. Deshalb starre ich dich an, Lina. Dich starre ich an. Dich.*

»Der Vogel, Lina«, brachte er schließlich mühsam hervor. »Verdammt, so'n Riesenvieh von Truthahn habe ich selten gesehen!«

»Steh doch nicht so rum und glotz nur blöd, du Trottel! Hilf mir lieber!«

Er nahm ihr den eiskalten Truthahn ab und legte ihn auf den Kühlschrank!«

»Doch nicht *dahin*!« rief sie ungeduldig und deutete auf die Speisekammer. »In den Kühlschrank paßt er doch gar nicht rein. Leg ihn in die Tiefkühltruhe!«

»Entschuldige«, murmelte er. Sie hatten bisher nie eine Tiefkühltruhe gehabt. In jener Welt, in der es einen Seth gegeben hatte, hatten sie keine Tiefkühltruhe besessen.

Er brachte den Truthahn in die Speisekammer, wo eine große Amana-Tiefkühltruhe unter kalten weißen Neonröhren stand wie ein kalter weißer Sarg. Er legte den Vogel zu den anderen tiefgefrorenen Leichen von Vögeln und Tieren und kehrte in die Küche zurück. Lina hatte inzwischen das Glas mit schokoladeüberzogenen Erdnußbutterkeksen aus dem Schrank geholt und aß einen nach dem anderen.

»Es war das Thanksgiving-Bingo«, berichtete sie. »Wir veranstalteten es schon diese Woche, weil Vater Phillips nächste Woche ins Krankenhaus muß, um sich die Gallenblase rausnehmen zu lassen. Ich habe gewonnen.« Sie lächelte. Ihre Zähne waren mit einer braunen Mischung aus Schokolade und Erdnußbutter beschmiert.

»Sag mal, Lina«, fragte er plötzlich, »tut es dir eigentlich manchmal leid, daß wir nie Kinder hatten?«

Sie sah ihn an, als hätte er völlig den Verstand verloren. »Um Gottes willen, wozu sollte ich mir so einen Quälgeist wünschen?« fragte sie. Sie schraubte das inzwischen nur noch halbvolle Glas mit Keksen zu und stellte es wieder in den Schrank. »Ich geh jetzt schlafen. Kommst du auch, oder gehst du noch rüber und döst über deiner Schreibmaschine?«

»Ich glaube, ich gehe noch ein bißchen rüber«, sagte

er. Seine Stimme klang erstaunlich ruhig. »Es wird aber nicht lange dauern.«

»Funktioniert das komische Ding?«

»Was...« Dann begriff er, was sie meinte, und ihn überfiel wieder dieses Schuldbewußtsein. Sie wußte über den Textcomputer Bescheid, natürlich wußte sie darüber Bescheid. Seths LÖSCHUNG hatte nichts mit Rogers Lebensbahn, nichts mit Rogers Familie zu tun. »O nein. Es funktioniert überhaupt nicht.«

Sie nickte befriedigt. »Dieser Neffe von dir! Hatte den Kopf immer in den Wolken, genau wie du, Richard. Wenn du nicht so'n Schlappschwanz wärst, würde ich mich manchmal direkt fragen, ob du dein Ding vielleicht vor sechzehn Jahren oder so mal wo reingesteckt hast, wo's für dich eigentlich verboten war.« Sie lachte heiser und erstaunlich kräftig – es war das Lachen einer alternden zynischen Kupplerin –, und im ersten Moment wäre er fast auf sie losgegangen. Aber dann glitt ein Lächeln über sein Gesicht – ein dünnes Lächeln, das so kalt war wie die Tiefkühltruhe, die auf dieser neuen Lebensbahn an Seths Stelle getreten war.

»Es wird nicht lange dauern«, sagte er. »Ich möchte mir nur ein paar Notizen machen.«

»Warum schreibst du keine nobelpreisverdächtige Kurzgeschichte oder so was Ähnliches?« fragte sie gleichgültig. Die Dielenbretter knarrten und ächzten unter ihrem Gewicht, als sie zur Treppe watschelte. »Wir schulden dem Optiker immer noch Geld für meine Lesebrille, und für den Betamax sind wir auch eine Rate im Rückstand. Warum verdienst du nicht endlich etwas mehr Geld?«

»Ich weiß es nicht, Lina«, sagte Richard. »Aber heute abend habe ich ein paar tolle Ideen. Wirklich.«

Sie drehte sich um und schien wieder eine sarkastische Bemerkung auf der Zunge zu haben – irgendwas in der

Art, daß bisher keine seiner tollen Ideen ihnen viel eingebracht hatte, sie aber trotzdem bei ihm ausharrte –, verkniff sie sich aber. Vielleicht wurde sie durch sein eigenartiges Lächeln verunsichert. Sie ging die Treppe hinauf. Richard stand da und lauschte ihren dröhnenden Schritten. Er spürte, daß seine Stirn schweißnaß war. Er fühlte sich krank, zugleich aber auch in Hochstimmung.

Er kehrte in sein Arbeitszimmer zurück.

Als er die Anlage diesmal einschaltete, gab die C.P.U. weder ein Summen noch ein Dröhnen von sich; sie stieß einen ungleichmäßigen Heulton aus. Aus dem Bildschirmgerät stieg fast unverzüglich jener Geruch des überhitzten Eisenbahntransformators auf, und sobald er auf die EXECUTE-Taste drückte und damit Jons Geburtstagsglückwunsch verschwinden ließ, begann das Gerät zu rauchen.

*Nicht viel Zeit*, dachte er. *Nein... das ist falsch. Überhaupt keine Zeit. Jon wußte es, und jetzt weiß auch ich es.*

Er hatte nur zwei Möglichkeiten. Seth mit Hilfe der INSERT-Taste zurückzubringen (er war sicher, daß er das tun konnte; es würde so leicht sein wie das Herbeizaubern der Münzen) oder die Sache zu Ende zu führen.

Der Geruch wurde stärker, durchdringender. In wenigen Minuten, wenn nicht noch früher, würde auf dem Bildschirm die Information OVERLOAD aufblinken.

Er tippte rasch:

MEINE FRAU IST ADELINA MABEL WARREN HAGSTROM.

Er drückte auf DELETE.

Er tippte:

ICH BIN EIN MANN, DER ALLEIN LEBT.

Jetzt begann das Wort in der oberen rechten Ecke des Bildschirms zu blinken: OVERLOAD OVERLOAD OVERLOAD.

*Bitte. Bitte laß es mich zu Ende bringen. Bitte, bitte, bitte...*

Der Rauch, der durch die Schlitze des Bildschirmgeräts

drang, wurde dichter und von intensiverem Grau. Dann sah er, daß jetzt auch aus den Öffnungen in der heulenden C.P.U. Rauch aufstieg... und unten in dem Rauch konnte er einen roten Funken erkennen.

*Magischer Ball, werde ich gesund, reich und klug sein? Oder werde ich allein leben und vielleicht aus Gram Selbstmord begehen? Bleibt mir noch genügend Zeit?*

DAS KANN ICH JETZT NICHT SAGEN! VERSUCH'S SPÄTER NOCH EINMAL.

Nur daß es hier *kein* Später gab.

Er drückte auf INSERT, und der Bildschirm wurde dunkel, bis auf die ständige Information OVERLOAD, die jetzt in immer kürzer werdenden Abständen aufleuchtete.

Er tippte:

ABGESEHEN VON MEINER FRAU BELINDA UND MEINEM SOHN JONATHAN.

*Bitte, bitte.*

Er drückte auf EXECUTE.

Der Bildschirm blieb leer, bis auf OVERLOAD, das jetzt in so kurzen Intervallen aufblinkte, daß es fast konstant dazustehen schien. Etwas im Innern der C.P.U. knallte und zischte, und Richard stöhnte.

Es kam ihm wie eine Ewigkeit vor, bis die grünen Buchstaben geheimnisvoll auf dem dunklen Hintergrund auftauchten:

ICH BIN EIN MANN, DER ALLEIN LEBT, ABGESEHEN VON MEINER FRAU BELINDA UND MEINEM SOHN JONATHAN.

Er drückte zweimal auf die EXECUTE-Taste.

*Jetzt*, dachte er. *Jetzt werde ich eingeben:* ALLE ELEMENTE IN DIESEM TEXTCOMPUTER WAREN PERFEKT AUSGEARBEITET, ALS MR. NORDHOFF IHN HERBRACHTE. Oder ich werde tippen: ICH HABE IDEEN FÜR MINDESTENS ZWANZIG BESTSELLER-ROMANE. Oder ich werde tippen: MEINE FAMILIE UND ICH WERDEN VON NUN AN IMMER GLÜCKLICH SEIN. Oder ich werde tippen...

Aber er tippte gar nichts. Seine Finger schwebten albern über der Tastatur, während er spürte – buchstäblich *spürte* –, daß sämtliche Stromkreise in seinem Gehirn unterbrochen waren, daß sozusagen alles stillstand wie bei einem Verkehrsstau in Manhattan von katastrophalem Ausmaß.

Der Bildschirm füllte sich plötzlich mit dem Wort:
LOADOVERLOADOVERLOADOVERLOADOVERLOADOVERLOADOVERLOA

Dann knallte es wieder, und die C.P.U. explodierte. Flammen schlugen aus dem Gehäuse, erloschen aber gleich wieder. Richard lehnte sich auf seinem Stuhl zurück und schirmte sein Gesicht mit den Händen ab, für den Fall, daß auch das Bildschirmgerät explodieren würde. Aber das passierte nicht. Der Bildschirm wurde einfach dunkel.

Richard saß da und starrte auf den dunklen Bildschirm.

ICH KANN'S NICHT MIT SICHERHEIT SAGEN. FRAG SPÄTER NOCH EINMAL.

»Dad?«

Er drehte sich auf seinem Stuhl hastig um. Sein Herz klopfte zum Zerspringen.

Jon stand da, Jon Hagstrom, und sein Gesicht war noch das alte und doch irgendwie anders – es war ein feiner, aber merklicher Unterschied. Vielleicht, so dachte Richard, war dieser Unterschied auf die Unterschiede zwischen zwei Brüdern zurückzuführen. Vielleicht bestand die Veränderung aber auch nur darin, daß jener wachsame, melancholische Ausdruck aus Jons Augen verschwunden war, die durch dicke Brillengläser vergrößert wurden (Richard bemerkte, daß der Junge jetzt eine Brille mit modischer Fassung trug und nicht jene häßliche Hornbrille, die Roger ihm immer gekauft hatte, weil sie 15 Dollar billiger war).

Vielleicht ließ es sich auf einen ganz einfachen Nenner

bringen: jener tragische Ausdruck war aus den Augen des Jungen verschwunden.

»Jon?« sagte er heiser und fragte sich, ob ihm das tatsächlich noch nicht genügt hatte, ob er tatsächlich darüber hinaus noch andere Wünsche gehabt hatte. Es war lächerlich, aber trotzdem war es wohl so gewesen. Vermutlich waren Menschen nun einmal immer unersättlich. »Jon, bist du's? Bist du's wirklich?«

»Wer denn sonst?« Jon deutete auf den Textcomputer. »Hast du dich verletzt, als dieses Ding da in die Luft geflogen ist, Dad?«

Richard lächelte. »Nein. Mir ist überhaupt nichts passiert.«

Jon nickte. »Es tut mir leid, daß es nicht funktioniert hat. Ich weiß überhaupt nicht, was in aller Welt mich dazu bewogen hat, all diese blödsinnigen Einzelteile zu verwenden.« Er schüttelte den Kopf. »Ehrlich, ich hab nicht die geringste Ahnung. Es war so, als *müßte* ich es tun. Na ja, es war eben mehr oder weniger nur ein Kinderspielzeug.«

»Macht nichts«, sagte Richard. Er ging zu seinem Sohn und legte ihm einen Arm um die Schultern. »Vielleicht gelingt es dir nächstes Mal besser.«

»Vielleicht. Oder ich probier irgendwas anderes aus.«

»Das wäre auch nicht schlecht.«

»Mom sagt, sie hätte Kakao für dich, wenn du welchen möchtest.«

»Gern«, sagte Richard, und Vater und Sohn gingen gemeinsam auf ein Haus zu, in das nie ein tiefgefrorener, beim Bingospielen gewonnener Truthahn gekommen war. »Eine Tasse Kakao wäre jetzt genau das richtige.«

»Ich werd das Ding morgen ausschlachten, soweit es sich lohnt, und es dann auf den Müll werfen«, sagte Jon.

Richard nickte. »Ja, lösch es aus unserem Leben«, sagte er, und sie gingen lachend ins Haus, wo es verführerisch nach heißem Kakao duftete.

# Für Owen

Während wir zur Schule gehen, fragst du mich,
Welche anderen Schulen Zensuren haben.

Ich komme bis Fruit Street, und du wendest den Blick ab.

Während wir unter gelben Bäumen dahinschreiten,
Hältst du deinen Army-Frühstückskoffer unter einem
    Arm und
Deine kurzen, in Kampfanzughosen gekleideten Beine
Verwandeln deinen Körper in eine Schere,
Die nichts auf dem Gehweg schneidet.

Plötzlich sagst du mir, alle Schüler dort sind Obst.

Alle hacken auf den Blaubeeren herum, weil sie so
    klein sind.
Die Bananen, sagst du, sind die Aufsichten.
In deinen Augen sehe ich Klassenzimmer voll Orangen,
Versammlungen von Äpfeln.

Alle, sagst du, haben Arme und Beine

Und die Wassermelonen sind häufig langsam.
Sie schwabbeln, und sie sind dick.
»Wie ich«, sagst du.

Ich könnte dir Dinge erzählen, aber besser nicht.
Die Wassermelonenkinder können die eigenen Schuhe
    nicht binden;

Das tun die Pflaumen für sie.
Oder wie ich dein Gesicht stehle...
Es stehle, es stehle und selbst trage.
Auf meinem Gesicht nutzt es sich rasch ab.

Daran ist das Dehnen schuld.
Ich könnte dir sagen, daß Sterben eine Kunst ist
Und ich schnell lerne.
In dieser Schule hast du, glaube ich,
Bereits deinen eigenen Füller genommen
Und angefangen, deinen Namen zu schreiben.

Zwischen jetzt und später könnten wir vielleicht
Einmal zusammen schwänzen und zur Fruit Street fahren
Und ich könnte im Regen des Herbstlaubs parken
Und wir könnten zusehen, wie eine Bananeneskorte die letzte
Langsame Wassermelone durch die große Tür hinausbegleitet.

# Überlebenstyp

*Irgendwann steht jeder Medizinstudent vor der Frage, inwieweit ein Patient in der Lage ist, ein psychisches Trauma zu bewältigen. Die unterschiedlichen Professoren vertreten unterschiedliche Lehrmeinungen, aber im Grunde besteht die Antwort immer in einer neuen Frage: »Wie stark ist der Überlebenswille des Patienten?«*

26. Januar

Vor zwei Tagen hat mich der Sturm an Land gespült. Heute morgen bin ich die Insel abgeschritten. 190 Schritte an ihrer breitesten Stelle und 267 Schritte von einer Spitze zur anderen.

Soweit ich weiß, gibt es nichts Eßbares.

Ich heiße Richard Pine. Dies ist mein Tagebuch. Falls ich entdeckt werde *(wenn)*, kann ich es leicht genug vernichten. Streichhölzer habe ich jede Menge. Streichhölzer und Heroin. Beides im Überfluß. Weder das eine noch das andere ist hier einen Pfifferling wert, haha. Also werde ich schreiben. Damit vergeht wenigstens die Zeit.

Wenn ich die ganze Wahrheit enthüllen will, muß ich gleich als erstes erwähnen, daß ich als Richard Pinzetti in New Yorks Little Italy zur Welt kam. Mein Vater war aus der Alten Welt eingewandert, meine Mutter war eine Null. Ich wollte Arzt, genauer gesagt, Chirurg werden. Mein Vater lachte sich darüber halbtot, hielt mich für verrückt und ließ sich von mir ein neues Glas Wein bringen. Er starb mit sechsundvierzig an Krebs. Ich war froh darüber.

An der Highschool spielte ich Football. Verdammt noch mal, ich war der beste Football-Spieler, den's an meiner Schule je gab. Abwehrspieler. Ich haßte Football. Aber wenn du ein armer Itaker bist und aufs College gehen willst, dann ist Sport deine einzige Chance. Also spielte ich und bekam mein Sportstipendium.

Auf dem College spielte ich nur so lange Ball, bis meine Noten gut genug waren, um mir ein volles akademisches Stipendium zu sichern. Vorkliniker. Mein Vater starb sechs Wochen vor meinem Abschlußexamen. Das war mir gerade recht. Meinen Sie vielleicht, ich möchte über das Podium gehen, mein Diplom überreicht bekommen und dann unter den Zuschauern den fetten Scheiß-Itaker sitzen sehen? Na also. Ich trat auch in eine Studentenverbindung ein. Zwar keine der guten, denn das schafft man mit dem Namen Pinzetti nicht, aber immerhin war's eine Studentenverbindung.

Warum schreibe ich das eigentlich alles? Es ist schon fast komisch. Nein, das nehme ich zurück. Es *ist* komisch! Da sitzt der bekannte Dr. Pine in Pyjamahose und T-Shirt auf einer winzigen Felseninsel, die fast so schmal ist, daß man quer rüberspucken kann, und schreibt seine Lebensgeschichte. Was bin ich hungrig! Macht nichts, ich schreibe meine gottverdammte Geschichte trotzdem. Das lenkt mich wenigstens von meinem leeren Magen ab.

Ich änderte meinen Namen in Pine um, bevor ich mit dem Medizinstudium begann. Meine Mutter behauptete, daß ich ihr damit das Herz breche. Was für ein Herz? Am ersten Tag, nachdem mein Alter unter der Erde lag, war sie schon hinter dem jüdischen Gemüsehändler am Ende der Straße her. Für eine, die ihren Namen so sehr liebt, hatte sie es reichlich eilig, Pinzetti gegen Steinbrunner einzutauschen.

Die Chirurgie war mein ein und alles. Schon auf der

Highschool habe ich meine Hände vor jedem Spiel bandagiert und hinterher gebadet. Einige der anderen Jungen machten sich deshalb über mich lustig, nannten mich Weichling und Zimperliese. Ich habe mich trotzdem nie mit ihnen geschlagen. Football war schon riskant genug. Aber es gab ja andere Möglichkeiten. Wer mir immer am ärgsten zusetzte, war Howie Plotsky, ein großer Blödmann aus Osteuropa mit pickeligem Gesicht. Ich trug Zeitungen aus und verkaufte gleichzeitig Lose. Auf vielerlei Weise verdiente ich mir ein bißchen Kies. Man muß Leute kennenlernen, Bekanntschaften schließen. Das muß man einfach, wenn man auf der Straße sein Geld verdienen will. Als wichtigstes hat man zu lernen, wie man überlebt. Jedes Arschloch kann sterben. Also zahlte ich dem stärksten Burschen der Schule, Enrico Brazzi, zehn Dollar, damit er Howie Plotskys Mund zu Brei schlug. Ich sagte Enrico, daß ich ihm für jeden Zahn, den er mir brachte, einen Dollar extra geben würde. Rico gab mir in einem Kleenextuch drei Zähne. Er hatte sich bei der Schlägerei zwei Handknöchel ausgerenkt. Da sieht man mal, in welche Schwierigkeiten ich hätte geraten können.

Beim Medizinstudium machten sich die anderen Dummköpfe – nichts für ungut, haha – völlig fertig, weil sie zwischen Serviertischen, beim Verkauf von Krawatten oder beim Bohnern von Fußböden zu büffeln versuchten. Ich dagegen blieb meinen bisherigen Erwerbsquellen treu. Football- und Basketballwetten, ein bißchen Zahlenlotto. Mit der alten Nachbarschaft blieb ich in gutem Kontakt. Und ich schaffte das Studium spielend. Mit dem Drogengeschäft fing ich erst in meiner Assistenzarztzeit an. Ich arbeitete damals an einem der größten Krankenhäuser New Yorks. Zuerst beschränkte ich mich auf Blankorezepte. Ich verkaufte einem Kumpel aus meinem alten Viertel einen Block mit hundert Rezeptblättern, und er setzte die gefälschte Unterschrift von vierzig bis fünfzig verschiedenen Ärzten drauf. Als Vorlage verwendete er Schriftproben, die ich ihm ebenfalls verkaufte. Dann spazierte er in den Straßen herum und verhökerte die so präparierten Rezepte für zehn oder zwanzig Dollar pro Stück. Die Speed-Freaks und Fixer waren ganz scharf darauf.

Nach einiger Zeit fand ich heraus, welch Chaos im Medikamentendepot des Krankenhauses herrschte. Kein Mensch wußte, was hereinkam und was ausgegeben wurde. Es gab Leute, die schleppten das Zeug mit vollen Händen weg. Ich nicht. Ich war immer vorsichtig. Nie bin ich in Schwierigkeiten geraten, bevor ich unvorsichtig wurde... und kein Glück mehr hatte. Aber ich werde schon wieder die Kurve kratzen.

Kann jetzt nicht weiterschreiben. Mein Handgelenk tut weh, und der Bleistift ist stumpf. Eigentlich weiß ich sowieso nicht, warum ich mir die Mühe mache.

## 27. Januar

In der letzten Nacht trieb das Boot weg und sank vor der Nordseite der Insel in ungefähr drei Meter Tiefe. Mir doch egal! Die Planken glichen sowieso einem Schweizer Käse, nachdem ich mit dem Boot übers Riff geschrammt war. Ich hatte schon alles an Land gebracht, das irgendwie nützlich ist. Vier Gallonen Wasser, Nähzeug, einen Erste-Hilfe-Kasten. Das Buch, in das ich schreibe und das als Logbuch des Rettungsbootes gedacht war. Es ist wirklich zum Lachen. Hat man je von einem Rettungsboot ohne Proviant gehört? Die letzte Eintragung im Logbuch stammt vom 8. August 1970. Ach ja, zwei Messer sind noch da, das eine stumpf, das andere ziemlich scharf und eine Kombination aus Gabel und Löffel. Ich werde sie heute abend bei meinem Souper verwenden. Felsen vom Grill. Haha. Na, immerhin konnte ich meinen Bleistift spitzen.

Wenn ich von diesem Haufen guanobekleckster Felsen runterkomme, werde ich der Schiffahrtslinie Paradise die Hölle heiß machen und sie auf Unsummen verklagen. Schon deshalb muß ich am Leben bleiben, und ich werde auch weiterleben. Ich komme aus diesem Schlamassel wieder raus, keine Sorge. Ich schaffe es garantiert.

(später)

Als ich meine Bestandsaufnahme machte, habe ich etwas vergessen: zwei Kilo reines Heroin, für das ich in New York unterderhand 125 000 Dollar bekäme. Hier ist es einen Dreck wert. Schon verdammt komisch, nicht wahr? Haha.

28. Januar

Also, ich habe gegessen, wenn man es essen nennen kann. Eine Möwe hockte auf einem Felsblock in der Inselmitte, wo all diese Gesteinsbrocken voller Vogeldreck zu einer Art Mini-Gebirge aufgetürmt sind. Ich hob einen Stein auf, der griffig in meiner Hand lag, und kletterte so nah wie möglich zu der Möwe hin. Sie blieb auf dem Felsen stehen und beobachtete mich mit glänzenden schwarzen Augen. Es wundert mich, daß mein lautes Magenknurren sie nicht verscheucht hat.

Voller Wucht schleuderte ich den Stein nach ihr und traf sie an der Seite. Sie stieß einen krächzenden Schrei aus und versuchte wegzufliegen, aber ich hatte ihr den rechten Flügel gebrochen. Ich kroch hinter ihr her, und sie hüpfte weg. Blutstropfen liefen über die weißen Federn. Das Biest veranstaltete das reinste Fangspiel mit mir. Auf der anderen Seite der Felsen geriet ich mit dem Fuß in eine Spalte und hätte mir fast den Knöchel gebrochen.

Ich war schon reichlich erschöpft, als ich sie schließlich an der Ostseite der Insel erwischte. Sie versuchte gerade ins Wasser zu flüchten und wegzuschwimmen. Ich schnappte mir eine Handvoll Schwanzfedern, worauf sie sich umdrehte und nach mir hackte. Rasch umklammerte ich mit einer Hand ihre Füße, mit der anderen drehte ich ihr die verdammte Gurgel um. Ein höchst befriedigendes Geräusch. Es ist angerichtet.

Ich trug sie zu meinem ›Lager‹ zurück. Noch bevor ich sie rupfte und ausnahm, betupfte ich die Wunde von ihrem Schnabelhieb mit Jod aus dem Verbandskasten. Vögel sind Träger aller möglichen Krankheitserreger, und eine Infektion ist wirklich das letzte, was ich jetzt brauchen kann.

Die Operation der Möwe verlief ganz glatt. Leider konnte ich sie nicht braten. Es gibt nämlich keinerlei Vegetation oder angeschwemmtes Holz auf der Insel, und das Boot war gesunken. Also aß ich sie roh... Mein Magen wollte sie gleich wieder von sich geben. Ich hatte vollstes Verständnis, konnte es ihm aber nicht durchgehen lassen. Also zählte ich rückwärts, bis die Übelkeit überwunden war. Das funktioniert fast immer.

Können Sie sich dieses Biest von Vogel vorstellen, das mir erst fast den Knöchel brach und dann noch nach mir hackte? Falls ich morgen wieder eine fange, werde ich sie foltern. Dieser habe ich's zu leicht gemacht. Beim Schreiben schaue ich ihren abgetrennten Kopf im Sand an. Ihre schwarzen Augen scheinen mich zu verspotten, obwohl der Tod sie mit einem Schleier überzogen hat.

Haben Möwen ein Hirn?
Ist es eßbar?

## 29. Januar

Heute kein Essen. Eine Möwe landete auf dem Felsenhaufen, flog aber weg, bevor ich nahe genug rankam, um einen ›Sturmangriff auf sie zu starten‹. Mir sprießen die Bartstoppeln und jucken wie der Teufel. Wenn die Möwe zurückkommt und ich sie erwische, dann schneide ich ihr zuerst die Augen raus, bevor ich sie töte.

Ich war ein verdammt guter Chirurg, wie ich vielleicht schon erwähnt habe. Aber sie haben mich rausgeworfen, was wirklich ein Witz ist. Alle tun's, benehmen sich dann aber verflucht scheinheilig, wenn einer dabei erwischt wird. Verpiß dich, Jack. Ich hab selbst Sorgen. Der zweite Eid des Hippokrates und der Hypokriten.

Bei meinen Abenteuern als Assistenzarzt hatte ich genug Geld gemacht, um eine eigene Praxis an der Park Avenue eröffnen zu können. Eine irre Sache für mich, denn ich hatte keinen reichen Daddy oder etablierten Gönner, wie so viele meiner ›Kollegen‹. Als ich mein Arztschild vor die Tür hängte, lag mein Vater schon neun Jahre lang in seinem Armengrab. Meine Mutter starb ein Jahr, bevor mir meine Lizenz wieder entzogen wurde.

Es waren Provisionsgeschäfte. Ich arbeitete mit einem halben Dutzend Apothekern von der East Side, mit zwei Arzneimittellieferanten und mit mindestens zwanzig anderen Ärzten zusammen. Mir wurden Patienten geschickt, und ich schickte Patienten. Ich operierte und verschrieb die gängigen postoperativen Medikamente. Nicht jede dieser Operationen wäre erforderlich gewesen, aber ich operierte zumindest nie gegen den Willen eines Patienten. Und kein einziges Mal schaute sich ein Patient an, was ich auf das Rezept geschrieben hatte, und sagte: »Das will ich nicht.«

Ist doch klar. Die lassen sich 1965 die Gebärmutter rausnehmen oder werden 1970 an der Schilddrüse operiert und schlucken noch fünf oder zehn Jahre später schmerzstillende Mittel, wenn man sie läßt. Und manchmal ließ ich sie eben. Ich war nicht der einzige, das können Sie mir glauben. Die Leute konnten sich eine solche Angewohnheit leisten. Manchmal hatte ein Patient nach einem geringfügigen Eingriff Schlafstörungen. Oder er kam nicht an Appetitzügler oder an Librium ran. Alles konnte arrangiert werden. Wenn sie's nicht von mir bekommen hätten, dann eben von einem anderen.

Dann kamen die Steuerfahnder zu Löwenthal. Dieser Esel. Sie drohten ihm mit fünf Jahren Knast, und er spuckte ein halbes Dutzend Namen aus. Darunter auch meinen. Sie überwachten mich eine Zeitlang, und als die Falle dann zuschnappte, blühten mir weit mehr als fünf Jahre. Es gab da noch ein paar andere Dinge, wie z. B. das Ausstellen von Blankorezepten, das ich nicht ganz aufgegeben hatte. Eigentlich merkwürdig, denn ich war gar nicht mehr darauf angewiesen. Es war mir einfach zur Gewohnheit geworden. Er ist hart, auf extra Kies zu verzichten.

Nun ja, ich hatte gute Kontakte und setzte sie für mich ein. Außerdem warf ich mehrere Typen den Wölfen zum Fraß vor. Allerdings keinen, den ich mochte. Alle, die ich verpfiff, waren echte Schweine.

Jesus, bin ich hungrig.

## 30. Januar

Heute keine Möwen. Das erinnert mich an die Schilder, die man manchmal an den Obstkarren bei mir zu Hause sah. HEUTE KEINE TOMATEN. Ich watete bis zum Bauch ins Wasser, das scharfe Messer in der Hand. Zwei Stunden lang blieb ich bewegungslos an derselben Stelle stehen und ließ die Sonne auf mich herunterbrennen. Zweimal war ich kurz davor umzukippen, aber ich zählte rückwärts, bis der Schwächeanfall vorüber war. Ich sah keinen Fisch. Keinen einzigen.

## 31. Januar

Ich habe wieder eine Möwe getötet — auf die gleiche Weise wie die erste. Weil ich so hungrig war, habe ich sie nicht gefoltert, wie ich's eigentlich vorhatte. Ich nahm sie aus und verschlang sie. Eigenartig, wie man es spüren kann, daß die Körperenergie zurückkommt. Für kurze Zeit hatte ich plötzlich Angst. Ich lag im Schatten des großen zentralen Felshaufens und glaubte Stimmen zu hören. Mein Vater. Meine Mutter. Meine Ex-Frau. Und am schlimmsten war der große Chinese, der mir in Saigon das Heroin verkauft hatte. Er lispelte etwas, weil er vermutlich eine Art Wolfsrachen hatte.

»Na mach son«, kam seine Stimme aus dem Nichts. »Na mach son und nimm dir'n biß'sen. Dann merkst du nicht mehr, wie hungrig du bist. Es ist wundersön...« Aber ich hatte nie Drogen genommen, nicht einmal Schlaftabletten.

Habe ich schon gesagt, daß Löwenthal sich umbrachte? Der Esel. Er erhängte sich in dem Raum, der sonst sein Büro war. Meiner Meinung nach hat er der Welt damit einen Gefallen getan.

Ich wollte meine Praxis wieder eröffnen, und einige Leute, mit denen ich darüber redete, meinten, das ließe sich machen, würde aber eine ganze Stange Geld kosten. Mehr Schmiergeld, als ich's mir je hätte träumen lassen. Ich hatte 40 000 Dollar in einem Banksafe und beschloß, es auf einen Versuch ankommen zu lassen. Man mußte es rasch an den richtigen Mann bringen, notfalls verdoppeln oder verdreifachen.

Also besuchte ich Ronnie Hanelli. Ronnie und ich spielten in der Collegemannschaft zusammen Football, und als sein jüngerer Bruder Internist werden wollte, verhalf ich ihm zu einer Stelle im Krankenhaus. Ronnie selbst hatte von Anfang an auf Jura gesetzt. In der Straße, wo wir aufwuchsen, nannten wir ihn Ronnie, den Vollstrecker, weil er sich bei allen Hockeyspielen als Schiedsrichter aufspielte, und wenn man seine Befehle nicht mochte, hatte man nur die Wahl, entweder den

Mund zu halten oder einen in die Fresse zu kriegen. Für die Puertorikaner war er nur der Itaker-Ronnie. Und dieser Knabe ging aufs College, studierte Jura, bestand beim ersten Anlauf das Examen und eröffnete dann in unserer alten Gegend, direkt über der Fish-Bowl-Bar, seine Anwaltskanzlei. Wenn ich die Augen schließe, kann ich ihn deutlich vor mir sehen, wie er in seinem weißen Continental die Straßen entlangfährt. Der größte und gemeinste Kredithai der ganzen Stadt.

Ich wußte, daß Ronnie was für mich haben würde. Er nannte mich immer Rico. Das fand er wahnsinnig komisch. »Es ist zwar gefährlich, Rico«, sagte er. »Aber du konntest ja eigentlich immer gut auf dich aufpassen. Wenn du den Stoff heil zurückbringst, stelle ich dich ein paar Leuten vor. Einer davon ist in der Regierung.«

Er nannte mir zwei Namen. Henry Li-Tsu, ein Chinese, und Seolom Ngo, ein Vietnamese. Chemiker. Gegen Honorar würde er den Stoff des Chinesen prüfen. Der Chinese war nämlich bekannt dafür, daß er sich ab und zu kleine ›Späße‹ leistete. Das sah dann so aus, daß er Plastiksäckchen mit Talkumpuder, Abflußreiniger oder Maismehl füllte. Ronnie meinte, daß Li-Tsu's kleine Späße ihn eines Tages umbringen würden.

1. Februar

Ein Flugzeug kam vorbei. Es flog direkt über die Insel. Ich wollte die Felsen raufklettern und winken, aber mein Fuß geriet in eine Spalte. Dieselbe verdammte Spalte, glaube ich, wie neulich, als ich die erste Möwe tötete. Ich habe mir den Knöchel gebrochen, ein komplizierter Bruch. Der Schmerz war einfach gräßlich. Ich schrie auf und verlor das Gleichgewicht, ruderte mit den Armen wie ein Verrückter, knallte aber trotzdem hin, schlug mir den Kopf an, und alles wurde schwarz. Erst bei Einbruch der Dunkelheit wachte ich wieder auf. Die Kopfwunde hat ziemlich geblutet, der Knöchel war wie ein Gummireifen angeschwollen, und außerdem hatte ich mir auch noch einen Sonnenbrand geholt. Eine Stunde länger Sonne, und ich hätte vermutlich Blasen gekriegt.

Ich habe mich hierher zurückgeschleppt und die ganze Nacht über gefroren und geheult, weil mir alles so hoffnungslos vorkam. Die Kopfwunde — sie ist direkt über der rechten Schläfe — habe ich desinfiziert und so gut wie möglich verbunden. Es ist nur eine Platzwunde und eine leichte Gehirnerschütterung, schätze ich, aber mein Knöchel... ein übler Bruch an zwei, vielleicht sogar drei Stellen.

Wie soll ich nun auf die Möwen Jagd machen?

Sicher war es ein Flugzeug, das nach Überlebenden von der Callas Ausschau hielt. In der Dunkelheit und dem Sturm ist das Rettungsboot möglicherweise meilenweit von der Stelle getrieben worden, wo das Schiff sank. Vielleicht schicken sie gar kein Suchflugzeug mehr aus.

O Gott, mein Knöchel tut höllisch weh.

2. Februar

Auf dem kleinen weißen Kiesstrand an der Südseite der Insel, wo das Rettungsboot unterging, habe ich ein Zeichen gemacht. Ich brauchte dafür den ganzen Tag, weil ich mich zwischendurch im Schatten ausruhen mußte. Trotzdem bin ich zweimal ohnmächtig geworden. Schätzungsweise habe ich knapp fünfzig Pfund Gewicht verloren, hauptsächlich durch Wasserentzug. Von meinem Sitzplatz aus kann ich die vier Buchstaben sehen, die mich einen ganzen Tag Arbeit kosteten. Schwarze Felsbrocken auf weißem Untergrund, Buchstaben von über einem Meter Höhe — HELP. Das nächste Flugzeug kann mich gar nicht übersehen.

Falls noch ein Flugzeug kommt.

Mein Fuß pulst unangenehm. An der komplizierten

Bruchstelle ist er immer noch geschwollen und verdächtig verfärbt. Die Verfärbung scheint schlimmer zu werden. Wenn ich den Knöchel so fest wie möglich mit meinem Hemd bandagiere, ist der Schmerz etwas erträglicher. Aber immer noch so gräßlich, daß mein Schlaf eher eine Art Ohnmacht ist.

Ich kann die Möglichkeit nicht ausschließen, daß ich meinen Fuß amputieren muß.

3. Februar
Die Schwellung und Verfärbung noch übler als bisher. Ich werde bis morgen abwarten. Ich glaube, ich kann die Operation durchstehen, falls sie nötig sein wird. Ich habe Streichhölzer, um das scharfe Messer zu sterilisieren, Nadel und Faden und mein Hemd als Verband.

Außerdem habe ich sogar zwei Kilo Schmerzkiller, auch wenn es nicht gerade die Sorte ist, die ich zu verschreiben pflegte. Aber die Patienten hätten sich nicht zweimal bitten lassen, wenn ich's ihnen angeboten hätte. Na klar! Diese alten Ladies mit blau gefärbten Haaren atmen auch Frischluftspray ein, wenn sie glauben, daß es sie high macht. Garantiert.

4. Februar
Ich habe mich entschieden, den Fuß zu amputieren. Vier Tage lang kein Essen. Wenn ich noch länger abwarte, werde ich vielleicht beim Operieren vor Hunger ohnmächtig und blute mich zu Tode. Und so kaputt ich auch bin, ich will immer noch leben. Dabei fällt mir ein, was Mockridge im Grundkurs für Anatomie immer sagte. Old Mockie nannten wir ihn. Irgendwann, pflegte er zu sagen, kommt in der Karriere eines jeden Medizinstudenten der Moment, wo er sich fragt: »Inwieweit ist ein Patient in der Lage, ein psychisches Trauma zu bewältigen?« Und dann schlug er mit seinem Zeigestab auf die

Schautafel des menschlichen Körpers, auf die Leber, die Nieren, das Herz, die Milz, die Eingeweide. Wenn man's genau betrachtet, meine Herren, pflegte er dann zu sagen, ist die Antwort darauf immer eine neue Frage: »Wie stark ist der Überlebenswille des Patienten?«

Ich glaube, ich werde es schaffen. Ja, das glaube ich wirklich.

Vermutlich schreibe ich nur, um das Unvermeidliche hinauszuzögern, aber mir fiel ein, daß ich noch gar nicht berichtet habe, wie ich eigentlich hierher kam. Vielleicht sollte ich das noch erklären, da ja die Operation schiefgehen kann. Es kostet mich nur kurze Zeit, und um ausreichendes Tageslicht für die Operation brauche ich mir keine Sorgen zu machen. Auf meiner Pulsar ist es erst 9 Uhr 9. Morgens.

Ich flog als Tourist nach Saigon. Klingt das merkwürdig? Warum eigentlich? Es gibt immer noch Tausende, die trotz Nixons Krieg jedes Jahr dorthin reisen. Schließlich gibt's auch Leute, die gern zuschauen, wenn Autos zu Schrott gefahren werden, oder die sich an Hahnenkämpfen begeistern.

Mein chinesischer Freund hatte den Stoff. Ich brachte ihn zu Ngo, der ihn als erstklassige Ware einstufte. Ngo erzählte mir, daß sich Li-Tsu vier Monate zuvor mal wieder einen Spaß erlaubt hatte, worauf seine Frau in die Luft flog, als sie den Zündschlüssel ihres Opels umdrehte. Seither hat es keine neuen Späße gegeben.

Ich blieb drei Wochen in Saigon. Für die Rückfahrt hatte ich eine Kabine erster Klasse auf dem Luxusdampfer Callas gebucht. Es machte keine Schwierigkeiten, mit dem Stoff an Bord zu gehen. Ngo bestach zwei Zollbeamte, die mich folglich passieren ließen, nachdem sie meine Koffer durchsucht hatten. Der Stoff war in einer PAN AM-Umhängetasche, die sie keines Blickes würdigten.

»Es wird viel problematischer, durch den amerikanischen Zoll zu gelangen«, sagte mir Ngo. »Aber das ist Ihr Problem.«

Ich hatte gar nicht die Absicht, das Heroin durch den amerikanischen Zoll zu schmuggeln. Ronnie Hanelli hatte einen Taucher angeheuert, der für 3000 Dollar eine knifflige Aufgabe erledigen sollte. Ich war mit ihm (vor zwei Tagen, fällt mir dabei ein) in einer Absteige mit dem schönen Namen St. Regis Hotel in San Francisco verabredet. Der Stoff war in einem wasserdichten Behälter verpackt. Auf der Oberseite waren eine Schaltuhr und ein Päckchen mit roter Farbe angebracht. Kurz bevor wir vor Anker gingen, sollte der Behälter über Bord geworfen werden, aber natürlich nicht von mir.

Ich hatte immer noch nicht den passenden Koch oder Steward ausfindig gemacht, der eine kleine Gehaltsaufbesserung gebrauchen konnte und smart genug – oder dumm genug – war, um später den Mund zu halten, als die Callas unterging.

Bis jetzt habe ich keine Ahnung, warum eigentlich. Es war zwar stürmisch, aber das Schiff schien gut damit zurechtzukommen. Gegen 8 Uhr abends am 25. Januar gab es dann plötzlich unter Deck eine Explosion. Ich war gerade im Salon, und die Callas begann sich fast unmittelbar darauf zu neigen. Nach links... heißt das bei denen nun Backbord oder Steuerbord?

Die Passagiere kreischten und rannten in alle Richtungen. Flaschen fielen aus dem Regal hinter der Bar und zersplitterten auf dem Boden. Ein Mann kam von einem unteren Deck heraufgetaumelt, mit verbranntem Hemd und verkohlter Haut. Aus dem Lautsprecher kam die Anordnung, daß jeder zu dem Rettungsboot laufen sollte, das ihm zu Beginn der Kreuzfahrt bei dieser Übung zugeteilt worden war, aber viele hatten bei dieser Übung nicht aufgepaßt. Andere verschliefen sie, tranken lieber weiter oder ignorierten sie überhaupt. Ich jedoch hatte genau aufgepaßt. Das tue ich immer, wenn es um meine eigene Haut geht.

Ich stieg zu meiner Einzelkabine hinunter, holte die zwei Plastiksäckchen und steckte sie in meine Jackentaschen. Dann machte ich mich auf den Weg zum Rettungsboot 8. Während ich die Treppe zum Hauptdeck hinaufstieg, erfolgten zwei weitere Explosionen, und das Schiff bekam noch mehr Schlagseite.

An Deck herrschte fürchterliches Chaos. Ich sah eine schreiende Frau mit einem Baby im Arm, die an mir vorbeirannte und das Tempo immer mehr beschleunigte, während sie das rutschige, schräge Deck überquerte und dann über die Reling verschwand. Ein Mann in mittleren Jahren saß im Shuffleboard-Feld und raufte sich die Haare. Ein weißgekleideter Koch, dessen Gesicht und Hände schrecklich verbrannt waren, stolperte herum und schrie: »Helft mir! Ich sehe nichts. Helft mir! Ich sehe nichts.«

Totale Panik war ausgebrochen. Sie war wie eine ansteckende Krankheit von den Passagieren auf die Mannschaft übertragen worden. Man muß sich vorstellen, daß zwischen der ersten Explosion und dem endgültigen Sinken der Callas nur zwanzig Minuten lagen. Einige Rettungsboote waren von schreienden Passagieren belagert, während bei anderen keine Menschenseele war. Mein Boot, das sich auf der tiefer liegenden Schiffsseite befand, gehörte zur zweiten Sorte. Kein Mensch war zu sehen, außer mir und einem Matrosen mit bleichem, pickeligem Gesicht.

»Los, lassen wir das Boot ins Wasser«, sagte er mit wild rollenden Augen. »Dieser gottverfluchte Kahn wird gleich absaufen.«

Ein Rettungsboot ist eigentlich leicht abzuseilen, aber der Matrose war so nervös und ungeschickt, daß er auf seiner Seite den Flaschenzug verhedderte. Das Boot rutschte knapp zwei Meter an der Bordwand runter und blieb dann hängen, der Bug um einen halben Meter tiefer als das Heck.

Ich wollte zu ihm hinübergehen, um ihm zu helfen, als er zu brüllen anfing. Er hatte es zwar geschafft, die Seilwinde zu entwirren, war aber mit der Hand hineingeraten. Das vorbeizischende Seil brannte über seine Handfläche, rasierte ihm die Haut ab und riß ihn dann schließlich über die Reling.

Ich klinkte die Strickleiter ein, kletterte schnell hinunter und machte das Rettungsboot von seinen Verankerungen los. Dann begann ich zu rudern, was ich bei meinen Ausflügen zu den Sommerhäusern meiner Freunde schon gelegentlich zum Vergnügen getan hatte. Nun ruderte ich um mein Leben. Wenn ich nicht weit genug von der sterbenden Callas wegkam, bevor sie sank, würde sie mich mit in die Tiefe reißen, das war klar.

Genau fünf Minuten später geschah es dann. Ich war noch nicht ganz aus dem Sog raus und mußte wie ein Weltmeister rudern, um wenigstens an der gleichen Stelle zu bleiben. Das Schiff sank sehr rasch. Noch immer klammerten sich kreischende Menschen an die Reling am Bug. Wie eine Affenhorde.

Der Sturm nahm zu. Ich verlor ein Ruder, konnte das andere jedoch retten. Die ganze Nacht verging für mich wie im Traum; zuerst schöpfte ich ständig Wasser, und dann paddelte ich wild mit dem Ruder, um die nächste Riesenwelle mit dem Bug voran zu erwischen.

Kurz vor Tagesanbruch am 26. Januar begannen die Wellen hinter mir stärker zu werden. Das Boot schoß vorwärts. Es war furchteinflößend, aber irgendwie auch aufregend. Dann wurden die meisten Planken unter meinen Füßen weggerissen, aber bevor das Rettungsboot sinken konnte, strandete es auf diesem gottverlassenen Felshaufen. Ich weiß nicht einmal, wo ich bin, nein, keinen blassen Schimmer habe ich.

Aber ich weiß, was ich tun muß. Vielleicht ist dies meine letzte Eintragung, aber eigentlich glaube ich, daß ich's schaffe. Habe ich's nicht immer geschafft? Und heutzutage kann man wirklich einmalige Sachen mit Prothesen machen. Ich komme auch mit einem Fuß gut zurecht.

Tja, nun wird sich herausstellen, ob ich so gut bin, wie ich glaube. Viel Glück.

5. Februar
Hab's getan.
Die Schmerzen haben mir am meisten Sorgen gemacht. Ich bin nicht wehleidig, hatte aber Angst, daß mir in meinem geschwächten Zustand Hunger und Schmerzen derartig zusetzten, daß ich bewußtlos werde, bevor die Operation beendet ist.

Aber das Heroin hat dieses Problem blendend gelöst.

Ich öffnete ein Päckchen und nahm zwei kräftige Prisen Heroin. Zuerst mit dem rechten Nasenloch, dann mit dem linken. Es kam mir so vor, als würde ich ein wunderbar betäubendes Eis einatmen, das von unten her mein Hirn anfüllt. Ich schnupfte das Heroin, sobald ich gestern mit dem Schreiben fertig war. Um 9 Uhr 45. Als ich das nächste Mal auf meine Uhr schaute, war der Schatten gewandert, so daß ich teilweise in der Sonne lag, und es war gerade 12 Uhr 41. Ich war eingenickt. Nie hätte ich mir träumen lassen, daß es so schön ist, und ich kann nicht verstehen, warum ich es früher so verächtlich abgetan habe. Schmerzen, Furcht, Elend, alles vergeht, und zurück bleibt nur ein ruhiges Wohlgefühl.

In diesem Zustand begann ich mit der Operation.

Trotzdem hatte ich ziemliche Schmerzen, vor allem zu Beginn der Operation. Aber sie schienen von mir losgelöst zu sein, wie die Schmerzen eines anderen. Sie machten mir zu schaffen, waren aber auch irgendwie interessant. Können Sie das begreifen? Falls Sie mal ein starkes

Opiat genommen haben, können Sie's vielleicht. Nicht nur der Schmerz wird betäubt, sondern ein bestimmter Seelenzustand wird erzeugt. Heitere Gelassenheit. Ich kann begreifen, wieso Leute rauschgiftsüchtig werden, obwohl das ein reichlich harter Ausdruck ist, den natürlich nur Leute verwenden, die's nie probiert haben.

Etwa in der Mitte der Operation wurde der Schmerz persönlicher. Schwäche überfiel mich in Wellen. Sehnsüchtig schaute ich zu dem offenen Säckchen mit weißem Pulver hin, zwang mich dann aber wegzuschauen. Hätte ich mir wieder einen genehmigt, wäre ich ebenso sicher verblutet, als wenn ich ohnmächtig würde. Statt dessen zählte ich von hundert rückwärts.

Der Blutverlust war das Gefährlichste an der Sache. Als Chirurg wußte ich das natürlich ganz genau. Kein Tropfen durfte fahrlässig vergeudet werden. Falls ein Patient im OP-Saal einen Blutsturz hat, bekommt er Transfusionen. Hier waren keine solchen Hilfsmittel vorhanden. Was ich verlor – nach Operationsende war der Sand unter meinem Bein dunkelrot verfärbt –, war verloren, bis mein eigener Organismus den Verlust wieder ersetzen konnte. Ich hatte auch keine Klammern, keine blutstillenden Mittel, keine chirurgische Nähseide.

Ich begann um Punkt 12 Uhr 45 mit der Operation. Um 1 Uhr 50 war ich fertig und betäubte mich sofort mit Heroin, mit einer stärkeren Dosis als zuvor. Ich sank in eine graue, schmerzlose Welt und verharrte dort bis fast 5 Uhr. Als ich wieder auftauchte, stand die Sonne dicht über dem westlichen Horizont, und von dort führte eine goldene Straße über den blauen Pazifik direkt zu mir. Nie zuvor hatte ich etwas so Wunderschönes gesehen. Mit diesem einen Augenblick waren alle Schmerzen bezahlt. Eine Stunde später schnupfte ich noch etwas, um den Sonnenuntergang voll würdigen und genießen zu können.

Kurz nach Einbruch der Dunkelheit...

Halt. Habe ich eigentlich schon erwähnt, daß es seit vier Tagen nichts zu essen gab? Das einzige, was ich zur Verfügung hatte, wenn ich wieder etwas zu Kräften kommen wollte, war mein eigener Körper. Habe ich nicht immer wieder gesagt, daß das Überleben eine Frage der Geisteshaltung ist? Der überlegene Geist. Ich will mich nicht rechtfertigen, indem ich behaupte, Sie hätten dasselbe getan. Erstens sind Sie vermutlich kein Chirurg. Und selbst, wenn Sie einiges über Amputationen wüßten, würden Sie vermutlich die Operation so stümperhaft durchführen, daß Sie sich zu Tode bluten. Falls Sie wider Erwarten die Operation und den psychischen Schock doch überlebt hätten, wäre Ihrem engstirnigen Geist sicher nie dieser Gedanke gekommen. Schon gut. Es braucht ja keiner zu wissen. Vor dem Verlassen der Insel wird meine letzte Tat darin bestehen, dieses Buch zu vernichten.

Ich war sehr vorsichtig.

Ich wusch ihn gründlich, bevor ich ihn aß.

## 7. Februar

Die Schmerzen im Stumpf waren schlimm, ab und zu so schlimm, daß es kaum auszuhalten war. Aber das starke Jucken, das mit dem Heilungsprozeß begann, ist eigentlich noch ärger. Heute nachmittag mußte ich an die vielen Patienten denken, die mir vorjammerten, daß sie Schmerzen oder das gräßliche, unaufhörliche Jucken der heilenden Wunde nicht ertragen konnten. Denen habe ich dann lächelnd versichert, daß sie sich am nächsten Tag schon besser fühlen würden, und insgeheim habe ich mir gedacht, was für Jammerlappen sie doch waren, ohne Rückgrat, undankbare Geschöpfe. Nun verstehe ich sie. Mehrmals war ich schon fast so weit, mir den Hemdenverband vom Stumpf zu reißen und zu kratzen, meine Finger in das weiche, rohe Fleisch zu graben, an den groben Stichen zu zerren und das Blut in den Sand fließen zu lassen. Alles, alles, um dieses grauenhafte Jukken loszuwerden, das mich zum Wahnsinn treibt.

In solchen Momenten zähle ich von hundert rückwärts und schnupfe Heroin.

Keine Ahnung, wieviel ich schon in meinem Körper habe, aber ich weiß, daß ich seit der Operation eigentlich ständig stoned bin. Es unterdrückt den Hunger. Ja, ich spüre kaum noch Hunger. Es gibt da ein schwaches, fernes Nagen in meinem Magen, mehr nicht. Eigentlich könnte man es sogar ignorieren. Aber ich kann das nicht, denn Heroin hat keinerlei Kalorien. Ich habe meine Kraftreserven getestet, indem ich von einer Stelle zur anderen kroch. Sie nehmen rapide ab.

Lieber Gott, ich hoffe nicht... aber vielleicht ist noch eine Operation nötig.

(Später)

Ein zweiter Jet flog über die Insel. Zu hoch, um für mich von Nutzen zu sein. Ich konnte nur den Kondensstreifen sehen, der sich über den Himmel zog. Trotzdem habe ich gewunken. Gewunken und geschrien. Als er verschwunden war, habe ich geheult.

Es wird dunkel, um noch etwas sehen zu können. Essen. Ich habe an alle möglichen Dinge gedacht. An die Lasagne meiner Mutter. An Knoblauchbrot, Schnecken, Hummer, saftige Rippchen, Pfirsich Melba, Roastbeef. An das große Stück Pfundkuchen mit dem hausgemachten Vanilleeis, das man bei Mother Crunch auf der First Avenue als Dessert bekommt. Ofenwarme Brezeln, gekochter Lachs, gekochte Krabben, gekochter Schinken mit Ananasringen. Zwiebelringe. Zwiebeldip mit Kartoffelchips, Eistee in langen, langen Schlucken und Fritten, daß du dir die Lippen leckst

100, 99, 98, 97, 96, 95, 94.

Gott, Gott, Gott

## 8. Februar

Eine Möwe landete heute auf dem Felshaufen. Eine große, fette. Ich saß im Schatten meines Felsens, in meinem ›Lager‹, den bandagierten Stumpf hochgelegt. Mir lief das Wasser im Mund zusammen, sobald ich die Möwe sah. Genau wie bei einem Pawlowschen Hund. Hilflos sabbernd wie ein Baby. Wie ein Baby.

Ich hob einen Felsbrocken hoch, der von handlicher Größe war, und begann auf sie zuzukriechen. (Viertes Viertelspiel. Wir liegen um drei Punkte zurück. Der dritte und längste Lauf vor mir. Pinzetti fällt zurück, um den Ball abzugeben. Pine, ich meine natürlich *Pine*.) Ich hatte wenig Hoffnung. Bestimmt flog sie weg. Aber ich mußte es versuchen. Wenn ich sie erwischte, eine so fette, unverschämte Möwe wie diese hier, dann konnte ich eine zweite Operation auf unbestimmte Zeit verschieben. Ich kroch immer näher, mein Stumpf stieß ab und zu gegen eine Felskante, mir schoß der Schmerz wie Sternschnuppen durch den ganzen Körper, und ich wartete darauf, daß sie wegflog.

Sie tat's aber nicht. Sie stolzierte nur hin und her, die fleischige Brust vorgereckt wie ein Vogelgeneral, der die Truppenparade abnimmt. Hin und wieder warf sie mir aus ihren kleinen, bösen schwarzen Augen einen Blick zu, und ich erstarrte und zählte von hundert rückwärts, bis sie wieder auf und ab zu gehen begann. Jedesmal, wenn sie mit den Flügeln flatterte, fühlte ich in meinem Magen einen Eisklotz. Ich sabberte immer noch. Ich konnte nichts dagegen tun. Ich sabberte wie ein Säugling.

Keine Ahnung, wie lange ich mich anpirschte. Eine Stunde? Oder zwei? Je näher ich kam, desto heftiger schlug mein Herz und desto schmackhafter sah diese Möwe aus. Mir kam es fast so vor, als würde sie sich über mich lustig machen, und bestimmt flog sie sofort weg, sobald ich in Wurfnähe gelangte. Meine Arme und Beine zitterten, mein Mund war ausgedörrt. Der Stumpf juckte höllisch. Inzwischen glaube ich, daß ich an Entzugserscheinungen litt. Aber so rasch? Ich nehme den Stoff ja schließlich erst seit knapp einer Woche.

Macht nichts. Ich brauche ihn. Und es ist noch genug da, jede Menge. Das ist wahrlich nicht mein Problem.

Als ich nah genug rangekrochen war, brachte ich es nicht fertig, den Felsbrocken zu werfen. Ich war hundertprozentig überzeugt, daß ich daneben treffen würde, und zwar meterweit. Also krabbelte ich weiter die Felsen rauf, den Kopf im Nacken, der Schweiß strömte mir über den abgemagerten Vogelscheuchenkörper. Meine Zähne beginnen zu verfaulen, habe ich das schon erwähnt? Wenn ich abergläubisch wäre, würde ich sagen, das kommt vom Essen meines...

Ha. Aber wir wissen's besser, nicht wahr?

Ich hielt wieder an. Nun war ich viel näher, als ich mich bei den anderen Möwen rangewagt hatte. Aber ich konnte es immer noch nicht tun. Ich umklammerte den Steinbrocken, bis meine Finger schmerzten, und konnte ihn einfach nicht werfen. Weil ich nämlich ganz genau wußte, was es bedeutete, wenn ich nicht traf.

Mir doch egal, und wenn ich den ganzen Stoff aufbrauche. Ich werde sie verklagen, bis sie pleite sind. Ich werde den Rest meines Lebens in Luxus faulenzen. Den Rest meines langen, langen Lebens.

Vermutlich wäre ich bis zu ihr hingekrochen, ohne den Stein nach ihr zu werfen, wenn sie nicht schließlich doch weggeflogen wäre. Ich wäre zu ihr hingekrochen und hätte ihr den Hals umgedreht. Aber sie breitete die Flügel aus und flog hoch. Ich schrie sie an, kam mühsam auf die Knie und warf mit voller Wucht den Felsbrocken. Und ich erwischte sie.

Die Möwe gab ein ersticktes Krächzen von sich und fiel auf der anderen Seite des Felshaufens runter. Babbelnd und lachend, gleichgültig, ob ich mir den Stumpf anschlug oder die Wunde öffnete, kroch ich über den höchsten Felsen zur anderen Seite hinüber. Ich verlor das Gleichgewicht und knallte mit dem Kopf gegen eine Kante. Ich merkte es nicht einmal, zu dem Zeitpunkt jedenfalls nicht, obwohl inzwischen eine reichlich üble Beule entstanden ist. Ich konnte nur an die Möwe denken und daran, wie ich sie getroffen hatte, welch fantastisches Glück, ausgerechnet am Flügel.

Sie taumelte die Felsblöcke zum Strand hinunter, mit gebrochenem Flügel, den Bauch mit Blut verschmiert. Ich krabbelte so schnell ich konnte, doch sie war noch schneller. Wettrennen der Krüppel. Haha. Ich hätte sie vielleicht gekriegt – ich holte schon auf –, wenn nicht meine Hände gewesen wären. Aber ich mußte gut auf meine Hände achten. Vielleicht brauche ich sie noch. Trotz meiner Vorsicht waren die Handflächen zerschunden, als wir den schmalen Kiesstrand erreichten, und unterwegs hatte ich das Glas meiner Pulsar-Armbanduhr an einem Felsen zerbrochen.

Die Möwe ließ sich ins Wasser gleiten und gab ein schauerliches Gekrächz von sich, als ich nach ihr griff. Ich bekam eine Handvoll Schwanzfedern zu fassen, mehr aber auch nicht. Dann fiel ich ins Wasser, bekam den Mund voll, prustete und schnaubte.

Ich kroch tiefer ins Wasser und versuchte sogar hinter der Möwe herzuschwimmen. Der Verband löste sich von meinem Stumpf. Ich begann unterzugehen. Mühsam schaffte ich es, an Land zurückzukommen, zitternd vor Erschöpfung, blind vor Schmerzen, schluchzend und wimmernd verfluchte ich die Möwe. Sie war noch eine lange Zeit zu sehen, wie sie immer weiter und weiter hinausschwamm. Ich glaube, ich habe sie sogar angefleht, zurückzukommen. Als sie schließlich hinter dem Riff verschwand, war sie vermutlich schon tot.

Es ist nicht gerecht!

Ich brauchte fast eine Stunde, um zu meinem Lager zurückzukrauchen. Dort genehmigte ich mir eine ordentliche Dosis Heroin, aber trotzdem bin ich noch irre wütend auf das Biest. Wenn ich sie schon nicht kriege, hätte sie mich auch nicht so quälen sollen. Warum ist sie nicht gleich davongeflogen?

9. Februar

Ich habe meinen linken Fuß amputiert und die Wunde mit meinen Hosen bandagiert. Während der ganzen Operation habe ich vor mich hingesabbert. Gesabbert. Wie gestern, als ich die Möwe sah. Hilflos gesabbert. Aber ich habe mich gezwungen zu warten, bis es dunkel war. Ich zählte einfach von hundert rückwärts... zwanzig oder dreißigmal. Haha.

Dann...

Ich hab mir immer wieder gesagt: Kaltes Roastbeef. Kaltes Roastbeef. Kaltes Roastbeef.

11. Februar(?)

Die beiden letzten Tage hat's geregnet. Und gestürmt. Es gelang mir, einige Felsblöcke von dem großen Felshaufen zu verrücken, bis ein Loch entstand, in das ich kriechen konnte. Fand eine kleine Spinne. Hab sie zwischen den Fingern zerdrückt, bevor sie mir entwischen konnte, und hab sie gegessen. Sehr gut. Würzig. Mir kam die Idee, daß die Felsen über mir zusammenbrechen und mich lebendig begraben. Mir doch egal.

Während des Sturms war ich die ganze Zeit stoned. Vielleicht hat's nicht nur zwei, sondern drei Tage geregnet. Oder nur einen. Aber ich glaube, daß es zweimal dunkel wurde. Ich schlafe gern ein. Dann gibt's keine

Schmerzen und kein Jucken. Ich weiß, daß ich dies alles überleben werde. Es ist unmöglich, daß ein Mensch so was für nichts und wieder nichts durchmacht. Unmöglich.

Als ich ein Junge war, gab's in unserer Kirche einen Priester, einen lächerlichen Kerl, der besonders gern über die Hölle und über Todsünden redete. Er war richtig scharf darauf. Eine Todsünde kann man nicht wiedergutmachen, das war seine Ansicht. Letzte Nacht habe ich von ihm geträumt. Pater Hailey mit schwarzem Morgenrock und roter Schnapsnase, wie er mit seinem Finger auf mich deutet und sagt: »Schande über dich, Richard Pinzetti... eine Todsünde... zur Hölle verdammt, Junge... zur Hölle verdammt...«

Ich hab ihn ausgelacht. Wenn diese Insel nicht die Hölle ist, was dann? Und die einzige Todsünde ist es, aufzugeben.

Die Hälfte der Zeit bin ich im Delirium, den Rest jukken meine Stümpfe gräßlich, und die Feuchtigkeit läßt sie höllisch schmerzen.

Aber ich gebe nicht auf. Das schwöre ich. Nicht all das für nichts!


12. Februar

Die Sonne scheint wieder, ein herrlicher Tag. Hoffentlich frieren sie sich bei mir zu Hause die Ärsche ab.

Es war für mich ein guter Tag, so gut, wie er auf dieser Insel nur sein kann. Das Fieber, das mich während des Sturms plagte, scheint gesunken zu sein. Ich war schwach und zittrig, als ich aus meinem Loch herauskroch, aber nach zwei, drei Stunden Ruhe im heißen Sand unter der Sonne fühlte ich mich wieder halbwegs wie ein Mensch.

Ich schleppte mich zur Südseite und fand einiges Treibholz, das der Sturm angeschwemmt hatte, auch einige Planken von meinem Rettungsboot. An manchen Brettern klebten Algen und Riementang. Ich aß sie. Ekliges Zeug. Schmeckt wie ein Duschvorhang aus Vinyl. Aber heute nachmittag fühle ich mich viel kräftiger.

Ich zog das Treibholz so weit wie möglich an Land, damit es trocknet. Mir ist immer noch eine ganze Packung wasserdichter Zündhölzer geblieben. Damit werde ich das Holz anzünden, um ein Signal zu geben, falls jemand auftaucht. Sonst eben ein Feuer, um etwas zu braten. Jetzt werde ich mir eine Dosis Heroin genehmigen.

13. Februar

Ich habe einen Krebs gefunden. Ich killte ihn und briet ihn über einem kleinen Feuerchen. Heute könnte ich fast wieder an Gott glauben.

14. Februar

Heute morgen habe ich entdeckt, daß der Sturm die meisten Felsbrocken meines HELP-Signals weggerissen hat. Aber der Sturm war doch schon vor... drei Tagen vorüber. War ich wirklich so stoned? Ich muß aufpassen und die Tagesration verringern. Schließlich könnte ein Schiff vorbeifahren, wenn ich gerade vor mich hin dämmere.

Ich habe die Buchstaben noch einmal geformt, brauchte dafür aber fast den ganzen Tag, und jetzt bin ich ganz kaputt. Ich habe an der Stelle nach Krebsen gesucht, wo ich den anderen fand, aber nichts. Ich habe mir die Hände an den Steinbrocken verletzt, die ich für die Buchstaben verwendete, habe sie aber gleich mit Jod desinfiziert. Obwohl ich so kaputt war. Auf meine Hände muß ich achtgeben. Ganz egal, was passiert.

15. Februar

Heute landete wieder eine Möwe auf der Felsspitze.

Sie flog weg, bevor ich in ihre Nähe kam. Ich wünschte sie zur Hölle, wo sie Pater Haileys blutunterlaufene kleine Augen bis in alle Ewigkeit auspicken kann.
Haha!
Haha!
Ha

17. Februar(?)

Ich habe mein rechtes Bein am Knie amputiert, verlor aber viel Blut. Schmerzen grauenhaft trotz Heroin. Der Schock hätte einen Schwächeren umgebracht. Ich möchte mit einer Frage antworten: Wie stark ist der Überlebenswille des Patienten? Wie stark ist der Überlebenswille des Patienten?

Meine Hände zittern. Wenn mich die im Stich lassen, bin ich erledigt. Sie haben kein Recht, mich im Stich zu lassen. Überhaupt kein Recht. Ich habe ihr ganzes Leben lang auf sie aufgepaßt. Habe sie verhätschelt. Das tun sie mir lieber nicht an. Oder sie werden's bereuen.

Wenigstens bin ich nicht hungrig.

Eine der Planken vom Rettungsboot ist in der Mitte durchgespalten. Ein Ende läuft in einer Spitze aus. Die habe ich verwendet. Mir lief die Spucke aus dem Mund, aber ich zwang mich zu warten. Und dann dachte ich an all die... oh, die Barbecues, die wir machten. Will Hammersmith hatte ein Haus auf Long Island mit einem Barbecuerost, auf dem man ein ganzes Schwein braten konnte. Wir saßen mit eiskalten Drinks in der Dämmerung auf der Veranda, unterhielten uns über Operationstechniken oder Golfturniere oder sonst was. Und eine leichte Brise trug den Duft von gebratenem Schweinefleisch zu uns herüber. Judas Ischariot, der herrliche würzige Duft von gebratenem Schweinefleisch!

Februar?

Ich nahm mir das andere Bein am Knie ab. War den ganzen Tag über schläfrig. »Herr Doktor, war diese Operation nötig?« Haha. Zittrige Hände wie ein alter Mann. Ich hasse sie. Blut unter den Fingernägeln. Schorf. Erinnert ihr euch an das Modell mit dem Glasbauch im Anatomieunterricht? So fühle ich mich. Aber ich will nicht hinschauen. Unmöglich, kommt nicht in Frage.

Ich weiß noch, wie Dom das immer sagte. Er kam in seinem Straßenräuber-Aufzug um die Ecke gewalzt. Dann fragte man ihn, Dom, wie kommst du denn mir ihr aus? Und dann sagte Dom, unmöglich, kommt nicht in Frage. Verrückt. Der alte Dom. Ich hätte lieber in meinem alten Viertel bleiben sollen. Verdammter Mist, wie Dom sagen würde, haha.

Aber mir ist klar, daß ich mit entsprechender Therapie und Prothesen wieder so gut wie neu werden kann. Ich könnte hierher zurückkommen und den Leuten erzählen. »Dies... ist... es. Wo... es... passierte.« Hahaha.

23. Februar(?)

Fand einen toten Fisch. Vergammelt und stinkig. Hab ihn trotzdem gegessen. Wollte kotzen, hab mich aber nicht gelassen. *Ich will überleben!* So herrlich stoned, diese Sonnenuntergänge.

Februar

Ich traue mich nicht, muß aber. Wie soll ich bloß die Arterie am Oberschenkel abbinden? So weit oben ist sie so dick wie ein verdammter Schlagbaum.

Muß es aber trotzdem irgendwie schaffen. Ich habe einen Strich über den Oberschenkel gezogen, wo er noch fleischig ist. Ich habe den Strich mit diesem Bleistift gemacht.

Ich wünschte, ich könnte mit dem Sabbern aufhören.

Februar

Heute... hast du... eine Pause verdient... also steh auf und geh los... zu McDonalds... zwei Bigburgers... Spezialsauce... Kopfsalat... Essiggurken... Zwiebeln... auf einem Sesambrötchen... Di... dideldum... dideldum

Februar

Hab mir heute mein Gesicht im Wasser angeschaut. Nichts als ein Totenkopf mit Haut darüber. Bin ich schon verrückt? Muß ich wohl sein. Ich bin jetzt ein Monstrum, eine Mißgeburt. Unter den Leisten ist nichts mehr übrig. Ein Monstrum. Ein Kopf auf einem Leib, der sich auf den Ellbogen über den Sand schleppt. Ein Monstrum, das völlig stoned ist. Ein Stoned Freak. So nennen die sich doch heute. He, Mister, ich bin ein armer stoned Freak, geben Sie mir'n Dime. Hahahahaha

Es heißt, man ist, was man ißt. Na, dann hab ich mich ja kein bißchen verändert. Lieber Gott Schock Schock ES GIBT NICHT SO WAS WIE'N SCHOCK!

Ha.

März? Februar?

Träumte von meinem Vater. Wenn er betrunken war, konnte er kein Englisch mehr. Nicht, daß er überhaupt was zu sagen hatte, was der Mühe wert war. Verdammter Idiot. Ich war so froh, von dir wegzukommen, Daddy. Aus deinem großen, feisten Schatten. Du verdammter Itaker-Idiot, du Nichts Null Trottel Null. Ich wußte, daß ich's schaffen würde. Ich ging fort von dir, oder etwa nicht? Ich ging auf meinen Händen.

Aber jetzt bleibt ihnen nichts mehr zum Abschneiden. Gestern waren meine Ohrläppchen dran...

linke Hand rechte Hand was macht's weiß die linke Hand was die rechte tut

Löffelbiskuits sie schmecken genau wie Löffelbiskuits

# Der Milchmann schlägt wieder zu

Rocky und Leo, beide sternhagelvoll, fuhren langsam die Culver Street entlang und bogen dann in die Balfour Avenue Richtung Crescent ab. Sie saßen in Rockys Chrysler Baujahr 1957. Zwischen ihnen, auf der riesigen Getriebegehäuseverkleidung, stand ein Kasten Iron City-Bier. Es war an diesem Abend bereits ihr zweiter Kasten – genau genommen hatte der Abend für sie schon um vier Uhr nachmittags begonnen, als in der Wäscherei Arbeitsschluß gewesen war.

»Da scheiß doch einer auf 'ne Schindel!« brummte Rocky, während er an der rot blinkenden Ampel an der Kreuzung Balfour Avenue und Highway 99 anhielt. Er schaute weder nach rechts noch nach links, nur nach hinten warf er einen flüchtigen Blick. Eine halbvolle Dose Bier war zwischen seine Oberschenkel geklemmt. Er nahm einen kräftigen Schluck aus der mit einem bunten Bild von Terry Bradshaw geschmückten Dose, dann bog er nach links auf den Highway 99 ab. Das Kardangelenk stieß ein lautes Grunzen aus, als sie knatternd im zweiten Gang anfuhren. Der erste Gang des Chryslers hatte schon vor etwa zwei Monaten seinen Geist aufgegeben.

»Gib mir 'ne Schindel, dann scheiß ich gern drauf«, sagte Leo zuvorkommend.

»Wie spät ist es jetzt?«

Leo hielt seine Uhr hoch, bis sie fast die Spitze seiner Zigarette berührte, dann zog er kräftig an der Zigarette, um das Zifferblatt ablesen zu können. »Fast acht.«

»Da scheiß doch einer auf 'ne Schindel!« Sie fuhren an

einem Wegweiser mit der Aufschrift Pittsburgh 44 vorbei.

»Kein Mensch wird dieses Goldkind aus Detroit noch einmal zulassen«, sagte Leo. »Zumindest kein Mensch, der auch nur halbwegs bei Verstand ist.«

Rocky schaltete in den dritten Gang. Das Kardangelenk stöhnte, und der Chrysler bekam einen leichten epileptischen Anfall. Als die Krämpfe schließlich nachließen, kletterte das Tachometer müde auf 40 Meilen pro Stunde, wo die Nadel unsicher hin und her pendelte.

Als sie die Kreuzung Highway 99 und Devon Stream Road erreichten (der Devon Stream bildete etwa acht Meilen weit die Grenze zwischen den Städten Crescent und Devon), bog Rocky aus einer plötzlichen Laune heraus in die Devon Stream Road ab — vielleicht hatte sich aber auch in irgendeinem tief verborgenen Winkel seines Unterbewußtseins schon eine vage Erinnerung an seinen alten Kumpel Schweißsocke gerührt.

Seit Arbeitsschluß waren Leo und er mehr oder weniger ziellos in der Gegend herumgefahren. Es war der letzte Junitag, und der Inspektionsaufkleber auf Rockys Chrysler würde genau um 0.01 Uhr in der Nacht ungültig werden. In vier Stunden. Inzwischen sogar schon in *weniger* als vier Stunden! Rocky versuchte diesen überaus schmerzlichen Gedanken zu verdrängen. Leo ließ diese Tatsache natürlich völlig kalt. Es war schließlich nicht sein Auto. Und außerdem hatte er schon zuviel Bier getrunken, daß er sich in einem Zustand tiefer Gehirnlähmung befand.

Die Devon Road führte durch das einzige dicht bewaldete Gebiet von Crescent. Zu beiden Seiten der Straße ragten eng beieinanderstehende Ulmen und Eichen empor, üppig belaubt und in der Dunkelheit, die sich allmählich über den Südwesten von Pennsylvania senkte, merkwürdig lebendig und voll huschender Schatten.

Diese Gegend trug den Namen The Devon Woods und hatte Schlagzeilen gemacht, als 1968 ein Liebespaar hier auf bestialische Weise im parkenden Auto des jungen Mannes ermordet worden war. Es war ein Mercury Jahrgang 1959 gewesen, mit echten Ledersitzen und einer schimmernden Chromverzierung auf der Kühlerhaube. Die Insassen waren auf dem Rücksitz gefunden worden. Leichenteile hatten aber auch auf den Vordersitzen, im Kofferraum und im Handschuhfach gelegen. Der Mörder war nie gefunden worden.

»Hier möcht ich wirklich nicht mit leerem Benzintank steckenbleiben«, sagte Rocky. »Ich komm mir vor wie am Ende der Welt.«

»Quatsch!« Dieses Wort gehörte seit neuestem zu den beliebtesten Ausdrücken in Leos sehr beschränktem Vokabular. »Da ist doch 'ne Stadt, da drüben, siehst du sie denn nicht?«

Rocky seufzte und schlürfte sein Bier. Die Lichter gehörten nicht zu einer Stadt, aber der Junge war so besoffen, daß es sinnlos gewesen wäre, mit ihm zu streiten. Es war das neue Einkaufszentrum, dessen grelle Bogenlampen einen hellen Lichtfleck in der Dunkelheit bildeten. Während Rocky dorthin starrte, geriet das Auto auf die linke Straßenseite; er warf rasch das Steuer herum und landete um ein Haar im rechten Straßengraben, bevor es ihm gelang, den Wagen wieder auf die Fahrbahn zu bekommen.

»Hoppla«, sagte er.

Leo rülpste und gluckste.

Sie arbeiteten seit September zusammen in der New Adams Laundry; damals war Leo als Rockys Hilfskraft in der Wäscherei eingestellt worden. Leo war ein zweiundzwanzigjähriger junger Mann mit nagetierartigen Gesichtszügen; er sah so aus, als würde er einen nicht unbeträchtlichen Teil seiner Zukunft im Gefängnis verbringen. Er behauptete, zwanzig Dollar wöchentlich von seinem Lohn zu sparen, um sich ein gebrauchtes Kawasaki-Motorrad zu kaufen. Damit würde er dann, sobald hier die kalte Jahreszeit anfing, nach Westen brausen, erzählte er. Leo konnte schon die stolze Anzahl von zwölf verschiedenen Jobs vorweisen, seit er im frühest möglichen Alter von sechzehn Jahren der akademischen Welt Lebewohl gesagt hatte. In der Wäscherei gefiel es ihm gut. Rocky brachte ihm die verschiedenen Wascharten bei, und Leo glaubte endlich etwas zu lernen, was er gut gebrauchen konnte, wenn er erst einmal in Flagstaff war.

Rocky war um einiges älter und arbeitete schon seit vierzehn Jahren in der Wäscherei. Seine gespenstisch weißen, ausgebleichten Hände am Steuer legten davon ein beredtes Zeugnis ab. Im Jahre 1970 hatte er wegen unerlaubten Waffenbesitzes vier Monate im Knast verbracht. Seine Frau, die damals mit einem dicken Bauch herumlief, weil sie ihr drittes Kind erwartete, hatte ihm erklärt, erstens sei nicht er der Vater dieses Kindes, sondern der Milchmann, und zweitens wolle sie sich wegen psychischer Grausamkeit von ihm scheiden lassen.

Zwei Dinge an dieser Situation hatten Rocky dazu getrieben, unerlaubt eine Waffe bei sich zu tragen: einmal die Tatsache, daß seine Frau ihm Hörner aufgesetzt hatte, und dann, daß sie es ausgerechnet mit dem verdammten Milchmann getrieben hatte, einem fischäugigen langhaarigen Individuum namens Spike Milligan. Spike fuhr für Cramers Molkerei die Milch aus.

Der *Milchmann*, um Gottes willen! Der *Milchmann*, wenn das nicht zum Heulen war! Sogar für Rocky, dessen Lektüre sich weitgehend auf die Witze auf den Kaugummiverpackungen beschränkte – er hatte bei der Arbeit immer einen Kaugummi im Mund –, hatte die Situation unübersehbar klassische Obertöne.

Folglich hatte er seiner Frau unmißverständlich zweierlei erklärt: erstens — keine Scheidung; und zweitens, daß er Spike Milligan wie ein Sieb durchlöchern würde. Zehn Jahre zuvor hatte er sich eine Pistole Kaliber 32 gekauft, mit der er gelegentlich auf Flaschen, Konservendosen und kleine Hunde schoß. An besagtem Morgen hatte er sein Haus in der Oak Street mit dem Ziel Molkerei verlassen, in der Hoffnung, Spike nach dessen Morgenlieferungen erledigen zu können.

Unterwegs hatte er in der Four Corners Tavern ein paar Bierchen getrunken — sechs oder acht oder auch zwanzig. Er konnte sich später nicht mehr so genau daran erinnern. Währenddessen hatte seine Frau die Bullen angerufen. Sie hatten an der Ecke Oak Street und Balfour Avenue auf ihn gewartet. Rocky war durchsucht worden, und einer der Bullen hatte die Pistole unter seinem Gürtel hervorgezogen.

»Ich glaube, du wirst für ein Weilchen hinter schwedische Gardinen wandern, mein Freund«, hatte der Bulle ihm erklärt, und genau das war dann auch tatsächlich passiert. Die folgenden vier Monate hatte Rocky damit verbracht, Leintücher und Kopfkissenbezüge für den Staat Pennsylvania zu waschen. In der Zwischenzeit hatte seine Frau sich in Nevada von ihm scheiden lassen, und als Rocky entlassen wurde, lebte sie schon mit Spike Milligan in einem Mietshaus in der Dakin Street, wo ein pinkfarbener Flamingo den vorderen Rasen schmückte. Außer den beiden älteren Kindern (Rocky glaubte immer noch mehr oder weniger, daß das *seine* Kinder waren) hatte das Ehepaar jetzt ein Baby, das die Fischaugen seines Vaters geerbt hatte. Und Rocky mußte Alimente zahlen — 15 Dollar pro Woche.

»Rocky, ich glaube, mir wird bald schlecht vom vielen Fahren«, sagte Leo. »Könnten wir nicht irgendwo anhalten und einfach weitertrinken?«

»Ich muß einen Aufkleber für meinen fahrbaren Untersatz kriegen«, sagte Rocky. »Das ist sehr wichtig. Ohne Blechsarg ist ein Mann nichts wert.«

»Niemand, der auch nur einen Funken Verstand hat, wird diesen Karren weiterhin zulassen – das habe ich dir doch schon einmal erklärt. Die Blinklichter sind kaputt.«

»Sie funktionieren tadellos, wenn ich gleichzeitig auf die Bremse trete, und jeder, der beim Abbiegen nicht auf die Bremse tritt, riskiert ohnehin einen Unfall.«

»Das Fenster auf meiner Seite hat 'nen Sprung.«

»Ich werd's einfach runterkurbeln.«

»Und wenn der Prüfer dich auffordert, es zu schließen, damit er's kontrollieren kann?«

»Damit werd ich mich beschäftigen, wenn's soweit ist«, sagte Rocky kühl. Er warf seine Bierdose nach hinten und griff nach der nächsten. Diese war mit dem Konterfei von Franco Harris geschmückt. Offensichtlich hatten es die Leute von Iron City in diesem Sommer mit den Steelers. Rocky riß den Dosenverschluß auf. Bier spritzte heraus.

»Ich wollt, ich hätte 'ne Frau«, sagte Leo. Er starrte in die Dunkelheit und lächelte eigenartig.

»Wenn du 'ne Frau hättest, würdest du nie in den Westen kommen. Eine Frau hindert den Mann daran, weiter nach Westen zu gelangen. Bremsklötze – das sind die Weiber. Das ist ihre Lebensaufgabe. Hast du mir nicht gesagt, daß du in den Westen willst?«

»Ja, und da komm ich auch hin.«

»Da wirst du *nie* hinkommen«, sagte Rocky. »Bald wirst du 'ne Frau am Hals haben. Und dann Ableger. Und dann darfst du *Alimente* zahlen. Weiber führen immer zu Alimenten, glaub's mir. Autos sind da besser. Halt dich lieber an Autos.«

»Ist aber ziemlich schwer, ein Auto zu ficken.«

»Du würdest dich wundern«, sagte Rocky und kicherte.

Der Wald lichtete sich allmählich und machte neuen Wohnsiedlungen Platz. Auf der linken Seite tauchten Lichter auf, und Rocky trat plötzlich auf die Bremse. Zusammen mit den Bremsleuchten gingen auch die Blinklichter an. Leo wurde nach vorne geschleudert und verschüttete dabei Bier auf den Sitz. »Verdammt, was ist denn nun los?«

»Sieh mal!« rief Rocky. »Ich glaube, ich kenne diesen Burschen!«

Auf der linken Straßenseite war eine ziemlich heruntergekommene Autowerkstatt und Tankstelle zu sehen. Auf dem Schild stand:

BOBS BENZIN & SERVICE
EIGENTÜMER BOB DRISCOLL
VERTEIDIGEN SIE IHR VON GOTT VERLIEHENES RECHT, WAFFEN ZU TRAGEN!

Und ganz unten stand noch:
BUNDESSTAATLICHE INSPEKTIONSSTELLE NR. 72

»Kein halbwegs vernünftiger Mensch wird...«, fing Leo wieder an.

»Es ist Bobby Driscoll!« rief Rocky. »Bobby Driscoll und ich sind zusammen zur Schule gegangen! Wir haben's geschafft! Da kannst du deine Haut drauf wetten!«

Er bog unsanft ab. Die Autoscheinwerfer beleuchteten die offene Tür der Werkstatt, und Rocky brauste darauf zu. Ein Mann mit gebeugten Schultern in grünem Arbeitsanzug kam aus der Werkstatt gerannt und gestikulierte wild und verzweifelt, Rocky solle anhalten.

»Das ist Bob!« schrie Rocky enthusiastisch. »*Hallo, Schweißsocke!*«

Sie rammten die Werkstattmauer. Der Chrysler bekam wieder einen epileptischen Anfall, diesmal einen besonders heftigen. Eine kleine gelbe Flamme schoß aus dem Auspuffrohr, gefolgt von einer blauen Rauchwolke. Das Auto blieb dankbar stehen. Leo wurde erneut nach vorne geschleudert und verschüttete noch mehr Bier. Rocky ließ den Motor wieder an und setzte zurück, um einen zweiten Versuch zu unternehmen.

Bob Driscoll rannte auf das Auto zu. Er fluchte gottserbärmlich.

»... was, zum Teufel, machen Sie denn da, Sie verdammtes Arschlo...«

»Bobby!« brüllte Rocky in fast wollüstigem Entzücken. »He, Schweißsocke! Na, was sagst du dazu, alter Junge?«

Bob spähte durch Rockys Fenster. Er hatte ein verkniffenes, müdes Gesicht, das vom Schirm seiner Mütze beschattet wurde. »Wer hat mich da Schweißsocke genannt?«

»*Ich!*« schrie Rocky freudig erregt. »*Ich* bin's, du alter Gauner! Dein alter Kumpel!«

»Wer, zum Teufel...«

»Johnny Rockwell! Bist du denn völlig blind und vertrottelt geworden, Mann?«

Ungläubig: »Rocky?«

»Na klar, du Arschloch!«

»Jesses Maria und Joseph!« Langsam breitete sich wider Willen ein freudiges Grinsen auf Bobs Gesicht aus. »Ich hab dich ja jahrelang nicht mehr gesehen... ich glaube... ja, seit dem Catamounts-Spiel...«

»Verflucht, das war 'ne heiße Sache, was?« Rocky schlug vor Begeisterung mit dem Daumen auf die Dose, und ein Bierstrahl schoß hervor. Leo rülpste.

»Na klar war's das! Das einzige Mal, daß wir von unserem Jahrgang gewonnen haben. Aber zur Meisterschaft hat's sogar damals nicht gereicht. Hör mal, du bist mir da ganz schön in meine Mauer reingerast, Rocky. Du...«

»Ja, immer noch dieselbe alte Schweißsocke! Ganz der alte. Du hast dich kein bißchen verändert, nicht um ein Haar.« Etwas verspätet schaute Rocky dabei unter den Schirm von Bobs Mütze und hoffte, daß das stimmte. Anscheinend war Bob in der Zwischenzeit jedoch teilweise oder auch ganz kahl geworden. »Herrgott! Na so was, dich rein zufällig wiederzusehen! Hast du Marcy Drew schließlich doch geheiratet?«

»Teufel, ja. Schon '70. Wo hast du denn damals gesteckt?«

»Im Kittchen, nehm ich an. Hör mal, Alter, kannst du bei diesem Baby 'ne Inspektion machen?«

Sofort wurde Bob vorsichtig. »Meinst du dein Auto?«

Rocky kicherte. »Nein, meine alte Schweinshaxe! Na *klar* doch, mein Auto! Geht das?«

Bob öffnete schon den Mund, um nein zu sagen.

»Das ist übrigens ein alter Freund von mir. Leo Edwards. Leo, darf ich dir den einzigen Baseballspieler von Crescent High vorstellen, der vier Jahre lang seine Schweißsocken nicht gewechselt hat.«

»Sehr erfreut, Sie kennenzulernen«, sagte Leo höflich, wie seine Mutter es ihm bei einer der seltenen Gelegenheiten, wo sie nüchtern gewesen war, beigebracht hatte.

Rocky kicherte. »Willst 'n Bier, Schweißi?«

Bob öffnete den Mund, um nein zu sagen.

»*Hier*, das vertreibt alle Sorgen!« rief Rocky. Er riß den Verschluß auf. Das Bier, vom Aufprall gegen die Mauer durchgeschüttelt, schäumte heraus und floß über Rockys Hand. Rocky gab Bob die Dose. Dieser schlürfte rasch, um nicht ebenfalls naß zu werden.

»Rocky, wir schließen um...«

»Moment, Moment, laß mich erst mal reinfahren. Ich hab hier was Tolles.«

Rocky schaltete den Rückwärtsgang, betätigte gleichzeitig die Kupplung, streifte eine Zapfsäule und fuhr den Chrysler dann ruckweise in die Werkstatt. Er sprang aus dem Wagen und schüttelte Bobs freie Hand wie ein Politiker. Bob machte einen total verwirrten Eindruck. Leo saß im Wagen und griff nach einer neuen Bierdose. Er furzte. Wenn er viel Bier trank, mußte er immer furzen.

»He!« sagte Rocky, während er schwankend einen Bogen um einen Haufen rostiger Radkappen machte. »Erinnerst du dich noch an Diana Rucklehouse?«

»Na und ob!« meinte Bob und grinste unwillkürlich. »Das war doch die mit den...« Er wölbte seine Hände vor der Brust.

Rocky brüllte vor Lachen. »*Genau!* Du hast's erfaßt, Alter! Ist sie noch in der Stadt?«

»Ich glaub, sie ist weggezogen, nach...«

»Na so was!« rief Rocky. »Die, welche nicht am Ort bleiben, zieh'n immer weg. Du kannst mir doch 'n Aufkleber auf den Karren draufmachen, nicht wahr?«

»Nun, meine Frau wartet mit dem Abendessen auf mich, und wir schließen um...«

»Du würdest mir damit wirklich einen riesigen Gefallen tun. Ich würd mich auch erkenntlich zeigen. Ich könnt Zeugs für deine Frau waschen. Das ist nämlich mein Job. Waschen. Drüben in der New Adams Laundry arbeite ich.«

»Und ich lerne dort«, sagte Leo und furzte wieder.

»Ich könnte ihre Feinwäsche erledigen, oder was immer du willst. Was sagst du dazu, Bobby?«

»Na ja, ich glaub schon, daß ich die Inspektion durchführen könnte.«

»Klar!« rief Rocky, klopfte Bob auf den Rücken und winkte Leo zu. »Immer noch derselbe gute alte Kumpel! Die gute alte Schweißsocke!«

»Jaaa«, sagte Bob seufzend und trank einen Schluck Bier. Seine öligen Finger verschmierten das Gesicht von Mean Joe Green auf der Dose. »Du hast deine Stoßstange ganz schön zugerichtet, Rocky.«

»Beul sie ein bißchen aus. Ein bißchen Wartung könnte dem verdammten Blechsarg überhaupt nicht schaden. Aber insgesamt ist es ein fantastisches Gefährt, wenn du verstehst, was ich meine?«

»Ja, ich glaube schon...«

»He! Ich möcht dich mit meinem Arbeitskollegen bekannt machen! Leo, das ist der einzige Basketballspieler von...«

»Du hast uns schon miteinander bekannt gemacht«, fiel Bob ihm mit leicht verzweifeltem Lächeln ins Wort.

»Hallo, wie geht es Ihnen?« rief Leo und grapschte nach einer neuen Bierdose. Seine Sicht wurde allmählich immer stärker von silbrigen Linien beeinträchtigt, die ihm vor den Augen flimmerten wie Eisenbahnschienen an einem heißen, klaren Tag zur Mittagszeit.

»... Crescent High, der vier Jahre lang seine...«

»Würdest du mir mal deine Scheinwerfer vorführen, Rocky?« fragte Bob.

»Na klar. Tolle Scheinwerfer sind das! Halogen oder Nitrogen oder irgend so'n anderes verdammtes Gen. Sie sind echt Klasse! Schalt die Dinger gleich mal ein, Leo.«

Leo schaltete die Scheibenwischer ein.

»Ausgezeichnet«, sagte Bob geduldig und trank einen großen Schluck Bier. »Und wie wär's jetzt mit den Scheinwerfern?«

Leo schaltete die Scheinwerfer ein.

»Fernlicht?«

Leo tastete mit dem linken Fuß nach dem Abblendschalter. Er war ziemlich sicher, daß er irgendwo da unten sein mußte, und schließlich tappte er zufällig drauf. Das Fernlicht tauchte Bob und Rocky in grelles Licht.

»Verdammt gute Nitrogenscheinwerfer, hab ich's dir nicht gesagt?« schrie Rocky und kicherte. »Herrgott, Bobby! Dich zu sehen ist noch schöner als 'n Scheck im Briefkasten!«

»Wie steht's mit den Blinklichtern?« erkundigte sich Bob.

Leo lächelte Bob vage zu und unternahm nichts.

»Das mach ich lieber selbst«, sagte Rocky. Er schlug

sich beim Einsteigen kräftig den Kopf an. »Ich glaub, der Junge fühlt sich nicht so besonders.« Während er das Blinklicht einschaltete, trat er gleichzeitig kräftig auf die Bremse.

»Okay«, meinte Bob, »aber funktionieren sie auch ohne Bremse?«

»Steht im Inspektions-Handbuch irgendwo drin, daß sie das tun müssen?« fragte Rocky schlau.

Bob seufzte. Seine Frau wartete mit dem Abendessen auf ihn. Seine Frau hatte große, schlaffe Brüste und blonde Haare, die an den Wurzeln schwarz waren. Seine Frau liebte Donuts, am besten gleich in der Zwölferpackung, die es im Giant Eagle-Supermarkt gab. Wenn seine Frau donnerstagsabends in die Werkstatt kam, um sich ihr Geld zum Bingospielen abzuholen, hatte sie den Kopf für gewöhnlich voll großer grüner Lockenwickler unter einem grünen Chiffontuch. Das verlieh ihrem Kopf das Aussehen eines futuristischen AM/FM-Radios. Einmal war er gegen drei Uhr nachts aufgewacht und hatte im kalten friedhofartigen Licht der Straßenlaternen vor ihrem Schlafzimmerfenster ihr schlaffes, welkes Gesicht betrachtet. Er hatte gedacht, wie einfach es doch wäre – sich mit einem Hechtsprung auf sie zu stürzen, ihr ein Knie in den Magen zu pressen, damit sie keine Luft bekam und nicht schreien konnte, und ihr mit beiden Händen die Kehle zuzudrücken. Sie dann in die Badewanne zu legen und in Einzelteile zu zerschneiden und diese per Post zu verschicken, an Robert Driscoll, postlagernd. Irgendwohin. Lima, Indiana. North Pole, New Hampshire. Intercourse, Pennsylvania. Kunkle, Iowa. Irgendwohin. Es wäre möglich. Es war schließlich schon häufig gemacht worden.

»Nein«, sagte er zu Rocky. »Ich glaube, es steht in den Vorschriften nirgends drin, daß sie allein funktionieren müssen. Ausdrücklich steht's jedenfalls nicht drin.« Er kippte die Dose, und das restliche Bier rann ihm die Kehle hinab. Es war warm in der Werkstatt, und er hatte noch nicht zu Abend gegessen. Er spürte, wie ihm das Bier sofort zu Kopf stieg.

»He, Schweißsocke ist gerade das Bier ausgegangen!« rief Rocky. »Reich mal 'ne neue Dose rüber, Leo!«

»Nein, Rocky, wirklich...«

Leo, der nicht mehr allzugut sah, fand schließlich eine, die er Rocky reichte. Rocky gab sie an Bob weiter, dessen Einwände verstummten, als er die kalte Dose erst einmal in der Hand hielt. Sie war mit dem lächelnden Gesicht von Lynn Swann geschmückt. Er öffnete sie. Leo furzte gemütlich, um die Zeremonie abzuschließen.

Einträchtiges Schweigen trat ein. Alle drei tranken aus den mit Footballspielern verzierten Dosen.

»Tut's die Hupe?« fragte Bob schließlich fast schüchtern.

»Na klar.« Rocky schlug mit dem Ellbogen auf den Hupenring. Ein schwaches Quieken ertönte. »Die Batterie ist allerdings ein bißchen schwach.«

Sie tranken schweigend weiter.

»Die verdammte Ratte war so groß wie ein Cockerspaniel!« rief Leo.

»Der Junge hat ganz schön einen sitzen«, erklärte Rocky.

Bob dachte darüber nach. »Jaaa«, meinte er schließlich.

Das kam Rocky so komisch vor, daß er kicherte, obwohl er den Mund gerade voll Bier hatte. Etwas Bier rann ihm aus der Nase, und das brachte nun wiederum Bob zum Lachen. Rocky freute sich, ihn lachen zu hören, weil Bob so gräßlich traurig ausgesehen hatte, als sie vorgefahren waren.

Wieder schlürften sie eine Zeitlang schweigend ihr Bier.

»Diana Rucklehouse«, sagte Bob nachdenklich.

Rocky kicherte.

Bob kicherte ebenfalls und wölbte seine Hände vor der Brust.

Rocky lachte und deutete mit seinen Händen noch größere Brüste an.

Bob wieherte vor Lachen. »Weißt du noch, wie Johnson das Foto von Ursula Andress aufs schwarze Brett der alten Freemantle geklebt hat?«

Rocky brüllte vor Lachen. »Und die Titten hat er noch toll bemalt...«

»... und die Freemantle hat fast 'n Herzschlag bekommen...«

»Ihr beide habt gut lachen«, sagte Leo mürrisch und furzte.

Bob zwinkerte erstaunt mit den Augen. »Häh?«

»Lachen«, sagte Leo. »Ich sagte, ihr *beide* habt gut *lachen*. Keiner von euch hat ein *Loch* im Rücken.«

»Hör nicht auf ihn«, sagte Rocky ein bißchen unbehaglich. »Der Junge hat schwer geladen.«

»Du hast ein Loch im Rücken?« fragte Bob Leo.

»Die Wäscherei«, erklärte Leo lächelnd. »Wir haben diese großen Waschmaschinen, weißte? Nur nennen wir sie Räder. Wäschereiräder sind das. *Deshalb* nennen wir sie Räder. Ich lade sie voll, ich entlade sie, ich lade sie wieder voll. Ich tu den Scheiß dreckig rein und hol den Scheiß sauber wieder raus. Das tu ich, und ich kann's erstklassig.« Er sah Bob mit unvernünftigem Vertrauen an. »Hab mir davon allerdings 'n Loch im Rücken eingehandelt.«

»Ja, tatsächlich?« Bob starrte Leo fasziniert an. Rocky rutschte unbehaglich auf seinem Sitz hin und her.

»Im *Dach* ist nämlich ein Loch«, sagte Leo. »Genau überm dritten Rad. Sie sind rund, weißt du, deshalb nennen wir sie Räder. Und wenn's regnet, dann tropft's rein. Tropf, tropf, tropf. Jeder Tropfen trifft mich genau im Rücken. Und jetzt hab ich da 'n Loch. So eins.« Er malte mit dem Finger in der Luft eine flache Kurve. »Willst du's mal sehen?«

»Er will keine solchen Gebrechen sehen«, brüllte Rokky. »Wir reden hier gemütlich von alten Zeiten! Und außerdem *hast* du überhaupt kein Loch im Rücken!«

»Ich möcht's gern sehen!« sagte Bob.

»Sie sind rund, deshalb nennen wir sie Wäscherei«, murmelte Leo.

Rocky lächelte und klopfte Leo auf die Schulter. »Hör jetzt auf mit diesem Gerede, sonst kannst du zu Fuß nach Hause laufen, mein lieber alter Freund. Gib mir lieber mal meinen Namensvetter rüber, wenn noch einer da ist.«

Leo wühlte in dem Bierkasten herum und brachte nach einer Weile eine Dose mit Rocky Bliers Konterfei zum Vorschein.

»Prost!« rief Rocky, nun wieder fröhlich.

Eine Stunde später war der ganze Kasten leer, und Rocky schickte Leo in Pauline's Superette, um Nachschub zu holen. Leos Augen waren inzwischen so rot wie die eines Frettchens, und sein Hemd hing unordentlich aus der Hose heraus. Er bemühte sich mit kurzsichtiger Konzentration, seine Camelpackung aus dem hochgerollten Hemdsärmel zu bekommen. Bob war im Bad, urinierte und sang dabei das Schullied.

»Ich will nicht da rauflaufen«, murrte Leo.

»Das glaube ich dir, aber zum Fahren bist du zu besoffen.«

Leo lief schwankend im Zickzack herum und versuchte noch immer seine Zigaretten aus dem Hemdsärmel zu ziehen. »'S is' kalt. Und dunkel.«

»Willst du 'nen Aufkleber auf dieses Auto bekommen oder nicht?« zischte Rocky ihn an. Er sah inzwischen am

Rande seines Blickfeldes unheimliche Dinge. Am unangenehmsten und aufdringlichsten war eine riesige Wanze, die in der hinteren Ecke in ein Spinnennetz geraten war.

Leo stierte ihn mit seinen roten Augen an. »Ist schließlich nicht *mein* Auto«, nuschelte er gespielt aufsässig.

»Und du wirst nie wieder damit fahren, wenn du nicht sofort abdampfst und das Bier holst«, sagte Rocky und warf einen ängstlichen Blick auf die tote Wanze im Spinnennetz. »Du kannst ja mal ausprobieren, ob ich nur Spaß mache!«

»Okay«, jammerte Leo. »Okay, du brauchst ja nicht gleich so eklig zu werden!«

Er machte sich schwankend auf den Weg zum Laden an der Ecke. Zweimal auf dem Hin- und einmal auf dem Rückweg landete er im Straßengraben. Als er schließlich wieder in der hellen, warmen Werkstatt ankam, sangen Bob und Rocky zusammen das Schullied. Bob hatte es irgendwie geschafft, den Chrysler auf die Hebebühne zu bekommen. Er lief unter dem Auto herum und betrachtete den rostigen Auspuff.

»Da sind 'n paar Löcher in deinem Auspufftopf«, sagte er.

»Da unten sind doch gar keine Auspufftöpfe nicht«, erwiderte Rocky. Beide fanden das zum Totlachen komisch.

»Da ist das Bier!« verkündete Leo, stellte den Kasten ab, setzte sich auf einen Reifen und döste sofort ein. Er hatte unterwegs schon drei Dosen geleert, um nicht so schwer schleppen zu müssen.

Rocky reichte Bob ein Bier und nahm sich selbst ebenfalls eins.

»Um die Wette? Wie in guten alten Zeiten?«

»Na klar«, sagte Bob. Er lächelte betrunken. Vor seinem geistigen Auge sah er sich am Steuer eines niedrigen, stromlinienförmigen Formel I-Rennwagens, eine

Hand lässig am Lenkrad, während er auf das Startsignal mit der Flagge wartete, die andere Hand in der Tasche, wo er seinen Talisman berührte – das Motorhaubendekor eines Mercurys Jahrgang '59. Er hatte Rockys Auspufftopf und seine schwabbelige Frau mit ihren Lockenwicklern total vergessen.

Sie öffneten ihre Bierdosen und leerten sie. Es war sehr heiß in der Werkstatt; beide warfen die Dosen gleichzeitig auf den Betonboden und hoben gleichzeitig die Mittelfinger. Ihre Rülpser hallten von den Wänden wider wie Gewehrschüsse.

»Genau wie in alten Zeiten«, sagte Bob schwermütig. »Aber *nichts* ist genau wie in alten Zeiten, Rocky.«

»Ich weiß«, stimmte Rocky zu. Er kramte in seinem Gehirn nach einem tiefsinnigen Gedanken und fand ihn schließlich. »Wir werden täglich älter, Schweißi.«

Bob seufzte und rülpste wieder. Leo furzte in der Ecke und begann, ›*Get Off My Cloud*‹ zu summen.

»Versuchen wir's noch mal?« fragte Rocky und reichte Bob eine volle Dose.

»Von mir aus«, sagte Bob, »von mir aus, Rocky, alter Junge.«

Der Kasten, den Leo geholt hatte, war gegen Mitternacht leer, und der neue Inspektionsaufkleber wurde auf der linken Seite von Rockys Windschutzscheibe befestigt – ziemlich windschief. Rocky hatte die notwendigen Angaben selbst auf dem Aufkleber eingetragen, hatte die Ziffern sorgfältig von den schmierigen, abgegriffenen Zulassungspapieren abgeschrieben, die er nach langem Suchen im Handschuhfach gefunden hatte. Er *mußte* sorgfältig arbeiten, weil er alles dreifach sah. Bob saß wie ein Yoga-Meister mit gekreuzten Beinen auf dem Boden, eine halbvolle Dose Bier vor sich. Er starrte angestrengt ins Leere.

»Du hast mir das Leben gerettet, ehrlich, Bob!« sagte Rocky. Er versetzte Leo einen Fußtritt in die Rippen, um ihn aufzuwecken. Leo knurrte und schrie auf. Seine Lider flackerten kurz, schlossen sich dann aber wieder. Bei Rockys nächstem Fußtritt riß er die Augen jedoch weit auf.

»Sind wir schon zu Hause, Rocky? Wir...«

»Nimm alles 'n bißchen auf die leichte Schulter, Bobby«, rief Rocky fröhlich. Er grub seine Finger in Leos Achselhöhle und zog kräftig. Leo kam schreiend auf die Beine. Rocky manövrierte ihn um den Chrysler herum und schob ihn auf den Beifahrersitz. »Wir kommen mal wieder vorbei und reden über alte Zeiten.«

»Die gute alte Zeit«, sagte Bob mit tränenfeuchten Augen. »Seit damals wird alles immer schlimmer und schlimmer, weißt du das?«

»Ich weiß«, sagte Rocky. »Alles ist ganz beschissen geworden. Aber halt einfach den Daumen drauf und tu nichts, was ich nicht tun wür...«

»Meine Frau hat seit anderthalb Jahren nicht mehr mit mir geschlafen«, klagte Bob, aber seine Worte wurden von der hustenden Fehlzündung des Chryslers übertönt. Bob taumelte hoch und beobachtete, wie das Auto rückwärts aus der Werkstatt fuhr, wobei es etwas Holz von der linken Seite der Tür abspliß.

Leo hing aus dem Fenster und lächelte wie ein einfältiger Heiliger. »Komm doch mal in der Wäscherei vorbei, Junge. Ich zeig dir das Loch in meinem Rücken. Ich zeig dir meine Räder. Ich zeig dir...« Rockys Arm schoß plötzlich heraus und zog ihn ins dunkle Wageninnere.

»Wiedersehn, Kumpel!« schrie Rocky.

Der Chrysler beschrieb einen betrunkenen Bogen um die drei Zapfsäulen und verschwand in der Nacht. Bob blickte ihm nach, bis die Rücklichter nur noch Glühwürmchen glichen, dann ging er vorsichtig in die Werkstatt zurück. Auf seiner chaotischen Werkbank lag das Chromornament irgendeines alten Wagens herum. Er begann damit herumzuspielen, und bald weinte er bittere Tränen um die alten Zeiten. Später, kurz nach drei Uhr morgens, erwürgte er seine Frau und setzte dann das Haus in Brand, um alles als Unfall zu tarnen.

»Mein Gott«, sagte Rocky zu Leo, als Bobs Tankstelle zu einem weißen Lichtpunkt hinter ihnen zusammenschrumpfte. »Was sagt man dazu? Die gute alte Schweißsocke!« Rocky hatte jenes Stadium der Trunkenheit erreicht, wo jeder Teil seines Ichs verschwunden zu sein schien, bis auf eine winzige glühende Kohle der Nüchternheit irgendwo ganz tief im Zentrum seines Gehirns.

Leo gab keine Antwort. Im blaßgrünen Licht des Armaturenbretts sah er aus wie die Haselmaus aus Alices Teegesellschaft.

»Er war wirklich sternhagelvoll«, fuhr Rocky fort. Er fuhr eine Zeitlang auf der linken Straßenseite, dann lenkte er den Chrysler auf die richtige Fahrbahn zurück. »Du hast Glück — vermutlich wird er sich morgen nicht mehr an das erinnern, was du ihm erzählt hast. Ein anderes Mal könnte es aber anders laufen. Wie oft soll ich es dir noch sagen? Du mußt endlich die Klappe über diese verrückte Idee halten, du hättest ein Loch im Rücken.«

»Du *weißt*, daß ich eins habe.«

»Na und?«

»Es ist *mein* Loch, und ich werde über *mein* Loch reden, wann immer ich...«

Er drehte sich plötzlich nach hinten um.

»Hinter uns ist ein Lieferwagen. Er ist gerade aus der Seitenstraße rausgekommen. Fährt ohne Licht.«

Rocky blickte in den Rückspiegel. Ja, da war der Lieferwagen; er konnte die Umrisse deutlich erkennen. Es war ein Milchwagen. Und er brauchte nicht erst die Aufschrift CRAMERS MOLKEREI auf den Seitenwänden zu lesen, um zu wissen, wessen Lieferwagen das war.

»Es ist Spike«, sagte Rocky ängstlich. »Es ist Spike Milligan! Mein Gott, ich dachte immer, er macht nur *Morgen*lieferungen!«

»Wer?«

Rocky gab keine Antwort. Ein betrunkenes Grinsen breitete sich auf seiner unteren Gesichtshälfte aus, gelangte aber nicht bis zu seinen Augen, die riesengroß und rot waren wie Spirituslampen.

Er trat plötzlich kräftig aufs Gaspedal; der Chrysler stieß eine blaue Rauchwolke aus und erhöhte ächzend und stöhnend seine Geschwindigkeit auf 60 Meilen pro Stunde.

»He! Du bist viel zu betrunken, um so schnell zu fahren! Du bist...« Leo schien den Faden zu verlieren und verstummte. Die Bäume und Häuser flogen an ihnen vorbei, verschwommene Umrisse in der mitternächtlichen Friedhofsstille. Sie brausten an einem Halteschild vorbei, über eine Bodenwelle hinweg. Den Bruchteil einer Sekunde flogen sie durch die Luft, dann sprühte der tiefhängende Auspufftopf Funken auf den Asphalt. Hinten im Wagen klapperten und ratterten die leeren Bierdosen. Die Gesichter der Pittsburgher Steelers rollten hin und her, manchmal im Licht, manchmal im Schatten.

»Ich hab nur Spaß gemacht!« rief Leo aufgeregt. »Hinter uns ist überhaupt kein Lieferwagen!«

»O doch, *er* ist's, und er bringt Leute um!« schrie Rokky. »Ich hab seine Wanze in der Werkstatt gesehen! *Verdammte Scheiße!*«

Sie sausten den Southern Hill auf der falschen Straßenseite hinauf. Ein entgegenkommender Stationswagen schlitterte über den kiesbestreuten Randstreifen, um ihnen auszuweichen, und landete im Straßengraben. Leo warf wieder einen Blick zurück. Die Straße war leer.

»Rocky...«

»*Nur zu, Spike, versuch doch, mich einzuholen!*« brüllte Rokky. »*Versuch's doch!*«

Der Chrysler brauste mit Tempo 80 dahin, einer Geschwindigkeit, die Rocky in nüchternem Zustand für unmöglich gehalten hätte. Sie schossen in die Kurve, die auf die Johnson Flat Road führte. Rockys abgefahrene Reifen rauchten. Der Chrysler schrie in die Nacht hinein wie ein Geist. Die Scheinwerfer huschten über die leere Straße vor ihnen.

Plötzlich kam ein Mercury Jahrgang 1959 aus der Dunkelheit auf dem Mittelstreifen auf sie zugerast. Rocky schrie auf und riß die Hände hoch, hielt sie sich vors Gesicht. Leo hatte gerade noch Zeit, um zu sehen, daß der Mercury kein Ornament auf der Motorhaube hatte. Dann krachte es.

Eine halbe Meile weiter hinten leuchteten auf einem Seitenweg Scheinwerfer auf, und ein Milchauto mit der Aufschrift CRAMERS MOLKEREI bog in die Hauptstraße ein und fuhr auf die ineinander verkeilten Wagen und auf das Flammenmeer zu. Der Lieferwagen fuhr ziemlich langsam. Das an seinem Kunstlederriemen vom Fleischerhaken herabbaumelnde Transistorradio spielte einen rhythmyschen Blues.

»Das war's«, sagte Spike. »Jetzt fahren wir mal rüber zu Bob Driscolls Haus. Er glaubt, in seiner Werkstatt Benzin zu haben, aber ich bin mir da gar nicht so sicher. Das war ein sehr langer Tag, findest du nicht auch?«

Aber als er sich umdrehte, war der hintere Teil des Lieferwagens leer. Selbst die Wanze war verschwunden.

# Der Fornit

Das Barbecue war vorüber. Es war ausgezeichnet gewesen; Getränke aller Art, auf dem Holzkohlengrill zubereitete Rindslendensteaks, geröstete Käseschnitten, grüner Salat und Megs Spezialdressing. Sie hatten um fünf angefangen. Jetzt war es halb neun und schon fast dunkel – bei großen Parties geht es um diese Zeit allmählich hoch her. Aber hier war keine große Gesellschaft versammelt. Sie waren nur zu fünft: der Literaturagent mit seiner Frau, der gefeierte junge Schriftsteller und seine Frau Meg sowie der Zeitschriftenredakteur, der Anfang sechzig war, aber älter aussah. Der Redakteur trank nur Mineralwasser. Der Literaturagent hatte dem jungen Schriftsteller vor dem Eintreffen des Redakteurs erzählt, der Mann hätte einmal große Probleme mit dem Trinken gehabt. Aber er war von seiner Alkoholsucht losgekommen, wegen der seine Frau ihn verlassen hatte... weshalb sie jetzt auch nur zu fünft und nicht zu sechst waren.

Anstatt ausgelassen und lärmend zu werden, verfielen sie in eine besinnliche Stimmung, als es im rückwärtigen Garten des jungen Schriftstellers, von wo aus man einen herrlichen Blick auf den See hatte, zu dunkeln begann. Der erste Roman des Gastgebers hatte gute Rezensionen bekommen und sich auch sehr gut verkauft. Er war ein glücklicher junger Mann, und zu seiner Ehre muß man sagen, daß er sich dessen auch voll bewußt war.

Ausgehend vom frühen Erfolg des jungen Schriftstellers, drehte sich das Gespräch jetzt mit spielerischer Unheimlichkeit um andere Schriftsteller, die schon in jungen Jahren Erfolg gehabt und dann Selbstmord begannen hatten. Rock Lockridge wurde genannt, ebenso Tom Hagen. Die Frau des Literaturagenten erwähnte Sylvia Plath und Anne Sexton, aber der junge Schriftsteller wandte ein, seiner Meinung nach gehöre die Plath nicht in diese Kategorie. Sie habe nicht aufgrund unverdauten frühen Erfolges Selbstmord begangen, sondern sei erfolgreich geworden, *weil* sie auf spektakuläre Weise Selbstmord begangen habe. Der Literaturagent lächelte.

»Könnten wir nicht vielleicht das Thema wechseln?« fragte die Frau des Schriftstellers ein bißchen nervös.

Ungeachtet ihrer Bitte sagte der Literaturagent: »Und Wahnsinn. Es hat auch welche gegeben, die, nachdem der Erfolg einsetzte, den Verstand verloren haben.« Der Agent hatte die etwas gekünstelte Aussprache eines Schauspielers, auch wenn er mit gedämpfter Stimme sprach.

Die Frau des Schriftstellers wollte wieder protestieren — sie wußte, daß ihr Mann solche Themen nur deshalb liebte, weil er gern seine Späße darüber machte, und er wollte seine Späße darüber machen, weil er sich zuviel mit diesem Thema beschäftigte —, als der Redakteur eine so eigenartige Bemerkung von sich gab, daß sie zu protestieren vergaß.

»Wahnsinn ist eine flexible Kugel.«

Die Frau des Literaturagenten sah verwirrt drein. Der junge Schriftsteller beugte sich fragend vor. »Das kommt mir irgendwie bekannt vor...«, sagte er.

»Natürlich«, erwiderte der Redakteur. »Dieser Ausdruck, diese Metapher ›flexible Kugel‹ wurde von Marianne Moore geprägt. Sie wandte dieses Bild auf Autos an. Ich war aber schon immer der Meinung, daß es auch sehr gut den Zustand des Wahnsinns beschreibt. Wahnsinn ist eine Art geistigen Selbstmords. Behaupten die

Ärzte heutzutage nicht, daß die einzige Methode, den Zeitpunkt des Todes wirklich bestimmen zu können, das Erlöschen der Gehirnfunktionen ist? Wahnsinn eine Art flexible Kugel fürs Gehirn?«

Die Frau des Schriftstellers sprang auf. »Möchte jemand noch etwas trinken?« Aber alle verneinten.

»Nun, ich selbst brauche unbedingt noch etwas, wenn wir uns weiterhin über dieses Thema unterhalten wollen«, sagte sie und mixte sich einen Drink.

»Als ich noch bei ›Logan's Magazine‹ arbeitete, wurde uns einmal diese Geschichte zugesandt«, sagte der Redakteur. »Natürlich wurde ›Logan's‹ dann vom gleichen Schicksal ereilt wie auch ›Collier's‹ und ›The Saturday Evening Post‹, aber zumindest haben wir sie etwas überlebt.« Er stellte das mit einer Spur von Stolz fest. »Wir veröffentlichten 36 Kurzgeschichten jährlich, manchmal auch mehr, und jedes Jahr tauchten vier oder fünf davon dann in irgendeinem Sammelband der besten Kurzgeschichten des Jahres auf. Und sie wurden wirklich *gelesen*. Na ja, wie dem auch sei – jene Geschichte hatte den Titel ›The Ballad of the Flexible Bullet‹ – ›Die Ballade von der flexiblen Kugel‹ –, und geschrieben hatte sie ein Mann namens Reg Thorpe. Ein junger Mann, etwa im Alter unseres lieben Gastgebers hier – und ebenso erfolgreich.«

»Er hat ›Underworld Figures‹ geschrieben, nicht wahr?« fragte die Frau des Literaturagenten.

»Ja. Für ein Erstlingswerk war es erstaunlich erfolgreich gewesen. Großartige Kritiken, tolle Verkaufszahlen in allen Ausgaben – Hardcover, Paperback und Literary Guild. Sogar der Film war gut, obwohl nicht so gut wie das Buch. Nicht einmal annähernd so gut.«

»Ich liebte dieses Buch«, sagte die Frau des Schriftstellers, wider Willen dazu verführt, sich wieder am Gespräch zu beteiligen. Sie hatte den freudig überraschten Gesichtsausdruck eines Menschen, dem soeben etwas eingefallen ist, woran er viel zu lange nicht mehr gedacht hat. »Hat er seitdem eigentlich etwas Neues geschrieben? Ich habe ›Underworld Figures‹ im College gelesen, und das ist nun schon... na ja, eine Ewigkeit her.«

»Sie sehen heute keinen Tag älter aus als damals«, sagte die Frau des Agenten mit falscher Freundlichkeit, obwohl sie insgeheim der Meinung war, daß Meg ein zu knappes Oberteil und viel zu enge Shorts trug.

»Nein, er hat seitdem nichts mehr geschrieben«, antwortete der Redakteur. »Abgesehen von jener bereits erwähnten Kurzgeschichte. Er hat sich umgebracht. Ist verrückt geworden und hat Selbstmord begangen.«

»Oh«, sagte die Frau des Schriftstellers leise. »Da wären wir also wieder bei *diesem* Thema.«

»Wurde die Kurzgeschichte veröffentlicht?« fragte der Schriftsteller.

»Nein – aber nicht deshalb, weil der Verfasser verrückt wurde und sich umbrachte. Sie wurde nie gedruckt, weil der *Redakteur* verrückt wurde und sich *fast* umgebracht hätte.«

Der Literaturagent stand plötzlich auf, um sein Glas nachzufüllen, obwohl es noch fast voll war. Er wußte, daß der Redakteur im Sommer 1969 einen Nervenzusammenbruch erlitten hatte, kurz bevor ›Logan's‹ in einem Meer roter Zahlen ertrunken war.

»Dieser Redakteur war *ich*«, erklärte der Redakteur den anderen. »In gewissem Sinne sind wir gemeinsam verrückt geworden, Reg Thorpe und ich, obwohl ich in New York war und er in Omaha, und obwohl wir uns nie persönlich kennengelernt haben. Sein Buch war etwa sechs Monate zuvor erschienen, und er war nach Omaha gezogen, ›um wieder zu sich zu kommen‹, wie man so schön sagt. Zufällig kenne ich auch diese Seite der Geschichte, weil ich seine Frau ab und zu sehe, wenn sie sich gerade in New York aufhält. Sie malt – und das ganz ordentlich. Sie hatte Glück. Um ein Haar hätte er sie auch umgebracht.«

Der Agent kam zurück und setzte sich. »Allmählich fällt mir manches wieder ein«, sagte er. »Er schoß nicht nur auf seine Frau, sondern auch auf ein paar andere Leute – darunter doch auch auf ein Kind, wenn ich mich recht erinnere.«

»Das stimmt«, sagte der Redakteur. »Dieses Kind – ein Junge – hat die endgültige Katastrophe ausgelöst.«

»Der Junge?« fragte die Frau des Agenten mit etwas schrillerer Stimme. »Wie ist denn so was möglich?«

Am Gesicht des Redakteurs konnte man jedoch ablesen, daß er sich nicht bedrängen ließ; er wollte *erzählen*, nicht einzelne Fragen beantworten.

»*Meinen* Teil der Geschichte kenne ich, weil ich ihn durchlebt habe«, sagte er. »Auch ich hatte Glück. Unwahrscheinliches Glück. Es ist ganz interessant, was bei dem Versuch herauskommen kann, Selbstmord zu begehen, indem man sich eine Pistole an den Kopf setzt und abdrückt. Man sollte eigentlich meinen, das wäre die narrensichere Methode, besser als Tabletten zu schlukken oder sich die Pulsadern aufzuschneiden, aber das stimmt nicht. Wenn man sich in den Kopf schießt, kann man nicht voraussehen, was passieren wird. Die Kugel kann vom Schädel abprallen und jemand anderen töten. Sie kann der Kurve des Schädels folgen und auf der anderen Seite wieder herauskommen. Sie kann ins Gehirn eindringen und einen erblinden lassen, aber ohne einen zu töten. Der eine schießt sich vielleicht mit einer 38er in die Schläfe und wacht im Krankenhaus auf. Der andere schießt sich vielleicht mit einer 22er in die Stirn und wacht in der Hölle auf... wenn es einen solchen Ort gibt. Ich für meine Person glaube eher, daß die Hölle hier auf Erden ist, möglicherweise in New Jersey.«

Die Frau des Schriftstellers lachte ziemlich schrill.

»Die einzige wirklich narrensichere Methode, Selbstmord zu begehen, besteht darin, von einem sehr hohen Gebäude zu springen, und diesen Weg wählen nur die außerordentlich Entschlossenen, weil es dabei nämlich so'ne Riesensauerei gibt.

Ich wollte aber eigentlich nur folgendes sagen: Wenn man sich eine flexible Kugel in den Kopf jagt, kann man wirklich nicht vorhersagen, was dabei herauskommen wird. Was mich angeht, so bin ich mit meinem Auto von einer Brücke in den Fluß gestürzt – und auf einem mit Abfällen übersäten Ufer aufgewacht, als ein LKW-Fahrer mir kräftig auf den Rücken klopfte und meine Arme so heftig auf und ab schwenkte, als hätte er nur 24 Stunden Zeit, um in Höchstform zu kommen, und als würde er mich versehentlich für ein Rudergerät halten. Für Reg hingegen war die Kugel tödlich. Er... aber ich erzähle Ihnen da eine Geschichte, die Sie vielleicht gar nicht hören wollen.«

Er blickte fragend in die Runde. Der Literaturagent und seine Frau sahen einander unsicher an, und die Frau des Schriftstellers wollte gerade sagen, daß sie von diesem makabren Thema eigentlich genug hatte, als ihr Mann erklärte: »Ich würde sie sehr gern hören. Das heißt, wenn es Ihnen nicht aus persönlichen Gründen widerstrebt, sie zu erzählen.«

»Ich habe sie noch nie jemandem erzählt«, sagte der Redakteur.

»Aber nicht aus persönlichen Gründen. Vielleicht hatte ich einfach nie die richtigen Zuhörer«

»Dann erzählen Sie bitte«, sagte der Schriftsteller.

»Paul...« Seine Frau legte ihm eine Hand auf die Schulter. »Glaubst du nicht...«

»Nicht jetzt, Meg.«

»Zu jener Zeit wurden bei Logan's unaufgefordert eingesandte Manuskripte nicht mehr gelesen«, berichtete der Redakteur. »Wenn sie ankamen, schob das Mädchen in der Postabteilung sie gleich in die Rückumschläge, zusammen mit einem kurzen Brief etwa folgenden Inhalts: ›Aufgrund der wachsenden Kosten und der wachsenden Überforderung der Redakteure, einer wachsenden Flut von eingereichten Arbeiten Herr zu werden, werden bei Logan's unaufgefordert eingesandte Manuskripte nicht mehr gelesen. Wir wünschen Ihnen recht viel Glück bei Ihren Bemühungen, Ihre Arbeit anderswo unterzubringen.‹ Ist das nicht ein schauderhaftes Kauderwelsch? Es ist gar nicht so einfach, in einem einzigen Satz dreimal das Wort ›wachsend‹ zu verwenden, aber sie schafften es ohne weiteres.«

»Und wenn kein Rückumschlag beigefügt war, landete das Manuskript im Papierkorb«, sagte der Schriftsteller. »Stimmt's?«

»Aber selbstverständlich. Die nackte Großstadt kennt kein Erbarmen.«

Ein merkwürdiger Ausdruck des Unbehagens huschte über das Gesicht des Schriftstellers. Es war der Ausdruck eines Mannes, der sich in einer Löwengrube befindet, wo schon Dutzende besserer Leute als er in Stücke gerissen worden sind. Bisher hat dieser Mann zwar noch keinen einzigen Löwen zu Gesicht bekommen. Aber er spürt, daß sie da sind, und daß sie immer noch scharfe Krallen haben.

»Na ja«, fuhr der Redakteur fort, während er sein Zigarettenetui hervorholte, »jedenfalls kam die Kurzgeschichte bei uns an, und das Mädchen in der Postabteilung holte sie aus dem Umschlag, heftete den vervielfältigten Brief an die erste Seite und wollte das Manuskript gerade in den Rückumschlag schieben, als sein Blick zufällig auf den Namen des Autors fiel. Nun, es hatte *Underworld Figures* gelesen. Damals hatte jeder es gelesen oder las es gerade oder stand auf der Warteliste der Büchereien oder suchte in den Drugstores nach der Taschenbuchausgabe.«

Die Frau des Schriftstellers, der das momentane Unbehagen ihres Mannes nicht entgangen war, nahm seine Hand. Er lächelte ihr zu. Der Redakteur hielt ein goldenes Ronson-Feuerzeug an seine Zigarette, und im Schein der Flamme konnten sie alle sehen, wie abgehärmt sein Gesicht war – die schlaffen krokodilhäutigen Säcke unter den Augen, die zerfurchten Wangen, das spitze Kinn – das Kinn eines Greises, das aus diesem Gesicht eines Mannes Ende des mittleren Alters hervorragte wie der Bug eines Schiffes. Dieses Schiff trägt den Namen *das Alter*, dachte der Schriftsteller. Niemand legt besonderen Wert darauf, mit diesem Schiff zu fahren, und doch sind alle Kabinen belegt.

Die Flamme erlosch, und der Redakteur zog nachdenklich an seiner Zigarette.

»Die Angestellte in der Postabteilung, die jene Geschichte las und weitergab, anstatt sie zurückzuschikken, ist heute Redakteurin bei G.P. Putnam's Sons. Ihr Name ist unwichtig; wichtig ist, daß sich auf dem großen Diagramm des Lebens die Vektoren dieses jungen Mädchens und Thorpes in der Postabteilung von Logan's Magazine kreuzten. Der Vektor des Mädchens wies nach oben, Thorpes hingegen nach unten. Es gab die Geschichte seinem Chef, und der wiederum gab sie mir. Ich las sie und war begeistert. Sie war etwas zu lang, aber mir war klar, daß Thorpe sie mühelos um 500 Wörter kürzen konnte. Und das war mehr als genug.«

»Wovon handelte diese Geschichte?« fragte der Schriftsteller.

»Eigentlich müßten Sie das schon erraten haben«, sagte der Redakteur. »Das Thema paßt so großartig in den gesamten Kontext.«

»Ging es etwa um den Prozeß des Wahnsinnig-Werdens?«

»Ja. Was lernt man als erstes im ersten Schreibkurs auf dem College? Schreiben Sie über Dinge, die Sie kennen. Reg Thorpe wußte über Wahnsinn Bescheid, weil er selbst dabei war, wahnsinnig zu werden. Und vermutlich gefiel mir die Geschichte auch deshalb so gut, weil ich selbst ebenfalls auf dem besten Wege dahin war. Nun könnten Sie natürlich einwenden, wenn Sie Redakteure wären, daß das einzige, was das Leserpublikum in Amerika nun wirklich nicht braucht, eine weitere Geschichte ist zum Thema ›Wie man in Amerika stilvoll wahnsinnig wird‹, Unterabteilung A: ›Die Menschen reden nicht mehr miteinander‹. Ein beliebtes Thema in der Literatur des 20. Jahrhunderts. Alle großen Schriftsteller haben es behandelt, und alle Schreiberlinge haben es natürlich auch ausgeschlachtet. Aber diese Geschichte war wirklich komisch — ich meine, sie war wirklich *heiter*.

Ich habe weder vorher noch nachher je etwas Vergleichbares gelesen. Am nächsten kommen ihr vielleicht noch einige von F. Scott Fitzgeralds Kurzgeschichten... und ›Gatsby‹. Der Held in Thorpes Geschichte wurde allmählich wahnsinnig, aber er wurde es auf sehr komische Weise. Man kam beim Lesen aus dem Grinsen nicht heraus, und an einigen Stellen — am besten ist jene, wo der Held dem fetten Mädchen das Limonengelee auf den Kopf kippt — muß man laut lachen. Aber es ist ein nervöses Lachen. Man lacht, und dann ist man versucht, einen Blick über die Schulter zu werfen, um zu sehen, wer es gehört haben könnte. Die widersprüchlichen Spannungselemente in dieser Geschichte waren wirklich phänomenal. Je mehr man lachte, desto nervöser wurde man. Und je nervöser man wurde, desto mehr lachte man... bis hin zu der Stelle, wo der Held von einer ihm zu Ehren veranstalteten Party nach Hause geht und seine Frau und seine kleine Tochter umbringt.«

»Erzählen Sie uns doch Genaueres von der Handlung!« bat der Literaturagent.

»Nein«, sagte der Redakteur, »sie ist nicht so wichtig. Es war einfach eine Geschichte über einen jungen Mann, der in dem Kampf, mit seinem Erfolg fertigzuwerden, allmählich unterliegt. Eine detaillierte Inhaltsangabe wäre nur langweilig. Das sind sie immer.

Nun, ich schrieb ihm einen Brief. Er lautete folgendermaßen: ›Lieber Reg Thorpe, ich habe gerade »The Ballad of the Flexible Bullet« gelesen und finde die Geschichte großartig. Ich würde sie gern veröffentlichen, Anfang nächsten Jahres, wenn Sie damit einverstanden sind. Finden Sie ein Honorar von 800 Dollar akzeptabel? Zahlung bei Annahme der Geschichte. Mehr oder weniger.‹ – Neuer Absatz.«

Der Redakteur würzte die Abendluft mit seiner Zigarette.

»›Die Geschichte ist ein bißchen zu lang, und ich möchte Sie bitten, sie um etwa 500 Wörter zu kürzen, wenn es irgend geht. Aber im Notfall wäre ich auch mit einer Kürzung um nur 200 Wörter einverstanden. Wir können dafür jederzeit einen Cartoon weglassen.‹ – Absatz. ›Ich würde mich über Ihren Anruf freuen.‹ – Meine Unterschrift. Und ab ging der Brief, nach Omaha.«

»Und Sie erinnern sich immer noch wortwörtlich daran?« fragte die Frau des Schriftstellers.

»Ich legte unsere gesamte Korrespondenz in einem Extra-Ordner ab«, erklärte der Redakteur. »Seine Briefe, Kopien meiner Antworten. Es war zuletzt eine ganz schön dicke Mappe. Auch drei oder vier Briefe von Jane Thorpe, seiner Frau, waren darunter. Ich habe diese umfangreiche Korrespondenz später immer wieder durchgelesen. Natürlich ohne Erfolg. Die flexible Kugel verstehen zu wollen ist so ähnlich wie begreifen zu wollen, wie eine Möbiussche Fläche nur *eine* Seite haben kann. Es *ist* einfach so auf dieser schönsten aller erdenklichen Welten. – Ja, ich habe sie fast wortwörtlich im Kopf. Manche Leute können ja auch die Unabhängigkeitserklärung auswendig aufsagen.«

»Ich wette, daß Thorpe Sie am nächsten Tag gleich anrief«, sagte der Literaturagent grinsend. »Um möglichst schnell abkassieren zu können.«

»Nein, er rief mich nicht an. Kurz nachdem er ›Underworld Figures‹ fertiggestellt hatte, hörte Thorpe auf, das Telefon zu benutzen. Ich weiß das von seiner Frau. Als sie von New York nach Omaha umzogen, hatten sie in ihrem neuen Haus überhaupt kein Telefon mehr. Thorpe hatte sich nämlich in den Kopf gesetzt, daß das Telefonsystem in Wirklichkeit nicht mit Elektrizität, sondern mit Radium arbeitete. Er glaubte, dies wäre eines der am strengsten gehüteten Geheimnisse der modernen Weltgeschichte. Er behauptete – seiner Frau gegenüber –, daß dieses ganze Radium für die zunehmende Krebsrate verantwortlich sei, nicht Zigaretten oder Autoabgase oder industrielle Luftverschmutzung. Jedes Telefon hatte seiner Meinung nach einen kleinen Radiumkristall im Hörer, und jedesmal, wenn man das Telefon benutzte, bekam der Kopf eine gewisse Strahlendosis ab.«

»Der Mann hatte wirklich 'ne Meise«, sagte der Schriftsteller, und alle lachten.

»Statt dessen schrieb er mir«, berichtete der Redakteur und warf seine Zigarettenkippe in Richtung See. »Dieser Brief hatte folgenden Inhalt: ›Lieber Henry Wilson (oder einfach Henry, wenn ich Sie so anreden darf), Ihr Brief war sowohl aufregend als auch sehr erfreulich. Meine Frau hat sich darüber sogar noch mehr gefreut als ich. Das Honorar ist sehr großzügig... obwohl ich Ihnen ganz offen sagen muß, daß die Tatsache, überhaupt im

Logan's Magazine abgedruckt zu werden, mir schon ein angemessenes Honorar zu sein scheint (aber ich nehme das Geld, natürlich nehm ich's). Ich habe mir Ihre Kürzungsvorschläge angeschaut und finde sie ausgezeichnet. Ich glaube, daß dadurch nicht nur Platz für jene von Ihnen erwähnten Cartoons geschaffen wird, sondern daß auch die Geschichte durch die Straffung gewinnt. Herzliche Grüße, Reg Thorpe.‹

Unter seiner Untschrift war eine drollige kleine Zeichnung... vielmehr so'ne Art Kritzelei. Ein Auge in einer Pyramide, so ähnlich wie auf der Rückseite des Dollarscheins. Aber statt der Worte ›Novus Ordo Seculorum‹ auf der Flagge darunter standen bei ihm die Worte ›Fornit bitte Fornus‹.«

»Entweder Latein oder Groucho Marx«, sagte die Frau des Agenten.

»Nein, auch hierin kam nur wieder Thorpes zunehmende Exzentrizität zum Ausdruck«, erklärte der Redakteur. »Seine Frau erzählte mir, daß Reg an ›kleine Wesen‹ glaube, an so was Ähnliches wie Elfen oder Feen. Die Fornits. Es waren Glücks-Elfen, und er glaubte, daß einer davon in seiner Schreibmaschine lebte.«

»O mein Gott«, murmelte die Frau des Schriftstellers.

»Thorpe zufolge hat jeder Fornit eine kleine Vorrichtung, sowas wie eine Pistole voller... nun ja, Glückspulver könnte man es wohl nennen. Und dieses Glückspulver...«

»heißt Fornus«, vollendete der Schriftsteller mit breitem Grinsen.

»Genau. Auch seine Frau fand es sehr komisch. Zuerst. Zuerst glaubte sie nämlich – Thorpe hatte die Fornits zwei Jahre zuvor erfunden, als er die ersten Entwürfe von ›Underworld Figures‹ schrieb –, daß Reg sie nur zum besten halten wollte. Und vielleicht war das anfangs auch wirklich der Fall. Es scheint sich ganz allmählich von einer originellen Idee zum Aberglauben und dann zur felsenfesten Überzeugung entwickelt zu haben. Es war ein... ein flexibles Fantasiegespinst. Aber am Ende erwies es sich dann als tödlich. Ja, als tödlich.«

Alle schwiegen. Das Grinsen war ihnen vergangen.

»Die Fornits hatten ihre amüsanten Seiten«, fuhr der Redakteur fort. »In der letzten Zeit in New York mußte Thorpes Schreibmaschine oft in die Werkstatt gebracht werden, und nach dem Umzug nach Omaha war das noch häufiger der Fall. Als sie dort zum erstenmal in der Werkstatt war, hatte er eine Leihmaschine. Ein paar Tage, nachdem er seine eigene Schreibmaschine zurückbekommen hatte, erhielt er einen Brief von der Werkstatt, in dem es hieß, er müsse nicht nur die Reinigung seiner eigenen Schreibmaschine bezahlen, sondern auch die der Leihmaschine.«

»Was hatte er denn damit gemacht?« fragte die Frau des Agenten.

»Ich glaube, ich weiß es«, sagte die Frau des Schriftstellers.

»Sie war voller Essensreste«, berichtete der Redakteur. »Winzige Stückchen Kuchen und Kekse. Und die Walze war mit Erdnußbutter beschmiert. Reg fütterte den Fornit in seiner Schreibmaschine. Und er ›fütterte‹ auch die Leihmaschine, für den Fall, daß sein Fornit vorübergehend dorthin umgezogen war«

»Mann o Mann«, murmelte der Schriftsteller.

»Damals wußte ich natürlich noch nichts von all dem. Ich schrieb ihm zurück und teilte ihm mit, wie erfreut ich sei. Meine Sekretärin tippte den Brief und brachte ihn mir zum Unterschreiben, und dann ging sie aus irgendeinem Grund aus dem Zimmer. Ich unterschrieb, und sie war noch nicht wieder da. Und dann kritzelte ich aus einer plötzlichen Laune heraus jene Zeichnung von ihm unter meine Unterschrift. Pyramide. Auge. Und ›Fornit bitte Fornus‹. Verrückt! Die Sekretärin sah es und fragte mich, ob ich den Brief so abschicken wolle. Ich zuckte mit den Schultern und bejahte.

Zwei Tage später rief mich Jane Thorpe an. Sie erzählte mir, mein Brief habe Reg in furchtbare Aufregung versetzt. Er glaube, in mir eine verwandte Seele gefunden zu haben... einen Menschen, der ebenfalls über die Fornits Bescheid wisse. Begreifen Sie, was für eine absurde Situation das für mich war? Soweit ich damals wußte, hätte ein Fornit alles mögliche sein können — angefangen von einem Universalschraubenschlüssel für Linkshänder bis hin zu einem polnischen Steak-Messer. Dasselbe trifft natürlich auch auf Fornus zu. Ich erklärte Jane, ich hätte ganz einfach Regs Zeichnung kopiert. Sie wollte wissen, warum. Ich ging aber auf ihre Frage nicht ein — die korrekte Antwort wäre gewesen: weil ich beim Unterschreiben des Briefes sehr betrunken gewesen war.«

Er verstummte, und ein unbehagliches Schweigen breitete sich im Garten aus. Die Anwesenden betrachteten angestrengt den Himmel, den See und die Bäume, obwohl es da jetzt natürlich auch nichts Interessanteres zu sehen gab als vor ein-zwei Minuten.

»Ich hatte als Erwachsener immer getrunken«, fuhr der Redakteur schließlich fort, »und ich kann nicht mehr sagen, wann die Sache überhandgenommen hat. Während der Arbeitszeit hatte ich sie fast bis zuletzt im Griff. Ich trank zwar immer beim Mittagessen und kam besoffen ins Büro zurück, aber ich war trotzdem voll arbeitsfähig. Es waren die Drinks nach der Arbeit, im Zug und daheim, die mich schachmatt setzten.

Meine Frau und ich hatten schon seit längerer Zeit Probleme, die nichts mit meinem Trinken zu tun hatten, aber das Trinken verschlimmerte jene anderen Probleme. Sie hatte schon lange mit dem Gedanken gespielt, mich zu verlassen, und eine Woche, bevor Thorpes Geschichte bei Logan's eintraf, hatte sie ihre Absicht in die Tat umgesetzt.

Ich versuchte gerade, irgendwie damit fertig zu werden, als uns die Thorpe-Geschichte ins Haus schneite. Ich trank zuviel. Und zu allem übrigen litt ich damals auch noch an etwas, das man heute wohl mit dem modischen Schlagwort Mid-Life-Crisis bezeichnet. Mein Berufsleben empfand ich als ebenso deprimierend wie mein Privatleben. Ich setzte mich mit meiner zunehmenden Erkenntnis auseinander – oder versuchte es zumindest –, daß die Publikation von Geschichten für die breite Masse – Geschichten, die dann von nervösen Zahnarztpatienten, Hausfrauen zur Mittagszeit und gelegentlich von gelangweilten Collegestudenten gelesen wurden – keine sehr beeindruckende Tätigkeit war. Und ich setzte mich mit dem Gedanken auseinander – oder auch hier wieder besser gesagt: ich versuchte es, wie wir alle bei Logan's es damals taten –, daß es in sechs Monaten oder in zehn oder vierzehn vielleicht überhaupt kein Logan's Magazine mehr geben würde.

Und in diese trübe Herbstlandschaft von quälenden Fragen und Ängsten fiel nun plötzlich eine ausgezeichnete Geschichte eines ausgezeichneten Schriftstellers, eine unterhaltsame und faszinierende Schilderung des Prozesses, wie ein Mensch verrückt wird. Es war wie ein heller Sonnenstrahl. Ich weiß, daß es sich merkwürdig anhört, so etwas von einer Geschichte zu sagen, die damit endet, daß der Held seine Frau und seine kleine Tochter umbringt, aber Sie können jeden Redakteur fragen, was echte Freude ist, und er wird Ihnen antworten, echte Freude sei, wenn völlig unerwartet wie ein tolles Weihnachtsgeschenk ein großartiges Manuskript auf dem eigenen Schreibtisch landet. Sie kennen doch sicher alle diese Kurzgeschichte von Shirley Jackson ›*The Lotte-*

*ry*‹. Sie endet so niederschmetternd, wie man es sich überhaupt nur vorstellen kann. Da wird eine nette Frau zu Tode gesteinigt, und ihr Sohn und ihre Tochter beteiligen sich an dem Mord, angeblich Christus zuliebe. Aber es war eine großartige Erzählung... und ich wette, daß der Redakteur bei ›*The New Yorker*‹, der sie als erster las, an jenem Abend fröhlich pfeifend nach Hause ging.

Was ich zu erklären versuche ist, daß Thorpes Geschichte damals die beste Sache in meinem Leben war. Das *einzige* positive Ereignis überhaupt. Und nach allem, was seine Frau mir an jenem Tag telefonisch erzählte, war die Tatsache, daß ich die Geschichte angenommen hatte, das einzige positive Ereignis, das Thorpe in letzter Zeit widerfahren war. Die Beziehung Verfasser – Redakteur ist immer so was wie gegenseitiges Parasitentum, aber in Regs und meinem Fall nahm dieses Parasitentum unnatürliche Ausmaße an.«

»Kehren wir doch wieder zu Jane Thorpes Anruf zurück«, schlug die Frau des Schriftstellers vor.

»Ja, stimmt, ich habe ein bißchen den Faden verloren. Sie war wütend über die Fornit-Sache. Zuerst jedenfalls. Aber ich erklärte ihr, ich hätte jenes ›Auge-und-Pyramide‹-Symbol einfach unter meine Unterschrift gekritzelt, ohne die geringste Ahnung zu haben, was dieses Symbol bedeutete, und ich entschuldigte mich bei ihr.

Sie beruhigte sich, und dann redete sie sich alles von der Seele. Ihre Beunruhigung und Angst hatten immer mehr zugenommen, und sie hatte keinen einzigen Menschen, mit dem sie reden konnte. Ihre Familienangehörigen waren alle tot, und ihre Freunde lebten alle in New York. Reg ließ überhaupt niemanden mehr ins Haus. Er behauptete, es wären alles Leute vom Finanzamt oder vom FBI oder vom CIA. Kurz nach ihrem Umzug nach Omaha kam ein kleines Mädchen an die Tür, das von den Pfadfinderinnen gebackene Kuchen verkaufen wollte. Reg brüllte die Kleine an, erklärte ihr, sie soll sich zum Teufel scheren, er wisse genau, weshalb sie hier sei und so weiter. Jane versuchte, ihn durch vernünftige Argumente zu überzeugen. Sie wies darauf hin, daß das Mädchen höchstens zehn Jahre alt gewesen sei. Aber Reg erklärte ihr, die Leute vom Finanzamt seien total gewissen- und herzlos. Und außerdem, sagte er, könne das Mädchen ohne weiteres auch ein Android sein. Androiden würden nicht unter die Gesetze über Kinderarbeit fallen. Er traue den Typen vom Finanzamt durchaus zu, ihm eine Android-Pfadfinderin voller Radiumkristalle ins Haus zu schicken, die herausfinden solle, ob er irgendwelche Geheimnisse zu verbergen hätte... und die ihn gleichzeitig mit krebserregenden Strahlen beschießen solle.«

»Allmächtiger Gott!« rief die Frau des Agenten.

»Sie hatte nur auf eine freundliche Stimme gewartet, und zufällig war meine die erste. Ich bekam die Geschichte von der kleinen Pfadfinderin zu hören, ich erfuhr einiges über die Pflege und Fütterung von Fornits, über Fornus, und weshalb Reg sich weigerte, ein Telefon zu benutzen. Sie rief mich aus einer Telefonzelle in einem Drugstore an, fünf Blocks von ihrem Haus entfernt. Sie erzählte mir auch, sie befürchte, daß es in Wirklichkeit gar nicht die Männer vom Finanzamt, vom FBI oder CIA seien, vor denen Reg Angst habe. Sie glaubte, in Wirklichkeit habe er vielmehr Angst davor, daß SIE — irgendeine ungeschlachte anonyme Bande, die ihn haßte und neidisch auf ihn war, und die vor nichts zurückschrecken würde, um ihn zu erledigen — herausgefunden hätten, daß bei ihm ein Fornit lebte, und daß sie diesen umbringen wollten. Wenn der Fornit tot war, würde es keine Romane, keine Kurzgeschichten, gar nichts mehr geben. Erkennen Sie das typische Merkmal einer Geisteskrankheit? SIE waren hinter ihm her. Letzten Endes nicht einmal das Finanzamt, das ihn nach dem Erfolg von ›Underworld Figures‹ mit Fragen über sein Einkommen gelöchert hatte. Letzten Endes waren es einfach SIE. Verfolgungswahn in Reinkultur. SIE wollten seinen Fornit umbringen.«

»Mein Gott, was haben Sie ihr denn gesagt?« fragte der Agent. »Ich versuchte, sie zu beruhigen«, sagte der Redakteur. »Ich war gerade erst vom Mittagessen zurückgekommen, bei dem ich fünf Martinis getrunken hatte, und da saß ich nun an meinem Schreibtisch und unterhielt mich mit dieser zu Recht höchst beunruhigten Frau, die mich aus einer Telefonzelle in Omaha anrief; ich versuchte ihr einzureden, das alles wäre nicht so schlimm, sie solle sich keine Sorgen darüber machen, daß ihr Mann glaubte, die Telefone wären voller Radiumkristalle und eine anonyme Bande würde ihm Android-Pfadfinderinnen ins Haus schicken; sie solle sich keine Sorgen darüber machen, daß ihr Mann sein Talent schon so weit von seiner Persönlichkeit getrennt hatte, daß er tatsächlich an die Existenz eines Elfs in seiner Schreibmaschine glaubte.

Ich denke nicht, daß ich sehr überzeugend war.

Sie bat mich — nein, sie flehte mich regelrecht an —, mit Reg an seiner Kurzgeschichte zu arbeiten, dafür zu sorgen, daß sie veröffentlicht wurde. Ohne es direkt auszusprechen, gab sie mir deutlich zu verstehen, daß ›The Ballad of the Flexible Bullet‹ Regs letzter Kontakt zu dem sei, was wir lachhafterweise Realität nennen.

Ich fragte sie, was ich tun solle, wenn Reg jemals wieder auf die Fornits zu sprechen kommen sollte. ›Gehen Sie darauf ein‹, sagte sie. Das waren genau ihre Worte — gehen Sie darauf ein. Und dann legte sie auf.

Am nächsten Tag kam ein Brief von Reg — fünf Schreibmaschinenseiten, mit einzeiligem Abstand getippt. Im ersten Absatz ging es um seine Geschichte. Er komme mit der zweiten Fassung gut voran, schrieb er, und glaube, von den ursprünglich 10 500 Wörtern 700 streichen zu können, so daß die endgültige Fassung knapp 9800 Wörter haben werde.

Der ganze übrige Brief handelte von Fornits und Fornus. Seine eigenen Beobachtungen sowie Fragen... Dutzende von Fragen.«

»Beobachtungen?« Der Schriftsteller beugte sich vor. »Er sah sie also richtiggehend?«

»Nein«, sagte der Redakteur. »Nicht im eigentlichen Sinne des Wortes, aber in gewisser Weise vermutlich doch. Bekanntlich wußten die Astronomen von der Existenz des Planeten Pluto, lange bevor es so starke Teleskope gab, daß sie ihn wirklich sehen konnten. Sie wußten es, weil sie die Bahn des Planeten Neptun intensiv beobachtet und studiert hatten. Auf ähnliche Weise beobachtete Reg die Fornits. Ob mir auch schon aufgefallen sei, daß sie am liebsten abends essen, schrieb er. Er füttere sie den ganzen Tag über, aber er habe die Beobachtung gemacht, daß das meiste davon nach acht Uhr abends verschwinde.«

»Einbildung?« fragte der Schriftsteller.

»Nein», sagte der Redakteur. »Es war ganz einfach so, daß seine Frau soviel Essen wie möglich aus der Schreibmaschine rausholte, während Reg seinen Abendspaziergang machte, und er ging jeden Abend um neun aus dem Haus.«

»Ich finde, es war ganz schön unverschämt von ihr, Ihnen Vorwürfe zu machen«, knurrte der Agent und setzte sich anders hin. »Schließlich lieferte sie den Fantasiegespinsten ihres Mannes selbst ständig neue Nahrung.«

»Sie begreifen nicht, weshalb sie anrief, weshalb sie so aufgeregt war«, sagte der Redakteur ruhig. Er schaute die Frau des Schriftstellers an. »Aber ich bin sicher, daß Sie es wissen, Meg.«

»Vielleicht«, sagte sie und warf ihrem Mann einen unbehaglichen Seitenblick zu. »Sie war nicht wütend, weil Sie seine Fantasiegespinste genährt haben. Sie befürchtete vielmehr, Sie könnten sie zerstören.«

»Bravo!« Der Redakteur zündete sich eine neue Zigarette an. »Und aus demselben Grund entfernte sie auch das Essen aus der Schreibmaschine. Wenn es sich dort angesammelt hätte, hätte Reg daraus die logische Schlußfolgerung gezogen, die sich aus seiner natürlich unlogischen Grundannahme ergab. Und zwar, daß sein Fornit ihn entweder verlassen hatte oder gestorben war. Folglich würde es nun auch kein Fornus mehr geben. Folglich würde er auch nicht mehr schreiben können. Folglich...«

Der Redakteur überließ es seinen Zuhörern, sich weitere Konsequenzen auszumalen, zog an seiner Zigarette und fuhr in seiner Erzählung fort:

»Thorpe hielt die Fornits überhaupt für Nachtgeschöpfe. Sie liebten keine lauten Geräusche – er hatte bemerkt, daß er nach lärmenden Parties am nächsten Morgen nicht arbeiten konnte –, sie haßten das Fernsehen, sie haßten Radium. Reg schrieb, er hätte seinen Fernseher für 20 Dollar verkauft und seine Armbanduhr mit dem Radium-Zifferblatt hätte er auch schon lange nicht mehr. Und dann die Fragen: Woher wußte ich von der Existenz der Fornits? War es möglich, daß auch bei mir einer wohnte? Und wenn ja, was hielt ich dann von diesem und jenem? Ich glaube, ich muß nicht näher ins Detail gehen. Wenn Sie je einen Hund einer besonderen Rasse gekauft haben und sich noch an die Fragen erinnern können, die Sie über seine Pflege und Ernährung gestellt haben, so kennen Sie die meisten Fragen, die Reg mir stellte. Eine kleine Kritzelei unter meiner Unterschrift – mehr hatte es nicht gebraucht, um die Büchse der Pandora zu öffnen.«

»Was schrieben Sie ihm zurück?« fragte der Agent.

»Genau damit nahm die Katastrophe eigentlich ihren Anfang. Für uns *beide*. Jane hatte gesagt: ›Gehen Sie darauf ein‹, also tat ich es. Unglückseligerweise übertrieb ich aber sehr. Ich beantwortete seinen Brief zu Hause, und ich war sehr betrunken. Die Wohnung kam mir furchtbar leer vor, und sie roch muffig – Zigarettenqualm und zu wenig Lüftung. Alles sah vernachlässigt aus, seit Sandra weg war. Die Couchdecke war ganz verknautscht und sah unordentlich aus. Schmutziges Geschirr im Spülbecken, all solche Dinge. Der Mann mittleren Alters, der keine Hausarbeit gewöhnt ist.

Ich legte einen Bogen meines privaten Briefpapiers in die Maschine ein und dachte: *Ich brauche einen Fornit, nein, ich* brauche ein ganzes Dutzend davon, damit sie diese verflucht *einsame Wohnung von einem Ende zum anderen mit Fornus bestäuben*. In jenem Moment war ich so betrunken, daß ich Reg Thorpe um seine Wahnidee beneidete.

Ich schrieb, selbstverständlich hätte ich einen Fornit. Meiner hätte bemerkenswert ähnliche Eigenschaften wie seiner. Er sei ein Nachtgeschöpf. Er hasse Lärm, liebe aber anscheinend Bach und Brahms... wenn ich abends diese Musik höre, könne ich hinterher besonders gut arbeiten, schrieb ich. Ich hätte festgestellt, daß mein Fornit eine besondere Vorliebe für Kirschners geräucherte Würste hätte... ob Reg jemals versucht hätte, seinen Fornit damit zu füttern? Ich ließe einfach kleine Stückchen davon neben meiner Schreibmaschine liegen, und morgens seien sie fast immer verschwunden, es sei denn – genau wie Reg geschrieben hätte –, daß es am Vorabend laut zugegangen sei. Ich schrieb ihm, ich sei froh, jetzt über Radium Bescheid zu wissen, obwohl ich keine Armbanduhr mit Leuchtzifferblatt hätte. Ich schrieb ihm, mein Fornit sei schon seit meiner Collegezeit bei mir. Ich ließ mich von meinen Einfällen so mitreißen, daß ich fast sechs Seiten schrieb. Zuletzt fügte ich noch einen Absatz über seine Kurzgeschichte an, sehr oberflächliches Bla-Bla, und unterschrieb den Brief.«

»Und unter Ihre Unterschrift...?« fragte die Frau des Agenten.

»Selbstverständlich. ›Fornit bitte Fornus‹.« Er schwieg eine Zeitlang. »Sie können es in der Dunkelheit nicht sehen, aber ich erröte unwillkürlich heute noch. Ich war so verflucht betrunken, so verflucht *selbstzufrieden*... vielleicht hätte ich es mir im kalten Licht der Morgendämmerung anders überlegt, aber da war es schon zu spät.«

»Sie hatten den Brief noch am Abend eingeworfen?« murmelte der Schriftsteller.

»Ja. Und danach hielt ich anderthalb Wochen lang gespannt den Atem an und wartete. Eines Tages kam das Manuskript bei Logan's an, an mich adressiert, ohne Begleitschreiben. Er hatte sich bei den Kürzungen im wesentlichen an meine Empfehlungen gehalten, und ich fand die Geschichte druckreif, aber das Manuskript war... naja, ich legte es in meine Aktenmappe, nahm es mit nach Hause und tippte es selbst noch einmal ab. Es war nämlich mit seltsamen gelben Flecken übersät. Ich dachte...«

»Urin?« fragte die Frau des Agenten.

»Ja, dafür hielt ich es auch. Aber das stellte sich als Irrtum heraus. Als ich nach Hause kam, lag ein Brief von Reg im Briefkasten. Diesmal war er zehn Seiten lang. Beim Lesen verstand ich dann auch, worum es sich bei den gelben Flecken handelte. Er hatte Kirschners geräucherte Würste nirgends auftreiben können und deshalb die von Jordan probiert.

Er schrieb, die Fornits liebten sie. Besonders mit Senf.

Ich war an jenem Abend ganz nüchtern gewesen. Aber sein Brief, zusammen mit den schrecklichen Senfflecken direkt auf seinem Manuskript, nahm mich so mit, daß ich direkt zu meiner Hausbar ging und mich betrank.«

»Was stand sonst noch in diesem Brief?« fragte die Frau des Agenten. Sie war immer stärker in den Bann der Erzählung geraten, und jetzt beugte sie sich über ihren nicht gerade kleinen Bauch hinweg weit vor – ihre Haltung erinnerte die Frau des Schriftstellers irgendwie an Snoopy, der auf seiner Hundehütte steht und so tut, als wäre er ein Geier.

»Diesmal nur zwei Zeilen über seine Geschichte. Der ganze Brief war dem Fornit gewidmet... und mir. Die Wurst sei wirklich eine fantastische Idee gewesen. Rackne liebe sie, und folglich...«

»Rackne?« fragte der Schriftsteller.

»So hieß sein Fornit«, erklärte der Redakteur. »Rackne. Aus Dankbarkeit für die Wurst hatte Rackne sich bei der Umarbeitung der Kurzgeschichte selbst übertroffen. Der übrige Brief war das Klagelied eines Paranoikers. Sie haben solchen Unsinn bestimmt noch nie im Leben gelesen.«

»Reg und Rackne... eine im Himmel geschlossene Ehe«, sagte die Frau des Schriftstellers und kicherte nervös.

»O nein, so war es nicht«, erwiderte der Redakteur. »Es war eine reine Arbeitsbeziehung. Und Rackne war männlichen Geschlechts.«

»Erzählen Sie uns doch bitte Näheres über den Inhalt dieses Briefes.«

»Das ist einer jener Briefe, die ich nicht auswendig kenne. Aber es ist auch besser so. Sogar Abnormität wird mit der Zeit langweilig. Der Briefträger war vom CIA. Der Zeitungsjunge war vom FBI – und Reg hatte in seiner Zeitungstasche einen Revolver mit Schalldämpfer gesehen. Die Nachbarn waren Spione; sie hatten Abhörgeräte in ihrem Lieferwagen. Er traute sich nicht mehr, im Laden an der Ecke einzukaufen, weil der Besitzer ein Android war. Das hatte er schon lange vermutet, schrieb er, aber nun war er ganz sicher. Er hatte nämlich die vielen Drähte unter der Kopfhaut des Mannes gesehen, dort wo dieser eine Glatze hatte. Und die Radiumanschläge auf sein Haus gingen immer weiter: Nachts konnte er in den Räumen ein stumpfes grünliches Licht sehen.

Sein Brief endete folgendermaßen: ›Ich hoffe, Sie schreiben mir bald und berichten mir Näheres über Ihre eigene Situation (und die Ihres Fornits), was *Feinde* anbelangt, Henry. Ich bin davon überzeugt, daß der Kontakt zu Ihnen weit mehr als ein bloßer Zufall ist. Ich würde ihn vielmehr als Rettungsring bezeichnen, den (Gott? Die Vorsehung? Das Schicksal? Wählen Sie selbst die Bezeichnung, die Ihnen am meisten zusagt) mir im letzten Moment zugeworfen hat.

Ein Mensch kann es unmöglich über längere Zeit hinweg ganz allein mit tausend *Feinden* aufnehmen. Und dann endlich feststellen, daß man *nicht* allein ist... ist es übertrieben zu sagen, daß die frappierende Ähnlichkeit unserer Erfahrungen zwischen mir und der totalen Vernichtung steht? Vielleicht nicht. Ich muß wissen: Sind die *Feinde* hinter Ihrem Fornit genauso her wie hinter Rackne? Wenn ja, was unternehmen Sie dagegen? Wenn nicht, haben Sie irgendeine Ahnung, *warum* nicht? Ich wiederhole: *Ich muß das wissen.*‹

Unter der Unterschrift stand wie immer die Zeichnung mit ›Fornit bitte Fornus‹, und dann folgte noch ein Postskriptum. Nur ein einziger Satz, aber er klang besonders gefährlich: ›Manchmal frage ich mich, welche Rolle meine Frau dabei spielt.‹

Ich las seinen Brief dreimal durch und trank dabei eine ganze Flasche Black Velvet aus. Ich begann mir zu überlegen, wie ich seinen Brief beantworten sollte. Es war der Hilfeschrei eines Ertrinkenden, das war mir völlig klar. Seine Kurzgeschichte hatte ihn eine Zeitlang über Wasser gehalten, aber nun war sie beendet. Jetzt hing es ausschließlich von mir ab, ob er sich weiterhin über Wasser halten konnte. Und das war einleuchtend, denn schließlich hatte ich die Sache ja ins Rollen gebracht.

Ich ging in der Wohnung hin und her, durch die leeren Räume. Und ich begann, alle Stecker herauszuziehen. Sie dürfen nicht vergessen, daß ich sehr betrunken war, und starkes Trinken macht erstaunlich beeinflußbar. Deshalb sind Verleger und Anwälte auch so gern bereit, drei Drinks zu spendieren, bevor sie mit jemandem beim Mittagessen über Verträge sprechen.«

Der Literaturagent lachte schallend, aber die allgemeine Stimmung blieb gedrückt und unbehaglich.

»Und außerdem dürfen Sie nicht vergessen, daß Reg Thorpe ein ausgezeichneter Schriftsteller war. Er war von allem, was er sagte, absolut überzeugt. FBI. CIA. Finanzamt. *Die Feinde*. Manche Schriftsteller besitzen die seltene Gabe, ihre Prosa um so kühler wirken zu lassen, je leidenschaftlicher sie für ein Thema engagiert sind. Steinbeck hatte diese Gabe, auch Hemingway — und Reg Thorpe hatte das gleiche Talent. Wenn man seine Welt erst einmal betreten hatte, kam einem alles überaus logisch vor. Sobald man die grundlegende Fornit-Prämisse akzeptiert hatte, begann man es für sehr wahrscheinlich zu halten, daß der Zeitungsjunge *tatsächlich* einen Revolver mit Schalldämpfer bei sich trug. Daß die Collegestudenten im Nachbarhaus, die mit dem Lieferwagen, *tatsächlich* KGB-Agenten mit versiegelten Giftkapseln sein könnten, die den Auftrag hatten, Rackne umzubringen oder zu entführen, und die im Falle des Mißlingens mit ihrem eigenen Leben dafür bezahlen mußten.

Natürlich akzeptierte ich Thorpes Grund-Prämisse nicht. Aber das Denken fiel mir schwer. Deshalb zog ich überall die Stecker raus. Zuerst beim Farbfernseher, weil jeder weiß, daß sie wirklich Strahlen abgeben. Bei Logan's hatten wir einmal einen Artikel von einem angesehenen Wissenschaftler veröffentlicht, der behauptete, die von einem Farbfernseher ausgehende Strahlung reiche aus, um die menschlichen Gehirnwellen zwar minimal, aber permanent zu verändern. Dieser Wissenschaftler vertrat die Ansicht, dies könnte die Ursache für zunehmendes Versagen bei Collegeprüfungen und Bildungstests sowie für die immer schlechter werdenden Leistungen im Rechnen bei Grundschülern sein. Wer sitzt denn schließlich näher am Fernseher als ein kleines Kind?

Also zog ich den Stecker des Fernsehers aus der Steckdose, und danach schien ich wirklich klarer denken zu können. Mein Gehirn arbeitete gleich um soviel besser, daß ich beschloß, auch beim Radio, beim Toaster, bei der Waschmaschine und beim Wäschetrockner die Stecker rauszuziehen. Zuletzt fiel mir der Mikrowellenherd ein. Ich war richtiggehend erleichtert, als ich diesem verdammten Ding die Zähne gezogen hatte. Es war eines der frühen Modelle, riesengroß, und vermutlich war es *wirklich* gefährlich. Heutzutage sind die Schutzvorrichtungen natürlich viel besser geworden.

Mir kam richtig zu Bewußtsein, wie viele Dinge es in unseren Mittelstandswohnungen gibt, die an Steckdosen angeschlossen werden. Ich hatte plötzlich das Bild eines gräßlichen elektrischen Tintenfisches vor Augen, dessen Tentakel aus elektrischen Kabeln bestehen und in die Wände hineinkriechen, und die mit Außenleitungen verbunden sind, die allesamt zu staatlichen Stromwerken führen.

Mein Verstand war sonderbar gespalten, als ich diese Dinge tat«, fuhr der Redakteur fort, nachdem er einen Schluck Mineralwasser getrunken hatte. »Im Prinzip gab ich einfach einem abergläubischen Impuls nach. Es gibt viele Leute, die nicht unter Leitern durchgehen oder im Haus keinen Regenschirm aufspannen. Es gibt Basketballspieler, die sich vor einem Foul bekreuzigen, und andere, die rasch ihre Socken wechseln, wenn ihnen alles mißlingt. Ich glaube, daß in solchen Fällen der rationale Verstand nur eine schlechte Stereo-Begleitung des irrationalen Unterbewußtseins ist. Und wenn ich ›irrationales Unterbewußtsein‹ definieren müßte, so würde ich sagen, daß es ein kleiner gepolsterter Raum in unserem Innern ist, der nur mit einem kleinen Kartentisch möbliert ist, auf dem wiederum nur ein mit flexiblen Kugeln geladener Revolver liegt.

Wenn man auf dem Gehweg einen Bogen um eine Leiter macht oder mit geschlossenem Schirm aus der Wohnung in den Regen hinausgeht, schert ein Teil der integrierten Persönlichkeit aus, betritt jenen Raum und nimmt den Revolver vom Tisch. Man wird von zwei gegensätzlichen Gedanken beherrscht: *Unter einer Leiter durchzugehen ist harmlos* und *Nicht unter einer Leiter durchzugehen ist ebenfalls harmlos*. Aber sobald die Leiter hinter einem liegt – oder der Schirm geöffnet ist –, verfliegt dieses Gefühl des Gespaltenseins.«

»Das ist wirklich hochinteressant«, sagte der Schriftsteller. »Führen Sie Ihre Argumentation doch bitte noch einen Schritt weiter, wenn es Ihnen nichts ausmacht. Wann ist es soweit, daß dieser irrationale Teil unseres Ichs vom bloßen Herumspielen mit der Waffe dazu übergeht, sie sich wirklich an die Schläfe zu setzen?«

»Wenn die betreffende Person anfängt, Leserbriefe an die Zeitungen zu schreiben und zu verlangen, daß alle Leitern entfernt werden müssen, weil es gefährlich ist, unter ihnen durchzugehen«, antwortete der Redakteur.

Alle lachten.

»Wenn wir jetzt schon einmal dabei sind, sollten wir die Sache vollends zu Ende bringen. Das irrationale Ich hat sich die flexible Kugel dann tatsächlich ins Gehirn geschossen, wenn die betreffende Person anfängt, in der

Stadt herumzurennen, Leitern umzustoßen und vielleicht Menschen zu verletzen, die auf diesen Leitern arbeiten. Es fällt nicht unter die Meldepflicht von Geisteskranken, wenn jemand einen Bogen um eine Leiter macht anstatt unter ihr durchzugehen. Es fällt auch noch nicht unter die Meldepflicht, wenn jemand Leserbriefe schreibt und behauptet, daß New York City nur deshalb bankrott ging, weil so viele Leute gefühllos unter Leitern von irgendwelchen Arbeitern durchgingen. Aber es unterliegt der Meldepflicht, wenn jemand anfängt, Leitern umzustoßen.«

»Weil das dann eine offenkundige *Tat* ist«, murmelte der Schriftsteller.

»Wissen Sie, Henry, Sie haben wirklich den Nagel auf den Kopf getroffen«, meinte der Agent. »Ich für meine Person habe beispielsweise die Manie, nie drei Zigaretten mit demselben Streichholz anzuzünden. Ich weiß nicht, wie das gekommen ist, aber es ist so. Einmal habe ich irgendwo gelesen, daß diese Sache auf den Stellungskampf im Ersten Weltkrieg zurückgeht. Anscheinend warteten die deutschen Scharfschützen, bis die Tommies anfingen, sich gegenseitig Feuer zu geben. Bei der ersten aufleuchtenden Zigarette konnten sie die Entfernung abschätzen, bei der zweiten den Windeinfluß, und bei der dritten verpaßten sie dem Kerl einen Kopfschuß. Aber es machte für mich überhaupt keinen Unterschied, diese logische Erklärung zu kennen. Ich kann immer noch nicht drei Zigaretten mit einem Streichholz anzünden. Ein Teil von mir sagt, daß es überhaupt nichts ausmacht, auch wenn ich ein Dutzend Zigaretten mit einem Streichholz anzünde. Aber der andere Teil von mir – jene sehr ominöse Stimme, die einem inneren Boris Karloff gehören könnte – sagt: ›Ohhhh, wenn du das tuuuuust...‹«

»Aber es ist doch nicht jede Form von Geisteskrankheit

abergläubischen Ursprungs, oder?« fragte die Frau des Schriftstellers schüchtern.

»Nicht?« erwiderte der Redakteur. »Jeanne d'Arc hörte himmlische Stimmen. Manche Menschen glauben, von Dämonen besessen zu sein. Andere sehen Unglückszwerge... oder Teufel... oder Fornits. Die Ausdrücke, die wir für Verrücktheit verwenden, lassen an Aberglauben in dieser oder jener Form denken. Manie... Abnormität... Irrationalität... Irrsinn... Wahnsinn. Für den Verrückten existiert die Realität nicht mehr. Die ganze Person beginnt sich in jenem kleinen Raum mit der Pistole zu reintegrieren.

Aber der rational argumentierende Teil *meines* Ichs war damals durchaus noch vorhanden. Verletzt, blutend, zornig und sehr ängstlich – aber immer noch funktionsfähig. Er sagte mir: ›Oh, das ist nicht weiter schlimm. Morgen, wenn du wieder nüchtern bist, kannst du alles wieder ans Stromnetz anschließen, Gott sei Dank. Spiel dein Spielchen, wenn es sein muß. Aber mehr auch nicht. Weiter darfst du nicht gehen.‹

Diese rationale Stimme hatte völlig recht damit, Angst zu haben. Etwas in uns fühlt sich nämlich sehr zum Wahnsinn hingezogen. Jeder, der von einem hohen Gebäude in die Tiefe blickt, verspürt – zumindest in schwacher Form – einen morbiden Drang hinabzuspringen. Und jeder, der sich einmal eine geladene Pistole an die Schläfe gesetzt hat...«

»Hören Sie auf!« sagte die Frau des Schriftstellers. »Bitte!«

»Okay«, sagte der Redakteur. »Ich wollte damit ja auch nur folgendes sagen: Selbst der vernünftigste Mensch hat seinen Verstand nur an einer sehr glitschigen Leine. Die Stromleitungen der Rationalität sind ins menschliche Tier nur sehr nachlässig eingebaut.

Nachdem ich alle Stecker herausgezogen hatte, ging

ich in mein Arbeitszimmer, schrieb Reg Thorpe einen Brief, steckte ihn in einen Umschlag, klebte eine Briefmarke darauf und brachte ihn zum Briefkasten. Ich erinnere mich nicht mehr daran, das alles getan zu haben; dazu war ich viel zu betrunken. Aber es muß so gewesen sein, denn als ich am nächsten Morgen aufstand, lag die Kopie noch neben meiner Schreibmaschine, zusammen mit den Briefmarken und den Umschlägen. Der Brief entsprach in etwa dem, was man von einem Betrunkenen erwarten konnte. Letzten Endes lief er auf folgendes hinaus: Die Feinde werden ebenso von der Elektrizität wie von den Fornits selbst angezogen. Befreie dich von der Elektrizität, dann bist du auch deine Feinde los. Zuletzt hatte ich geschrieben: ›Die Elektrizität verwirrt Ihr klares Denkvermögen, Reg. Interferenz der Gehirnwellen. Besitzt Ihre Frau einen Mixer?‹«

»Um Ihr Bild von vorhin zu gebrauchen — Sie hatten angefangen, Leserbriefe an die Zeitungen zu schreiben«, stellte der Schriftsteller fest.

»Ja. Ich schrieb diesen Brief an einem Freitagabend. Am Samstagmorgen stand ich so gegen elf mit einem Mordskater auf und wußte nur noch sehr verschwommen, was ich am Vorabend getan hatte. Ich schämte mich furchtbar, als ich alle Stecker wieder in die Steckdosen schob. Und ich schämte mich noch viel mehr — und hatte Angst —, als ich sah, was ich Reg geschrieben hatte. Ich suchte überall nach dem Original des Briefes, in der verzweifelten Hoffnung, ihn vielleicht doch nicht abgeschickt zu haben. Aber ich *hatte* ihn abgeschickt. Und ich brachte diesen Tag nur deshalb irgendwie hinter mich, weil ich den festen Entschluß faßte, mich meinen Problemen endlich mannhaft zu stellen und nicht mehr zu trinken.

Am folgenden Mittwoch erhielt ich einen Brief von Reg. Eine Seite, von Hand geschrieben. Überall die ›Fornit bitte Fornus‹ – Zeichnungen. In der Mitte nur folgende Zeilen: ›Sie hatten recht. Danke, danke, danke, Reg. Sie hatten recht. Jetzt ist alles in Ordnung. Reg. Ich bin Ihnen unendlich dankbar. Reg. Dem Fornit geht es gut. Reg. Danke. Reg.‹«

»O mein Gott«, murmelte die Frau des Schriftstellers.

»Ich wette, daß seine Frau eine Mordswut auf Sie hatte«, sagte die Frau des Agenten.

»Nein, das hatte sie nicht. Die Sache funktionierte nämlich.«

»Funktionierte?« fragte der Agent.

»Er erhielt meinen Brief am Montag mit der Morgenpost. Am Montagnachmittag ging er zu den städtischen Stromwerken und erklärte, sie sollten bei ihm den Strom abschalten. Jane Thorpe wurde natürlich fast hysterisch. Sie hatte einen Elektroherd, sie hatte tatsächlich einen Mixer, eine Nähmaschine, eine Waschmaschine, einen Wäschetrockner und so weiter und so fort. Am Montagabend hätte sie bestimmt am liebsten meinen Kopf auf einer Schüssel gesehen.

Aber Regs Verhalten überzeugte sie dann davon, daß ich kein Verrückter, sondern vielmehr ein Wunderheiler war. Er setzte sich nämlich mit ihr ins Wohnzimmer und redete ganz vernünftig. Er sagte, er wisse ganz genau, daß er sich merkwürdig benommen hätte. Er erklärte, daß er sich ohne Elektrizität wesentlich besser fühle, und daß er ihr mit Freuden bei allen dadurch entstehenden Schwierigkeiten und Unbequemlichkeiten helfen würde. Und dann schlug er vor, sie sollten den Nachbarn doch einen Besuch abstatten.«

»Doch nicht etwa den KGB-Agenten mit dem Radium im Lieferwagen?« fragte der Schriftsteller.

»Doch, genau denen. Jane war total perplex. Sie erklärte sich bereit, mit ihm hinzugehen, aber sie erzählte mir, daß sie sich schon auf eine gräßliche Szene einzustellen versuchte. Beschuldigungen, Drohungen, Hysterie. Sie spielte schon seit einiger Zeit mit dem Gedanken, Reg zu verlassen, wenn es mit ihm nicht bald besser würde. An jenem Mittwochmorgen erzählte sie mir am Telefon, sie hätte sich geschworen, daß der abgestellte Strom die vorletzte Stufe sei. Noch *ein* derartiges Ereignis, und sie würde nach New York fahren. Sie hatte es allmählich wirklich mit der Angst zu tun bekommen. Diese Sache hatte schier unerträgliche Ausmaße angenommen, und obwohl sie ihn liebte, war sie einfach fast am Ende ihrer Kräfte. Sie hatte beschlossen, ihre Koffer zu packen, falls Reg auch nur eine seltsame Bemerkung zu den Studenten von nebenan machen würde. Viel später habe ich erfahren, daß sie sogar schon vorsichtige Erkundigungen über die in Nebraska erforderlichen Formalitäten eingezogen hatte, um jemanden gegen seinen Willen in eine Nervenheilanstalt einweisen zu lassen.«

»Die arme Frau«, murmelte Meg.

»Aber der Abend wurde ein durchschlagender Erfolg«, sagte der Redakteur. »Reg war so charmant, wie er nur sein konnte... und nach Janes Aussage konnte er wirklich *sehr* charmant sein. Sie hatte ihn seit drei Jahren nicht mehr so erlebt. Die krankhafte Absonderung und Verdrossenheit war verschwunden. Ebenso die nervösen Tiks. Das unwillkürliche Zusammenzucken und Überdie-Schulter-Blicken, wenn sich irgendwo eine Tür öffnete. Er trank ein Bier und unterhielt sich über alle damals aktuellen Themen: den Krieg, die Möglichkeit einer Freiwilligenarmee, die Krawalle in den Großstädten, die Rauschgiftgesetze.

Irgendwie kam es heraus, daß er der Verfasser von ›Underworld Figures‹ war, und die Studenten waren... ›ganz aus dem Häuschen, den Autor höchstpersönlich kennenzulernen und bei sich zu Gast zu haben‹, wie Jane es ausdrückte. Drei der insgesamt vier Studenten hatten das Buch gelesen, und der eine, der das bisher versäumt hatte, begab sich mit absoluter Sicherheit gleich am nächsten Tag zur Bücherei.«

Der Schriftsteller nickte lachend. So etwas kannte er auch.

»Wir wollen Reg Thorpe und seine Frau jetzt für ein Weilchen verlassen«, fuhr der Redakteur fort, »ohne elektrischen Strom, aber glücklicher als seit langer Zeit...«

»Ein wahres Glück, daß Thorpe keine elektrische Schreibmaschine hatte!« warf der Agent ein.

»... und uns wieder dem ehrenwerten Redakteur zuwenden. Zwei Wochen waren vergangen. Der Redakteur hatte seinen Vorsatz, nicht mehr zu trinken, natürlich mehrmals gebrochen, hatte es aber insgesamt ganz gut geschafft, ein geachteter Bürger zu bleiben. Alles ging seinen gewohnten Gang. In Cape Kennedy wurden die letzten Vorbereitungen zur Mondlandung getroffen. Die neue Ausgabe von Logan's, mit John Lindsay auf dem Titelblatt, lag in den Zeitschriftenkiosken aus und verkaufte sich wie immer sehr schlecht. Ich hatte einen Vertragsentwurf für eine Kurzgeschichte mit dem Titel ›The Ballad of the Flexible Bullet‹ vorbereitet, Autor Reg Thorpe, Vorkaufsrechte, empfohlenes Erscheinungsdatum Januar 1970, empfohlenes Honorar 800 Dollar, was damals für eine Titelgeschichte der Standardsatz war.

Ich erhielt einen Anruf von meinem Vorgesetzten Jim Dohegan. Ob ich mal eben zu ihm raufkommen könnte? Um zehn Uhr morgens betrat ich in bester Stimmung sein Büro. Erst später fiel mir ein, daß Janey Morrison, seine Sekretärin, wie eine verwesende Leiche ausgesehen hatte.

Ich setzte mich und fragte Jim, was ich für ihn tun könne oder umgekehrt. Ich will nicht behaupten, daß ich nicht an Reg Thorpe gedacht hätte; diese Kurzgeschichte veröffentlichen zu können, war für Logan's ein toller Coup, und ich vermutete, daß Jim mir dazu gratulieren wollte. Sie können sich also vorstellen, wie fassungslos ich war, als er auf dem Schreibtisch zwei Vertragsentwürfe zu mir herüberschob. Die Thorpe-Geschichte und eine Novelle von John Updike, die als Titelgeschichte der Februarausgabe geplant gewesen war. Beide trugen den Stempel: ABGELEHNT.

Ich starrte abwechselnd die zurückgewiesenen Vorverträge und Jimmy an. Ich kapierte überhaupt nichts mehr. Ich konnte mein Gehirn nicht dazu bringen, sich zu überlegen, was das zu bedeuten hatte. Es war total blockiert. Zufällig fiel mein Blick auf seine Kochplatte. Janey brachte sie ihm jeden Morgen, sobald sie zur Arbeit kam, und schloß sie an, damit er sich jederzeit frischen Kaffee machen konnte. Seit drei Jahren oder mehr wurde das bei Logan's allgemein so gehandhabt. Aber an jenem Morgen konnte ich nur an eines denken: *Wenn ich nur den Stecker von diesem Ding rausziehen könnte, dann könnte ich auch wieder klar denken. Das weiß ich ganz genau.*

›Was soll das, Jim?‹ fragte ich.

›Es tut mir wahnsinnig leid, daß ausgerechnet ich es dir sagen muß, Henry‹, erklärte er, ›aber Logan's wird ab Januar 1970 keine Belletristik mehr veröffentlichen.‹«

Der Redakteur wollte sich eine neue Zigarette anzünden, aber seine Packung war leer. »Hat jemand eine Zigarette für mich?«

Die Frau des Schriftstellers gab ihm eine Salem.

»Danke, Meg.«

Er zündete sie an, blies das Streichholz aus und zog kräftig daran. Das Ende glühte in der Dunkelheit.

»Nun«, fuhr er dann fort, »ich bin sicher, daß Jim mich für verrückt hielt, als ich ›Entschuldigung‹ murmelte, mich verbeugte und den Stecker der Kochplatte aus der Steckdose zog.

Er sperrte den Mund auf und fragte: ›Was soll denn das, Henry?‹

›Es fällt mir schwer nachzudenken, wenn solche Geräte ans Stromnetz angeschlossen sind‹, erklärte ich. ›Interferenz.‹ Und das schien tatsächlich zu stimmen, denn nun konnte ich die Situation viel klarer erkennen. ›Soll das heißen, daß ich entlassen bin?‹ fragte ich ihn.

›Ich weiß es nicht‹, sagte er. ›Das hängt von Sam und dem Vorstand ab. Ich weiß es wirklich nicht, Henry.‹

Ich hätte eine ganze Menge sagen können. Ich nehme an, daß Jimmy erwartete, ich würde um meinen Job betteln. Sie kennen doch die Redewendung: ›er hängt völlig in der Luft‹? Nun, ich würde sagen, daß man erst so richtig versteht, was das bedeutet, wenn man der Leiter einer plötzlich nicht mehr existierenden Abteilung ist. Aber ich plädierte weder für mich selbst noch ganz allgemein für die Belletristikabteilung. Ich plädierte nur für Reg Thorpes Kurzgeschichte. Zuerst sagte ich, wir könnten sie doch in der Dezemberausgabe bringen.

Aber Jimmy erwiderte: ›Du weißt doch genau, daß die Dezemberausgabe schon voll ist. Und es handelt sich schließlich um 10 000 Wörter.‹

›9800‹, widersprach ich.

›Plus eine ganzseitige Illustration‹, sagte er. ›Nein, das kannst du vergessen.‹

›Na, dann lassen wir die Illustration eben weg‹, beharrte ich. ›Hör mal, Jimmy, es ist eine großartige Geschichte, vielleicht die beste, die wir in den letzten fünf Jahren hatten.‹

›Ich habe sie gelesen, Henry‹, sagte er. ›Ich weiß, daß es eine großartige Geschichte ist. Aber wir können das einfach nicht machen. Nicht im Dezember. Es ist Weihnachten, um Gottes willen, und da willst du den Leuten untern Weihnachtsbaum eine Geschichte legen, wo der Held seine Frau und Tochter umbringt? Du mußt...‹ Er brach mitten im Satz ab, aber ich sah, wie er zu seiner Kochplatte hinüberschaute. Genausogut hätte er es laut sagen können.«

Der Schriftsteller nickte langsam, ohne seinen Blick von dem dunklen Schatten zu wenden, der das Gesicht des Redakteurs war.

»Ich bekam allmählich Kopfweh. Zuerst nur ganz leichtes. Das Denken fiel mir wieder schwer. Ich erinnerte mich daran, daß Janey Morrison auf ihrem Schreibtisch einen elektrischen Bleistiftspitzer hatte. Da waren all die Neonröhren in Jims Büro. Die Heizkörper. Die Getränkeautomaten in den Fluren. Wenn man es sich richtig überlegte, stieß man in diesem ganzen verdammten Gebäude auf Schritt und Tritt nur auf Elektrizität. Es war direkt ein Wunder, daß überhaupt jemand hier noch etwas leisten konnte. Ich glaube, damals kam mir zum erstenmal jene Idee, daß Logan's sich dem Bankrott näherte, weil niemand klar denken konnte. Und daß niemand klar und logisch denken konnte, lag daran, daß wir alle in diesem Hochhaus mit seiner verdammten Elektrizität eingesperrt waren. Unsere Gehirnwellen wurden total durcheinandergebracht. Ich erinnere mich noch genau, daß ich dachte, wenn man einen Arzt mit einem EEG-Gerät herschaffen könnte, so würden etliche schreckliche Kurven dabei herauskommen. Voll von jenen großen, spitzen Alpha-Wellen, die für bösartige Tumore im Vorderhirn charakteristisch sind.

Schon der Gedanke an all diese Dinge verstärkte mein Kopfweh. Aber ich unternahm noch einen letzten Versuch. Ich fragte Jimmy, ob er Sam Vadar, den Verleger, wenigstens bitten könnte, die Geschichte doch noch in der Januarausgabe erscheinen zu lassen. Wenn es sich nicht vermeiden ließ, dann eben als letzte Kurzgeschichte, die bei Logan's erscheinen würde. Sozusagen als Abgesang für die Belletristik.

Jimmy spielte mit seinem Bleistift und sagte: ›Vorbringen werde ich's, aber du weißt selbst, daß es nicht klappen wird. Wir haben einerseits eine Geschichte von einem Schriftsteller, der bisher erst einen erfolgreichen Roman veröffentlicht hat, und andererseits eine Geschichte von John Updike, die genauso gut... vielleicht sogar noch besser ist... und...‹

›Die Updike-Geschichte ist nicht besser!‹ schrie ich.

›Herrgott, Henry, du brauchst nicht gleich so zu brüllen...‹

›Ich brülle überhaupt nicht!‹ brüllte ich.

Er schaute mich lange an. Mein Kopfweh war inzwischen sehr schlimm geworden. Ich hörte das Summen der Neonröhren. Sie hörten sich an wie eine ganze Menge Fliegen, die in einer Flasche gefangen sind. Es war ein gräßliches Geräusch. Und ich glaubte zu hören, daß Janey ihren elektrischen Bleistiftspitzer eingeschaltet hatte. *Das machen sie absichtlich*, dachte ich. *Sie wollen mich durcheinanderbringen. Sie wissen, daß ich nicht die richtigen Worte finde, wenn diese Geräte eingeschaltet sind, deshalb... deshalb...*

Jim sagte etwas davon, er würde die Sache bei der nächsten Sitzung zur Sprache bringen und vorschlagen, daß zumindest alle Geschichten, für die ich schon Vorverträge gemacht hätte, noch erscheinen sollten... allerdings...

Ich stand auf, durchquerte das Zimmer und schaltete die Lampen aus.

›Warum hast du das gemacht?‹ fragte Jimmy.

›Du weißt ganz genau, warum‹, erwiderte ich. ›Du solltest schauen, daß du hier rauskommst, Jimmy, bevor von dir nichts übrigbleibt.‹

Er stand nun ebenfalls auf und kam zu mir herüber. ›Ich glaube, du solltest für den Rest des Tages freinehmen, Henry‹, sagte er. ›Geh nach Hause. Ruh dich aus.

Ich weiß, daß die letzte Zeit für dich sehr anstrengend war. Denk daran, daß ich mein Bestes tun werde, was diese Kurzgeschichte angeht. Ich teile deine Gefühle vollkommen... na ja, jedenfalls fast. Aber du solltest jetzt wirklich nach Hause gehen, deine Füße hochlegen und ein bißchen Fernsehen schauen.‹

›Fernsehen!‹ rief ich aus und lachte. Das war wirklich das Komischste, was ich je gehört hatte. ›Jimmy‹, sagte ich. ›Richte Sam Vadar noch etwas anderes von mir aus.‹

›Was denn, Henry?‹

›Sag ihm, er brauchte einen Fornit. Die ganze Belegschaft braucht welche. Nicht nur einen. Ein ganzes Dutzend!‹

›Einen Fornit‹, sagte er und nickte. ›Okay, Henry, ich werd's ihm bestimmt sagen.‹

Ich hatte rasende Kopfschmerzen. Ich konnte kaum noch etwas sehen. Irgendwo im Hinterkopf beschäftigte ich mich schon mit der Frage, wie ich es Reg beibringen sollte, wie er es wohl aufnehmen würde.

›Ich werde den Vertrag selbst unter Dach und Fach bringen, sobald ich herausgefunden habe, wer sich für das Manuskript interessiert‹, sagte ich. ›Vielleicht hat Reg irgendwelche Ideen. Ein Dutzend Fornits. Sie sollen diesen ganzen Ort von einem Ende bis zum anderen mit Fornus bestäuben. Und stellt den verdammten Strom ab, überall.‹ Ich lief in seinem Büro herum, und Jimmy starrte mich mit offenem Mund an. ›Stellt überall den ganzen Strom ab, sag ihnen das, Jimmy. Sag es Sam. Niemand kann bei diesen ganzen elektrischen Interferenzen denken, habe ich recht?‹

›Du hast hundertprozentig recht, Henry. Und jetzt gehst du einfach nach Hause und ruhst dich aus, okay. Schlaf ein bißchen oder irgend so was.‹

›Und Fornits. Sie mögen diese ganzen Interferenzen nicht. Radium, Elektrizität, es ist doch alles dasselbe.

Man muß sie mit geräucherter Wurst füttern. Mit Kuchen. Mit Erdnußbutter. Können wir diese Dinge bestellen?‹ Mein Kopfweh war eine schwarze Schmerzkugel hinter den Augen. Ich sah Jimmy doppelt, ich sah alles doppelt. Ich hatte plötzlich einen Drink sehr nötig. Wenn es keinen Fornus gab, und die rationale Seite meines Geistes versicherte mir, es gäbe keinen, dann war ein Drink das einzige, was mir jetzt helfen konnte.

›Selbstverständlich können wir diese Dinge bestellen‹, sagte er.

›Du glaubst nichts von all dem, was, Jimmy?‹ fragte ich.

›Aber ja. Es ist alles in bester Ordnung. Jetzt gehst du aber wirklich nach Hause und ruhst dich etwas aus.‹

›Jetzt glaubst du es nicht‹, sagte ich, ›aber vielleicht wirst du's glauben, wenn dieser Laden Bankrott macht. Wie kannst du nur um Himmels willen annehmen, daß du vernünftige Entscheidungen triffst, wenn du nicht einmal fünfzehn Yards von all den Cola-Automaten und Süßigkeitsautomaten und Sandwich-Automaten entfernt hier sitzt?‹ Und dann fiel mir noch etwas besonders Schreckliches ein. ›Und ein Mikrowellenherd!‹ schrie ich. ›In dem Automaten muß ein Mikrowellenherd eingebaut sein, um die Sandwiches warm zu machen!‹

Er wollte etwas sagen, aber ich achtete nicht auf ihn. Ich rannte hinaus. Jener Mikrowellenherd erklärte natürlich alles. Ich mußte möglichst rasch von ihm wegkommen. *Er* verursachte jene unerträglichen Kopfschmerzen. Ich erinnere mich noch, daß ich im Vorzimmer Janey gesehen habe und Kate Younger von der Anzeigenabteilung und Mert Strong von der Werbeabteilung, und daß sie mich alle entgeistert anstarrten. Vermutlich hatten sie mich herumbrüllen gehört.

Mein Büro lag einen Stock tiefer. Ich benutzte die Treppe. Ich ging in mein Büro, schaltete alle Lampen aus und holte meine Aktenmappe. Dann fuhr ich mit dem Aufzug ins Erdgeschoß, aber ich klemmte mir die Mappe zwischen die Beine und steckte mir die Finger in die Ohren. Die drei oder vier anderen Fahrgäste im Aufzug warfen mir eigenartige Blicke zu.« Der Redakteur stieß ein trockenes Kichern aus. »Sie waren beunruhigt, milde ausgedrückt. Mit einem offensichtlich Verrückten in einem kleinen Käfig eingesperrt zu sein — da wäre jeder beunruhigt gewessen.«

»Jetzt übertreiben Sie aber etwas!« sagte die Frau des Agenten.

»Keineswegs. Wahnsinn muß *irgendwo* beginnen. Wenn diese Geschichte überhaupt von etwas *handelt* — wenn man bei eigenen Erlebnissen jemals sagen kann, daß sie von etwas handeln —, dann ist dies eine Geschichte über die Entstehung einer Geisteskrankheit. Wahnsinn muß irgendwo beginnen, und er muß irgendwohin führen. Wie eine Straße. Oder eine Kugel aus einem Pistolenlauf. Ich war noch meilenweit hinter Reg Thorpe, aber ich hatte die Grenzlinie deutlich überschritten. Daran gibt es nichts zu rütteln.

Ich mußte schließlich irgendwo hingehen, also ging ich in die ›Four Fathers‹, eine Bar auf der 49. Straße. Ich entschied mich für diese Bar, weil es dort keine Musicbox, keinen Farbfernseher und nicht allzu viele Lampen gab. Ich erinnere mich noch daran, den ersten Drink bestellt zu haben. Danach erinnere ich mich an gar nichts mehr, bis ich am nächsten Tag zu Hause in meinem Bett aufwachte. Der Fußboden war vollgespuckt, und in meinem Leintuch war ein großes Brandloch. In meinem betäubten Zustand war ich offensichtlich zwei besonders gräßlichen Todesarten gerade noch einmal entgangen — dem Ersticken und dem Verbrennen. Allerdings glaube ich nicht, daß ich etwas davon gespürt hätte.«

»Mein Gott!« sagte der Agent fast respektvoll.

»Es war ein Blackout«, sagte der Redakteur. »Das erste richtige totale Blackout meines Lebens – aber sie signalisieren immer das Ende, und man hat nie sehr viele. Nein, sehr viele hat man nie. Aber jeder Alkoholiker kann Ihnen sagen, daß ein Blackout absolut nicht dasselbe wie eine *Ohnmacht* ist. Es wäre viel unproblematischer, wenn es dasselbe wäre. Nein, wenn ein Alkoholiker ein Blackout hat, dann ist er weiterhin *aktiv*. Ein Alkoholiker im Blackout ist ein emsiger kleiner Teufel. Eine Art bösartiger Fornit. Er ruft seine Ex-Frau an und beschimpft sie am Telefon, oder er spielt den Geisterfahrer auf der Autobahn und löscht eine Autoladung Kinder aus. Er kündigt seinen Job, raubt einen Supermarkt aus, verschenkt seinen Ehering. Emsige kleine Teufel.

Was *ich* offensichtlich getan hatte, war etwas harmloser. Ich war nach Hause gegangen und hatte einen Brief geschrieben. Aber diesmal nicht an Reg. Er war an mich selbst gerichtet. Und *ich* hatte ihn auch nicht geschrieben – zumindest nicht dem *Brief* zufolge.«

»Wer denn sonst?« fragte die Frau des Schriftstellers.

»Bellis.«

»Wer ist denn Bellis?«

»Sein Fornit«, sagte der Schriftsteller geistesabwesend. Seine Augen waren verhangen und in die Ferne gerichtet.

»Ja, das stimmt«, bestätigte der Redakteur kein bißchen überrascht. In der warmen Abendluft zitierte er ihnen diesen Brief, wobei er die Absätze mit dem Zeigefinger markierte.

»›Bellis grüßt Dich, mein Freund. Es tut mir leid, daß Du Probleme hast, aber ich möchte gleich zu Beginn darauf hinweisen, daß Du nicht der einzige bist, der Probleme hat. Dies ist für mich keine leichte Arbeit. Ich kann diese verdammte Schreibmaschine von nun an und bis in alle Ewigkeit mit Fornus bestäuben, aber auf die TASTEN zu drücken ist eigentlich *Deine* Aufgabe. Dazu hat Gott große Leute erschaffen. Ich drücke Dir also meine Teilnahme aus, aber mehr auch nicht.

Ich verstehe, daß Du Dir Sorgen um Reg Thorpe machst. *Ich* mache mir nicht um Thorpe Sorgen, sondern um meinen Bruder Rackne. Thorpe macht sich Sorgen darüber, was aus ihm wird, wenn Rackne stirbt, aber nur, weil er ein Egoist ist. Der Fluch, einem Schriftsteller zu Diensten zu sein, besteht darin, daß sie *alle* große Egoisten sind. Er macht sich keine Sorgen darüber, was aus Rackne wird, wenn Thorpe stirbt. Oder *el bonzo seco* wird. Dieser Aspekt ist ihm offensichtlich noch nie in seinen ach so sensiblen Sinn gekommen. Aber zum Glück für uns lassen sich alle unsere Probleme auf absehbare Zeit lösen, und deshalb strenge ich meine Arme und meinen winzigen Körper an, um Dir diese Lösung mitzuteilen, mein betrunkener Freund. Du zerbrichst Dir vielleicht den Kopf über langfristige Lösungen; ich versichere Dir, die gibt es nicht. Alle Wunden sind tödlich. Nimm, was Dir gegeben wird. Manchmal wird der Strick etwas gelockert, aber er hat immer ein Ende. Also, was soll's? Freue Dich, wenn die Seilspannung etwas nachläßt, und verschwende keine Zeit darauf, das Seilende zu verfluchen. Ein dankbares Herz weiß, daß wir am Ende alle dran sein werden.

Du mußt ihn persönlich für seine Kurzgeschichte bezahlen. Aber nicht mit einem Deiner privaten Schecks. Thorpes geistige Probleme sind sehr gravierend und vielleicht auch gefährlich, aber das ist keinesfalls gleichbedeutend mit Dummhei*d*.«< Der Redakteur buchstabierte das Wort D-U-M-M-H-E-I-D. Dann fuhr er fort. »Wenn Du ihm einen privaten Scheck schickst, wird er in etwa neun Sekunden wissen, was los ist.

Du mußt achthundert und ein paar zerquetschte Dollar von Deinem Privatkonto abheben und bei Deiner Bank ein neues Konto auf den Namen Arvin Publishing, Inc. eröffnen. Vergewissere Dich, daß sie verstanden haben, daß Du Schecks willst, die geschäftsmäßig aussehen – nichts mit reizenden Hundchen oder Canyon-Landschaften drauf. Dann finde einen Freund, jemanden, dem Du vertrauen kannst, und sieh zu, daß er der zweite Zeichnungsberechtigte wird. Wenn du die Schecks bekommst, stell einen über 800 Dollar aus und laß diesen zweiten Zeichnungsberechtigten unterschreiben. Schick den Scheck an Reg Thorpe. Das wird Dir vorerst einmal etwas Luft verschaffen.‹ Unterschrieben war der Brief mit ›Bellis‹. Nicht mit der Hand, sondern mit der Maschine.«

»Wow!« sagte der Schriftsteller.

»Als ich aufstand, fiel mir als erstes die Schreibmaschine auf. Sie sah so aus, als hätte sie jemand für einen miesen Film auf Geister-Schreibmaschine getrimmt. Am Vortag war es noch eine alte schwarze Büroschreibmaschine gewesen, Marke Underwood. Aber als ich aufstand – mit einem Schädel, der etwa die Größe von Norddakota zu haben schien – war die Maschine grau. Die Wörter der letzten paar Sätze des Briefes waren teilweise übereinander getippt und ziemlich blaß. Ich warf nur einen Blick darauf und glaubte, meine treue alte Underwood wäre höchstwahrscheinlich nicht mehr zu gebrauchen. Dann begab ich mich in die Küche. Auf dem Tisch stand eine offene Packung Puderzucker, und ein Löffel steckte darin. Überall zwischen der Küche und dem Zimmer, wo ich damals zu arbeiten pflegte, war Zucker verstreut.«

»Sie haben Ihren Fornit gefüttert«, sagte der Schriftsteller. »Bellis hatte eine Vorliebe für Süßes. Jedenfalls müssen Sie das geglaubt haben.«

»Ja. Aber trotz meines Katers wußte ich genau, wer der Fornit war.«

Er zählte die einzelnen Punkte an den Fingern ab.

»Erstens war Bellis der Mädchenname meiner Mutter. Zweitens jener Ausdruck *el bonzo seco*. Es war ein Geheimbegriff zwischen meinem Bruder und mir, als wir Kinder waren. Er bedeutete ›verrückt‹.

Drittens – und in gewisser Weise am belastendsten – war da die Schreibweise des Wortes ›Dummheit‹. Das ist eines der Wörter, die ich gewöhnlich falsch schreibe. Ich kannte einmal einen geradezu phänomenal gebildeten Schriftsteller, der ›Rhythmus‹ immer wieder ohne das zweite ›h‹ schrieb – Rhytmus –, ganz egal, wie oft die Korrektoren es verbesserten. Und ›holen‹ war für diesen Mann, der einen Doktortitel in Princeton erworben hatte, immer ›hohlen‹.«

Die Frau des Schriftstellers lachte plötzlich auf – verlegen und gleichzeitig fröhlich. »Das passiert mir auch immer.«

»Was ich damit sagen will, ist, daß die falsch geschriebenen Wörter eines Menschen seine literarischen Fingerabdrücke sind. Jeder Redakteur wird Ihnen das bestätigen können.

Nein, Bellis war ich, und ich war Bellis. Und doch war sein Rat verdammt gut. Es war ein *großartiger* Rat. Aber da war noch etwas anderes – das Unterbewußtsein hinterläßt seine Fingerabdrücke, aber es beherbergt auch einen Fremden. Einen verdammt gescheiten Kerl, der eine ganze Menge weiß. Soviel ich wußte, hatte ich den Ausdruck ›Zeichnungsberechtigter‹ noch nie im Leben gehört... aber da stand er, und kurze Zeit später stellte ich fest, daß er bei Banken tatsächlich üblich war.

Ich nahm den Telefonhörer ab, um einen Freund anzurufen, und plötzlich schoß mir dieser Schmerz durch den Kopf – es hört sich unglaubhaft an, ich weiß, aber es war so. Ich dachte an Reg Thorpe und sein Radium und legte den Hörer rasch wieder auf. Ich habe den Freund dann persönlich aufgesucht, nachdem ich mich rasiert und geduscht und mich mindestens neunmal im Spiegel betrachtet hatte, ob ich wenigstens so aussah, wie es von einem vernünftigen Mann erwartet wird. Trotzdem stellte er mir eine Menge Fragen und warf mir mehrmals forschende Blicke zu. Vermutlich muß es einige Symptome gegeben haben, die man mit einer Dusche, einer Rasur und Eau de Cologne nicht verbergen kann. Er hatte nichts mit dem Literaturbetrieb zu tun, und das war von großem Vorteil, denn in dieser Branche breiten sich Neuigkeiten sehr rasch aus, und außerdem hätte er dann gewußt, daß Arvin Publishing, Inc. der persönlich haftende Teilhaber von Logan's war, und er hätte sich bestimmt gefragt, ob ich irgendein krummes Ding drehen wollte. Aber zum Glück war er nicht vom Fach, und so konnte ich ihm weismachen, ich wollte eventuell das Wagnis eingehen, selbst einen Verlag zu gründen, nachdem Logan's offenbar beschlossen hätte, die Belletristik-Abteilung aufzulösen.«

»Hat er Sie nicht gefragt, wie Sie gerade auf diesen Namen gekommen waren?« fragte der Schriftsteller.

»Doch.«

»Und was haben Sie ihm geantwortet?«

»Daß Arvin der Mädchenname meiner Mutter sei«, antwortete der Redakteur mit schwachem Lächeln.

Nach kurzem Schweigen fuhr er in seiner Erzählung fort; und er wurde bis zum Schluß kaum mehr unterbrochen.

»Dann begann ich auf die Schecks zu warten, von denen ich eigentlich nur einen einzigen brauchte. Um die Zeit totzuschlagen, trainierte ich: Glas heben, Ellbogen beugen, Glas leeren, Ellbogen strecken, Glas füllen und so weiter und so fort. Bis man von diesem Training so erschöpft ist, daß man einfach zusammenklappt und mit dem Kopf auf dem Tisch landet. Es passierten noch andere Dinge, aber nur diese beiden beschäftigten mich wirklich – das Warten und das Training. Jedenfalls soweit ich mich erinnern kann. Ich war damals sehr oft betrunken, und wenn ich mich an eine Einzelheit erinnere, so hatte ich dafür bestimmt fünfzig oder sechzig andere Dinge vergessen.

Ich kündigte meinen Job – zur allgemeinen Erleichterung. Von ihrer Seite aus, weil ihnen nun die unangenehme Aufgabe erspart blieb, mich wegen Geisteskrankheit aus einer nicht mehr vorhandenen Abteilung zu entlassen, von meiner Seite aus, weil ich dieses Gebäude einfach nicht mehr hätte ertragen können – den Aufzug, die Neonröhren, die Telefone, den Gedanken an all die lauernde Elektrizität.

Ich schrieb Reg Thorpe und seiner Frau in jenen drei Wochen mehrere Briefe. Die Briefe an Jane schrieb ich bei vollem Bewußtsein, die an ihn immer dann, wenn ich ein Blackout hatte. Aber selbst in diesem Zustand behielt ich meine alten Gewohnheiten bei, ebenso wie ich jene falsche Schreibweise gewisser Wörter automatisch beibehielt. Ich vergaß nie, eine Kopie zu machen... und wenn ich am nächsten Morgen zu mir kam, lagen diese Kopien überall herum. Es war so, als würde ich Briefe von einem Fremden lesen.

Nicht daß diese Briefe verrückt gewesen wären, Keineswegs. Der eine mit der Frage nach dem Mixer am Schluß war viel schlimmer gewesen. Diese Briefe klangen... fast vernünftig.«

Er schüttelte langsam und müde den Kopf.

»Arme Jane Thorpe! Zwar muß aus ihrer Sicht die Lage nicht ganz so schlimm ausgesehen haben. Sie muß den Eindruck gehabt haben, daß der Redakteur Ihres Mannes ihn auf sehr geschickte – und humane – Weise aus seiner zunehmenden Depression zu reißen versuchte. Natürlich hat sie sich wohl auch die Frage gestellt, ob es vernünftig ist, einen Menschen in seinen Wahnvorstellungen noch zu unterstützen, die in einem Fall sogar fast zum tätlichen Angriff auf ein kleines Mädchen geführt hätten; aber sie dürfte beschlossen haben, die negativen Aspekte einfach zu ignorieren – schließlich ging sie ja selbst auf seine Fantasiegespinste ein und nährte sie noch, woraus ich ihr aber auch keinen Vorwurf machen kann – schließlich liebte sie diesen Mann. Auf ihre Weise war Jane Thorpe eine ganz tolle Frau. Und nachdem sie mit Reg seine Anfänge, seine Glanzzeit und die Zeit des zunehmenden Wahnsinns durchlebt hatte, hätte sie höchstwahrscheinlich Bellis zugestimmt, daß man sich über ein Nachlassen der Spannung freuen und keine Zeit damit verschwenden soll, das Seilende zu verfluchen. Je mehr die Spannung vorübergehend nachläßt, desto härter ist dann natürlich der Schlag, wenn man plötzlich am Seilende anlangt... aber vermutlich kann auch dieser Schlag aus heiterem Himmel ein Segen sein – wer möchte schon langsam und qualvoll ersticken?

Ich erhielt in jener kurzen Zeitspanne auch Antwortbriefe von den beiden – auffallend sonnige Briefe – obwohl dieser Sonnenschein eine eigenartige Abschiedsstimmung verbreitete. Es war so, als ob... na ja, machen Sie sich nichts daraus, daß ich immer wieder ins billige Philosophieren komme. Wenn mir die richtigen Worte noch einfallen sollten, werde ich darauf zurückkommen.

Jedenfalls spielte Thorpe jeden Abend mit den Studenten von nebenan Karten, und um die Zeit, als die Blätter allmählich von den Bäumen fielen, hielten die jungen Leute ihn für so'ne Art auf die Erde herabgestiegenen Gott. Wenn sie nicht Karten spielten, unterhielten sie sich über Literatur, wobei Reg sie behutsam anleitete. Er hatte sich aus dem Tierheim einen jungen Hund geholt, mit dem er morgens und abends spazierenging, wobei er andere Leute aus der näheren Umgebung traf, wie das nun einmal so ist, wenn man mit seinem Hund Gassi geht. Leute, die bisher der Ansicht gewesen waren, die Thorpes seien reichlich komische Typen, änderten allmählich ihre Meinung. Als Jane erklärte, ohne elektrische Geräte könnte sie wirklich eine Hilfe für die Hausarbeit gut gebrauchen, stimmte Reg ihr sofort begeistert zu. Sie war darüber total verblüfft. Es war keine Geldfrage — nach ›Underworld Figures‹ schwammen sie im Geld —, aber Jane hatte befürchtet, er würde sich wegen seiner eingebildeten SIE weigern. SIE waren schließlich Regs Überzeugung nach überall, und SIE konnten sich ja gar keinen besseren Agenten wünschen als eine Putzfrau, die überall im Haus herumlief, unter die Betten und in Schränke — und vermutlich auch in Schreibtischschubladen, wenn diese nicht abgeschlossen und außerdem noch hermetisch abgeriegelt waren — schaute.

Aber Reg sagte ihr, sie solle sofort jemanden suchen; er bezeichnete sich selbst als gefühllosen Klotz, weil er nicht selbst schon viel früher daran gedacht hatte, obwohl er — das betonte sie mir gegenüber besonders — den größten Teil der schweren Arbeiten, wie beispielsweise das Waschen von Hand, selbst erledigte. Er machte nur eine kleine Auflage: daß die Putzfrau sein Arbeitszimmer nicht betreten sollte.

Das Allerbeste, das Ermutigendste war für Jane jedoch die Tatsache, daß Reg wieder angefangen hatte zu arbeiten, diesmal an einem neuen Roman. Sie hatte die ersten drei Kapitel gelesen und fand sie großartig. Dies alles, schrieb sie, habe angefangen, nachdem ich ›The Ballad of the Flexible Bullet‹ für Logan's angenommen hätte — die Zeit davor hätte in absolut jeder Hinsicht Ebbe geherrscht. Und sie segne mich für meine Tat.

Ich bin sicher, daß sie das ehrlich meinte, aber irgendwie strahlte dieser Segen keine allzu große Wärme aus, und der sonnige Brief hatte pessimistische Untertöne — ja, jetzt sind wir wieder bei *jenem* Thema. Die Sonne in ihrem Brief glich der Sonne an einem Tag, wenn man jene Schäfchenwolken am Himmel sieht, die einen baldigen Wolkenbruch ankündigen.

Trotz all dieser guten Neuigkeiten — Kartenspiele und Hund und Putzfrau und neuer Roman — war Jane natürlich viel zu intelligent, um wirklich zu glauben, daß er langsam wieder gesund wurde... zumindest glaubte ich das aus ihrem Brief herauszuhören, sogar in meinem total benebelten Zustand. Bei Reg hatten sich zahlreiche auffällige Psychosesymptome eingestellt, und Psychose gleicht in gewisser Weise dem Lungenkrebs — beide Krankheiten heilen nie von selbst, obgleich sowohl Krebspatienten als auch Geisteskranke manchmal gute Tage haben können.

Könnte ich noch eine Zigarette haben, meine Liebe?« Die Frau des Schriftstellers gab ihm eine.

»Schließlich«, fuhr er fort, während er sein Feuerzeug hervorholte, »war sie ja weiterhin von den Symptomen seiner fixen Idee umgeben: kein Telefon, keine Elektrizität. Er überklebte alle Steckdosen mit Staniol. Er legte ebenso regelmäßig Futter in seine Schreibmaschine wie in den Hundenapf. Die Studenten von nebenan hielten ihn für einen tollen Burschen, aber die Studenten sahen ja auch nicht, daß Reg Gummihandschuhe anzog, bevor er morgens die Zeitung von der Eingangstreppe holte — wegen seiner Angst vor Strahlen. Sie hörten ihn auch nicht im Schlaf stöhnen und mußten ihn nicht beruhigen, wenn er schreiend aus schrecklichen Alpträumen auffuhr, an die er sich hinterher nicht erinnern konnte.

Sie, meine Liebe« — er wandte sich bei diesen Worten an die Frau des Schriftstellers — »haben sich gefragt, warum sie bei ihm ausharrte, obwohl Sie Ihrer Verwunderung nicht laut Ausdruck verliehen haben. Stimmt's?«

Sie nickte.

»Ich will hier keine langen Theorien über mögliche

Motivationen von mir geben – das Angenehme bei wahren Geschichten ist, daß man nur zu sagen braucht: *so war es eben*, daß man es den Zuhörern überlassen kann, sich über das *Warum?* den Kopf zu zerbrechen. Im allgemeinen weiß übrigens sowieso niemand, warum etwas passiert... und am allerwenigsten jene, die vorgeben, es ganz genau zu wissen.

Aber aus Jane Thorpes subjektiver Sicht der Dinge hatte sich die Lage ja tatsächlich merklich gebessert. Als sich eine Schwarze mittleren Alters bei ihr um die Stelle als Putzfrau bewarb, zwang Jane sich dazu, so freimütig wie möglich über die Eigenheiten ihres Mannes zu sprechen. Die Frau – sie hieß Gertrude Rulin – lachte und sagte, sie hätte schon bei Leuten gearbeitet, die wesentlich schlimmere Marotten gehabt hätte. Die erste Woche, in der die Putzfrau kam, verbrachte Jane in einem ähnlichen Zustand wie bei jenem ersten Besuch bei den jungen Leuten von nebenan – sie wartete auf einen häßlichen Auftritt. Aber Gertrude Rulin erlag Regs Charme genauso wie jene Studenten – er unterhielt sich mit ihr über ihre Arbeit für die Kirche, über ihren Mann und ihren jüngsten Sohn Jimmy, der nach Gertrudes Aussage ein wahrer Satansbraten, der Schrecken der ganzen ersten Klasse war. Sie hatte insgesamt elf Kinder, aber zwischen Jimmy und dem zweitjüngsten war ein Abstand von neun Jahren. Jimmy bereitete ihr große Sorgen.

Reg schien es gut zu gehen... aber natürlich war er noch genauso verrückt wie eh und je – und ich ebenfalls. Wahnsinn mag eine Art flexible Kugel sein, aber jeder Ballistikexperte, der sein Fach versteht, wir Ihnen sagen können, daß es keine zwei Kugeln gibt, die genau gleich sind. In einem Brief an mich erwähnte Reg flüchtig seinen neuen Roman, dann ging er sofort wieder zum Thema Fornits über. Fornits im allgemeinen und Rackne im besonderen. Er stellte Spekulationen darüber an, ob SIE die Fornits wirklich töten oder – was er für wahrscheinlicher hielt – lebendig fangen und erforschen wollten. Zum Schluß schrieb er: ›Sowohl mein Appetit als auch meine Einstellung zum Leben haben sich grenzenlos gebessert, seit wir unsere Korrespondenz begonnen haben, Henry. Dafür bin ich Ihnen sehr dankbar. Mit herzlichen Grüßen, Ihr Reg.‹ Und in einem Postskriptum erkundigte er sich beiläufig, ob seine Geschichte mit Illustrationen veröffentlicht wird. Sofort erwachten in mir Schuldgefühle, und ich mußte sie schnell an der Hausbar verdrängen.

Reg hatte es mit Fornits, ich hatte es mit Leitungen.

In meinem Antwortbrief ging ich nur am Rande auf Fornits ein; inzwischen hielt ich den Mann – zumindest was dieses Thema anging – wirklich nur noch bei Laune; ein Elf mit dem Mädchennamen meiner Mutter und meinen eigenen Rechtschreibfehlern interessierte mich herzlich wenig.

Was mich indessen mehr und mehr interessierte, war das Thema Elektrizität und Mikrowellen und Radiofrequenzwellen und Interferenz kleiner Geräte und Niedrigstand-Strahlung und Gott weiß was sonst noch alles. Ich ging in die Bücherei und lieh mir Bücher über dieses Thema aus; und ich kaufte mir auch viele Bücher. Es standen sehr beunruhigende Dinge drin... und natürlich waren das genau die Informationen, auf die ich direkt lauerte.

Ich ließ mein Telefon abholen und den Strom abstellen. Eine Zeitlang half mir das, aber als ich eines Abends betrunken zur Tür hineinschwankte, eine Flasche Black Velvet in der Hand, eine zweite in der Manteltasche, sah ich dieses kleine rote Auge von der Decke auf mich herabstarren. Mein Gott, ich dachte im ersten Moment, ich würde einen Herzinfarkt bekommen – es sah wie ein Käfer aus, wie ein großer dicker Käfer mit einem einzigen leuchtenden Auge.

Ich hatte eine Coleman-Gaslaterne, die ich rasch anzündete. Daraufhin konnte ich erkennen, was es war. Aber ich war nicht erleichtert — ganz im Gegenteil, ich fühlte mich noch viel schlechter. Sobald ich mir das Ding genau angeschaut hatte, schossen mir rasende Schmerzen durch den Kopf — wie Radiowellen. Einen Moment lang hatte ich das Gefühl, als hätten meine Augen sich nach innen gedreht und ich könnte in mein Gehirn sehen: dort rauchten, verglühten, starben Gehirnzellen. Es war ein Rauchdetektor — eine Vorrichtung, die 1969 sogar noch neuer war als Mikrowellenherde.

Ich stürzte aus der Wohnung, rannte die Treppen hinab — ich wohnte im vierten Stock, benutzte damals aber nur noch die Treppen, keinen Aufzug — und hämmerte an die Tür des Hausmeisters. Ich erklärte ihm, ich wolle das Ding aus meiner Wohnung raushaben, wolle es *gleich* raushaben, wolle es noch *an diesem Abend* raushaben, wolle es *auf der Stelle* raushaben. Er schaute mich an, als wäre ich komplett — entschuldigen Sie den Ausdruck — *bonzo seco*, und jetzt im nachhinein verstehe ich das auch. Der Rauchdetektor sollte mich ja beruhigen, mir ein Gefühl der *Sicherheit* geben. Heute sind sie natürlich gesetzlich vorgeschrieben, aber damals war das der letzte Schrei, den der Mieterschutzbund finanziert hatte.

Der Hausmeister montierte das Ding ab — es dauerte nicht lange —, aber seine Blicke entgingen mir nicht, und in gewissem Maße konnte ich die Gefühle des Mannes sogar damals schon verstehen. Ich war unrasiert, stank nach Whisky, meine fetten Haare waren wirr und ungepflegt, und mein Mantel war schmutzig. Er wußte, daß ich nicht mehr zur Arbeit ging, daß ich meinen Fernseher verkauft hatte, daß mein Telefon und der elektrische Strom auf mein Betreiben hin abgestellt worden waren. Er hielt mich für verrückt.

Ich mochte verrückt sein, aber ich war — ebenso wie

Reg – nicht dumm. Ich setzte meinen Charme ein. Redakteure müssen über einen gewissen Charme verfügen. Und ich besänftigte ihn mit einem Zehn-Dollar-Schein. Damit konnte ich die Wogen einigermaßen glätten, aber an der Art und Weise, wie die Leute im Haus mich in den nächsten Wochen ansahen – es sollten meine letzten zwei Wochen in diesem Haus sein –, merkte ich, daß dieser Vorfall die Runde gemacht hatte. Besonders bezeichnend war, daß kein Mitglied des Mieterschutzbundes bei mir vorsprach und sich über meine Undankbarkeit beschwerte. Vermutlich befürchteten sie, ich könnte mit einem Steak-Messer auf sie losgehen.

Aber solche Überlegungen waren für mich an jenem Abend von sekundärer Bedeutung. Ich saß im Schein der Gaslaterne, meiner einzigen Lichtquelle in den drei Zimmern, von der ganzen Elektrizität Manhattans einmal abgesehen, die durch die Fenster einfiel. Ich saß mit einer Flasche in der einen Hand und einer Zigarette in der anderen da und starrte die Decke an, wo sich noch vor kurzen der Rauchdetektor mit seinem einen roten Auge befunden hatte – einem Auge, das tagsüber so unauffällig war, daß ich es nie bemerkt hatte. Ich dachte über die unbestreitbare Tatsache nach, daß dieses elektrisch geladene Ding funktioniert hatte, obwohl ich mir in der ganzen Wohnung den Strom hatte sperren lassen... und folglich konnte es noch anderes Zeug dieser Art hier geben.

Aber selbst wenn nicht, so war doch das ganze Haus von den unzähligen Drähten schwer infiziert – es war mit Drähten gefüllt wie ein krebskranker Todeskandidat mit bösartigen Zellen und zersetzten Organen. Wenn ich die Augen schloß, konnte ich all diese Drähte in der Dunkelheit ihrer Leitungen sehen – sie verbreiteten ein schwaches grünes Licht. Und so sah es in der gesamten City aus! Ein dünner, ganz harmlos aussehender Draht, der zu einer Steckdose führte... der Draht hinter der

Steckdose war schon etwas dicker und führte durch eine Leitung ins Erdgeschoß, wo er sich einem noch dickeren Draht anschloß, der unter die Straße führte... hin zu einem ganzen *Bündel* von Drähten, die jedoch so dick waren, daß sie Kabel hießen.

Als Jane Thorpes Brief erhielt, in dem sie das Staniol erwähnte, begriff ein Teil meines Gehirns, daß sie darin ein Zeichen von Regs Verrücktheit sah, und dieser Teil meines Gehirns wußte auch, daß ich in meinem Antwortbrief so tun mußte, als stimmte mein *ganzes* Gehirn ihr zu. Aber der andere Teil meines Gehirns – inzwischen der bei weitem größere – dachte: ›Was für eine fantastische Idee!‹ – und ich überklebte meine eigenen Steckdosen am nächsten Tag auf die gleiche Art und Weise. Vergessen Sie nicht, ich war der Mann, der eigentlich Reg Thorpe helfen sollte! Wenn es nicht so traurig wäre, müßte man eigentlich darüber lachen.

In jener Nacht beschloß ich, Manhattan zu verlassen. Meine Familie besaß ein altes Haus in den Adirondacks, wohin ich mich zurückziehen konnte; diese Idee sagte mir sehr zu. Das einzige, was mich überhaupt noch in New York hielt, war Reg Thorpes Kurzgeschichte. Wenn ›*The Ballad of the Flexible Bullet*‹ Regs Rettungsring in einem Meer von Wahnsinn war, so war sie auch meine – ich wollte die Geschichte partout bei einer guten Zeitschrift unterbringen. Sobald mir das gelungen sein würde, konnte ich aus der Stadt verschwinden.

Diesen Stand hatte also die nicht sonderlich berühmte Korrespondenz Wilson – Thorpe, kurz bevor wir beide ganz in der Scheiße versanken. Wir glichen zwei sterbenden Drogensüchtigen, die sich gegenseitig die relativen Vorteile von Heroin und Marihuana aufzählen. Reg hatte Fornits in seiner Schreibmaschine, ich hatte Fornits in den Wänden, und beide hatten wir Fornits in unseren Köpfen.

Und da waren SIE. Sie dürfen SIE nicht vergessen. Ich war noch nicht sehr lange mit Thorpes Geschichte hausieren gegangen, als ich zu dem Schluß kam, daß zu IHNEN auch sämtliche Zeitschriftenredakteure New Yorks gehörten, die Balletristik veröffentlichten – nicht daß es im Herbst 1969 sehr viele gewesen wären! Wenn man sie ein bißchen auseinandergerückt hätte, hätte man die ganze Bande mit einer einzigen Schrotflintenladung erledigen können – eine Idee, die mir schon bald sehr zusagte.

Es dauerte etwa fünf Jahre, bis ich die Sache aus ihrer Perspektive sehen konnte. Ich hatte sogar den Hausmeister erschreckt, und er war ein Mann, der mich nur zu Gesicht bekam, wenn die Heizung abgestellt wurde und wenn es Zeit für sein Weihnachtstrinkgeld war. Diese Redakteure hingegen... nun, die Ironie lag darin, daß viele von ihnen wirklich meine *Freunde* waren. Jared Baker beispielsweise war damals Assistent des Belletristikherausgebers von ›Esquire‹, und Jared und ich hatten im Zweiten Weltkrieg in derselben Schützenkompanie gedient. Diesen alten Freunden war nicht nur etwas mulmig zumute, wenn sie den neuen Henry Wilson sahen. Sie waren entsetzt. Wenn ich ihnen die Geschichte einfach mit ein paar netten Zeilen geschickt und die Situation – oder jedenfalls meine Version davon – geschildert hätte, wäre es mir höchstwahrscheinlich fast auf Anhieb gelungen, die Geschichte zu verkaufen. Aber nein, das war mir nicht gut genug. Nicht für diese Geschichte. Ich wollte dafür sorgen, daß sie *persönlich und bevorzugt behandelt* wurde. Also ging ich damit von Tür zu Tür, ein stinkender grauhaariger Ex-Redakteur mit zittrigen Händen, roten Augen und einem großen blauen Fleck auf dem linken Backenknochen – ich war in der Dunkelheit gegen die Badezimmertür gerannt. Ich hätte mir genausogut gleich ein Schild umhängen können: IRRENHAUSKANDIDAT.

Außerdem wollte ich mit meinen ehemaligen guten Bekannten und Freunden nicht in ihren Büros reden. Vielmehr, ich *konnte* es nicht. Die Zeit war lang vorbei, als ich einfach mit einem Aufzug in den 40. Stock fahren konnte. Also traf ich mich mit ihnen, wie Drogenhändler sich mit Süchtigen treffen – in Parks, auf Treppen oder – im Falle von Jared Baker – in einem Burger Heaven in der 49. Straße. Jared hätte mich mit Freuden zu einem wirklich guten Essen eingeladen, aber auch jene Zeit war vorbei, da der Oberkellner mich ohne weiteres in ein Restaurant eingelassen hatte, in dem Geschäftsleute verkehrten.«

Der Agent zuckte zusammen.

»Ich erhielt halbherzige Zusagen, die Geschichte zu lesen; dann folgten unausweichlich Fragen, wie es mir gehe, wieviel ich trinke. Ich erinnere mich dunkel, daß ich einigen von ihnen zu erklären versuchte, wie Elektrizität und Strahlung das Denkvermögen der Menschen beeinträchtigten und zerstörten. Und als Andy Rivers von ›*American Crossings*‹ andeutete, daß ich ärztliche Hilfe brauchte, erklärte ich ihm, *er* sei derjenige, der Hilfe brauchte.

›Siehst du die Leute dort draußen auf der Straße?‹ sagte ich. Wir standen im Washington Square Park. ›Die Hälfte von ihnen, vielleicht sogar drei Viertel, haben Gehirntumore. Ich würde dir Thorpes Geschichte sowieso nicht verkaufen, Andy. Verdammt, du könntest sie in dieser Stadt überhaupt nicht verstehen. Dein Gehirn sitzt auf dem elektrischen Stuhl, und du weißt es nicht einmal!‹

Ich hatte eine Kopie der Geschichte in der Hand, zusammengerollt wie eine Zeitung. Damit schlug ich ihm auf die Nase, so wie man einen Hund schlägt, der in die Ecke gepinkelt hat. Dann ließ ich ihn einfach stehen. Er rief, ich solle zurückkommen, wir würden zusammen eine Tasse Kaffee trinken und die Sache noch einmal bereden, und dann kam ich an einem Schallplattengeschäft vorbei, aus dem dröhnende Musik durch Lautsprecher die Gehwege überflutete, und das im Innern unzählige eiskalte Neonröhren beherbergte, und ich hörte Andys Stimme nicht mehr, weil ein tiefer Summton in meinem Kopf mir den Schädel zu sprengen drohte. Ich weiß noch, daß ich zweierlei dachte: erstens, daß ich so schnell wie möglich aus der Stadt rauskommen müßte, wenn ich nicht selbst auch einen Gehirntumor bekommen wollte, und zweitens, daß ich auf der Stelle einen Drink benötigte.

Als ich an jenem Abend nach Hause kam, lag unter meiner Tür ein Zettel folgenden Inhalts: ›*Wir wollen, daß du von hier verschwindest, du Irrer!*‹ Ich warf ihn weg, ohne auch nur einen zweiten Gedanken daran zu verschwenden. Wir Irre haben wesentlich größere Probleme als anonyme Briefe von anderen Hausbewohnern.

Ich dachte an das, was ich über Regs Geschichte zu Andy Rivers gesagt hatte. Je länger ich darüber nachdachte – und je mehr ich trank –, desto vernünftiger kamen mir meine Worte vor. ›*The Ballad of the Flexible Bullet*‹ war komisch und oberflächlich betrachtet auch leicht verständlich... aber unter dieser Oberfläche war die Geschichte unheimlich kompliziert. Hatte ich wirklich geglaubt, daß ein anderer Redakteur in dieser Stadt alle Schichten dieser Geschichte begreifen konnte? Vielleicht hatte ich es früher geglaubt, aber nun, da mir die Augen geöffnet worden waren? Glaubte ich wirklich, daß es Würdigung und Verständnis an einem Ort geben konnte, wo es von Stromleitungen nur so wimmelte? Mein Gott, überall strömten durch winzige Lecke unzählige Volt aus.

Ich las die Zeitung, solange es noch hell genug dazu war, weil ich die ganze verdammte Angelegenheit wenigstens für kurze Zeit vergessen wollte, und auf der ersten Seite der ›Times‹ stand ein Artikel darüber, wie radioaktive Stoffe aus Kernkraftwerken immer wieder spurlos verschwanden und weiter, daß eine ausreichende Menge von diesem Zeug zur Herstellung einer sehr schmutzigen Nuklearwaffe dienen konnte, wenn es in die falschen Hände geriet.

Ich saß an meinem Küchentisch, während draußen die Sonne unterging, und vor meinem geistigen Auge sah ich, wie Sie nach Plutoniumstaub gierten wie anno 1849 jene Abenteurer, die der Goldrausch gepackt hatte. Nur wollten Sie damit nicht die Stadt in die Luft jagen, o nein. Sie wollten den Plutoniumstaub nur überall ausstreuen und damit alle Gehirne zerstören. Sie waren die bösen Fornits, und der ganze radioaktive Staub war Unglücksfornus. Der schlimmste Unglücksfornus aller Zeiten.

Ich entschied, daß ich Regs Geschichte überhaupt nicht verkaufen wollte – zumindest nicht in New York. Ich würde aus dieser Stadt verschwinden, sobald ich die angeforderten Schecks in der Hand hatte. Wenn ich dann erst einmal in Sicherheit war, würde ich die Geschichte an andere Literaturzeitschriften schicken. ›Swanee Review‹ wäre vielleicht ganz günstig, dachte ich, oder auch ›Iowa Review‹. Meine Gründe könnte ich Reg später erklären. Er würde mich verstehen. Damit schien das ganze Problem gelöst zu sein, also trank ich etwas, um zu feiern. Und dieser Drink zog natürlich andere nach sich, bis ich wieder ein Blackout hatte. Er sollte mein vorletztes sein.

Am nächsten Tag kamen meine Arvin Publishing-Schecks. Ich füllte einen davon aus und begab mich dann zu meinem Freund, dem zweiten Zeichnungsberechtigten. Wieder mußte ich eines der lästigen Kreuzverhöre über mich ergehen lassen, aber diesmal beherrschte ich mich. Ich benötigte unbedingt seine Unterschrift.

Schließlich bekam ich sie auch. Dann ging ich in ein Geschäft für Büroartikel und ließ mir einen Briefstempel anfertigen. Zu Hause stempelte ich ›Arvin Company‹ als Absender auf einen Geschäftsumschlag, tippte Regs Adresse (den Puderzucker hatte ich aus meiner Maschine entfernt, aber die Typen blieber immer noch leicht aneinander kleben) und fügte einen kurzen persönlichen Brief bei, in dem ich schrieb, kein Scheck an irgendeinen Autor hätte mich je so gefreut... und das stimmte. Es stimmt auch heute noch. Es dauerte fast eine Stunde, bis ich mich dazu überwinden konnte, den Brief in den Kasten zu werfen — ich betrachtete ihn immer wieder, ganz perplex darüber, wie *offiziell* er aussah. Kein Mensch wäre auf die Idee gekommen, daß ein stinkender Trunkenbold, der seine Unterwäsche seit zehn Tagen nicht mehr gewechselt hatte, das zustande gebracht hatte.«

Er verstummte, drückte seine Zigarette aus, warf einen Blick auf seine Uhr. Dann sagte er — und es hörte sich so an, als kündige ein Schaffner die Ankunft eines Zuges in irgendeiner bedeutenden Stadt an: »Wir kommen jetzt zum Unerklärlichen.

Das ist der Punkt in meiner Geschichte, der die beiden Psychiater und die verschiedenen Betreuer, mit denen ich die folgenden 30 Monate meines Lebens zu tun hatte, am meisten interessierte. Es ist der einzige Teil, den sie von mir wirklich widerrufen haben wollten, als Zeichen meiner geistigen Gesundung. Einer von ihnen drückte sich folgendermaßen aus: ›Dies ist der einzige Teil Ihrer Geschichte, der nicht einfach als Fehlinduktion entlarvt werden kann... das heißt, nachdem Ihr Sinn für Logik wieder funktionieren wird.‹ Schließlich widerrief ich *wirklich*, weil ich wußte, — auch wenn sie es nicht wußten —, daß es mir wieder gut ging, und weil ich um jeden Preis aus dem Sanatorium entlassen werden wollte. Ich glaubte, ich würde wieder total verrückt werden, wenn ich nicht schleunigst dort rauskam. Also widerrief ich — auch Galilei widerrief, als man seine Füße ans Feuer hielt —, aber in meinem tiefsten Innern habe ich nie widerrufen. Ich behaupte nicht, daß das, was ich jetzt erzählen werde, tatsächlich passiert ist; ich sage nur, daß ich immer noch *glaube*, daß es passiert ist. Das ist eine kleine Einschränkung, aber sie ist für mich entscheidend.

Und nun zum Unerklärlichen selbst, meine lieben Freunde.

Die nächsten zwei Tage verbrachte ich damit, meinen Umzug vorzubereiten. Übrigens machte mir der Gedanke, Autofahren zu müssen, überhaupt nichts aus. Als Junge hatte ich gelesen, daß während eines Gewitters ein Auto zu den sichersten Orten gehört, weil die Gummireifen fast perfekte Isolatoren sind. Ich freute mich sogar richtiggehend darauf, in mein altes Chevrolet zu steigen, alle Fenster hochzukurbeln und New York zu verlassen, das für mich inzwischen zum Inferno geworden war. Trotzdem gehörte es unter anderem zu meinen Vorbereitungen, die Glühbirne der Innenleuchte herauszuschrauben, die Fassung mit Staniol zu überkleben und den Scheinwerferknopf ganz nach links zu drehen, um das Licht am Armaturenbrett auszuschalten.

Als ich an jenem letzten Abend, den ich in meiner Wohnung zu verbringen gedachte, nach Hause kam, war sie bis auf den Küchentisch, das Bett und meine Schreibmaschine leer. Die Schreibmaschine stand auf dem Boden in meinem Arbeitszimmer. Ich hatte nicht die Absicht, sie mitzunehmen — sie erweckte in mir zuviel negative Assoziationen, und außerdem klebten die Typen immer noch. Sollte mein Nachmieter sie ruhig haben, dachte ich — sie und Bellis als Zugabe.

Die Sonne ging gerade unter, und das Zimmer war in ein eigenartiges Licht getaucht. Ich war ganz schön betrunken, und in meiner Manteltasche hatte ich eine weitere Flasche – gegen die Schlaflosigkeit. Ich wollte gerade durchs Arbeitszimmer in mein Schlafzimmer gehen und mich dort aufs Bett setzen, um über Drähte und Elektrizität und freie Strahlung nachzudenken und zu trinken, bis ich betrunken genug zum Einschlafen sein würde.

Was ich als Arbeitszimmer bezeichnete, war eigentlich das Wohnzimmer. Es hatte das beste Licht in der Wohnung – ein großes Westfenster, von dem aus man freie Sicht bis zum Horizont hatte. Das ist in Manhattan in einer Wohnung im vierten Stock fast so etwas wie das biblische Wunder der Vermehrung von Broten und Fischen. Ich hatte diesen freien Ausblick immer geliebt, und das Zimmer war sogar an regnerischen Tagen mit einem klaren wunderschönen Licht erfüllt.

Aber an jenem Abend hatte das Licht etwas Unheimliches an sich. Der Sonnenuntergang hatte das Zimmer mit roter Glut überzogen. Schmelzofen-Licht. Leer, wie der Raum jetzt war, kam er mir viel zu groß vor. Meine Schritte hallten auf dem Hartholzboden wider.

Die Schreibmaschine stand etwa in der Mitte des Zimmers auf dem Boden, und als ich daran vorbeiging, sah ich zufällig, daß ein Papierfetzen eingespannt war – das wunderte mich sehr, denn ich wußte, daß in der Schreibmaschine kein Papier gewesen war, als ich zuletzt weggegangen war, um die Flasche zu kaufen.

Ich schaute mich um und überlegte, ob irgend jemand – irgendein Eindringling – in der Wohnung war. Nur dachte ich eigentlich weniger an richtige Eindringlinge wie Diebe und Rauschgiftsüchtige; vielmehr dachte ich... an Gespenster.

Links von der Schlafzimmertür sah ich an der Wand eine kahle Stelle. Nun verstand ich wenigstens, woher das Papier in der Schreibmaschine stammte. Jemand hatte einfach einen Fetzen von der alten Tapete abgerissen.

Ich starrte noch auf die Wand, als ich hinter mir plötzlich ein leises, aber deutliches Geräusch hörte – ein einzelnes *Klack!* Ich fuhr zusammen und wirbelte auf dem Absatz herum. Mein Herz klopfte wild. Ich war fürchterlich erschrocken, aber ich wußte trotzdem sofort, woher dieses Geräusch gekommen war – daran konnte es für mich keinen Zweifel geben. Wenn man sein Leben lang mit dem geschriebenen Wort arbeitet, erkennt man das Geräusch eines Schreibmaschinenanschlags auf Anhieb, sogar in einem leeren Zimmer bei einbrechender Abenddämmerung, sogar wenn niemand da ist, der auf die Tasten drücken könnte.«

Alle schauten ihn schweigend in der Dunkelheit an und rückten ein bißchen näher zusammen. Ihre Gesichter waren nur verschwommene helle Kreise. Die Frau des Schriftstellers hatte eine Hand ihres Mannes fest mit beiden Händen umklammert.

»Ich empfand sehr stark ein Gefühl der Unwirklichkeit. Wahrscheinlich geht es jedem Menschen so, wenn er plötzlich mit etwas Unerklärlichem konfrontiert wird. Langsam ging ich auf die Schreibmaschine zu. Das Herz pochte mir rasend bis zum Hals, aber mein Verstand arbeitete ruhig... sogar eiskalt.

*Klack!* Wieder ein Anschlag. Diesmal sah ich es – die zugehörige Taste war in der dritten Reihe von oben, auf der linken Seite.

Ich kniete langsam nieder, und dann erschlafften meine Beinmuskeln, und ich landete auf dem Hintern. Da saß ich nun vor der Schreibmaschine, und mein Regenmantel war um mich herum ausgebreitet wie der Rock eines Mädchens, das einen tiefen Hofknicks macht. Die Schreibmaschine klackte zweimal rasch hintereinander, verstummte, klackte wieder. Jedes *Klack!* erzeugte ein dumpfes Echo, so wie zuvor meine Schritte auf dem Holzboden.

Der Tapetenfetzen war so in die Maschine eingespannt, daß die Seite mit dem eingetrockneten Kleister nach vorne zeigte. Die Buchstaben waren holperig, aber ich konnte sie lesen. *Rackn*. Dann klackte es wieder, und nun stand da: *rackne*.

Und dann...« Er räusperte sich und grinste verlegen. »Sogar nach all den vielen Jahren ist dieser Teil schwer zu erzählen... schwer in Worte zu fassen. Okay. Die nackte Tatsache, ohne jede Verbrämung, ist folgende: Ich sah eine Hand aus der Schreibmaschine herauskommen. Eine unvorstellbar winzige Hand. Sie kam in der untersten Tastenreihe zum Vorschein, zwischen den Buchstaben B und N, ballte sich zur Faust und schlug auf die Leertaste. Die Maschine sprang um einen Anschlag weiter — es hörte sich wie ein Schluckauf an —, und die Hand verschwand wieder.«

Die Frau des Agenten kicherte schrill.

»Nimm dich zusammen, Marsha«, sagte der Agent leise, und sie verstummte.

»Nun kamen die *Klacks* etwas schneller hintereinander«, fuhr der Redakteur fort, »und nach einer Weile bildete ich mir ein, das kleine Geschöpf hören zu können, das da drin die Typen hochstemmte. Es keuchte wie jemand, der schwere körperliche Arbeit verrichtet und der totalen Erschöpfung sehr nahe ist. Dann druckte die Maschine kaum noch, und die meisten Buchstaben waren mit dem alten Kleister ausgefüllt, aber ich konnte die Eindrücke im Papier schwach erkennen. Und dann blieb eine Type am Kleister kleben. Ich streckte vorsichtig einen Finger aus und löste sie. Ich weiß nicht, ob das Geschöpf — ob Bellis — sie allein losbekommen hätte. Ich glaube nicht. Aber ich wollte nicht sehen, wie es... wie er... den Versuch unternehmen würde. Die winzige Faust hatte genügt, um mich fast um den Verstand zu bringen. Wenn ich den ganzen Elf zu Gesicht bekäme, würde ich wirklich wahnsinnig werden, glaubte ich. Und einfach aufstehen und wegrennen war unmöglich, weil meine Beine weich wie Wachs waren.

*Klack-klack-klack*, jenes leise Stöhnen und Keuchen der äußersten Anstrengung, und nach jedem Wort jenes blasse, farbbeschmierte Fäustchen, das zwischen dem B und N zum Vorschein kam und auf die Leertaste hämmerte. Ich weiß nicht, wie lange es insgesamt dauerte. Vielleicht sieben Minuten. Vielleicht zehn. Und vielleicht eine ganze Ewigkeit.

Schließlich hörte das Klacken auf, und ich bemerkte, daß ich Bellis auch nicht mehr atmen hörte. Vielleicht war er ohnmächtig geworden... vielleicht war er auch gestorben. Hatte einen Herzschlag erlitten oder so was Ähnliches. Ich weiß nur, daß er seine Botschaft nicht beendet hatte. Ausschließlich in Kleinbuchstaben stand auf dem Tapetenfetzen: *rackne stirbt es ist der kleine junge jimmy thorpe weiß nichts sag thorpe daß rackne stirbt der kleine junge jimmy tötet rack*... Das war alles.

Irgendwie gelang es mir, auf die Beine zu kommen, und ich verließ das Zimmer — auf Zehenspitzen, so als glaubte ich, daß er eingeschlafen war und wieder aufwachen würde, wenn ich auf dem blanken Holzboden jene widerhallenden Geräusche erzeugte, und daß das Tippen dann von neuem beginnen könnte... und ich glaubte, daß ich beim ersten *Klack!* anfangen würde zu schreien. Und dann würde ich nicht mehr damit aufhören können, bis ich entweder einen Herz- oder einen Gehirnschlag bekommen würde.

Mein Chevrolet stand auf einem Parkplatz ganz in der Nähe, fertig bepackt, aufgetankt und fahrbereit. Ich setzte mich ans Steuer, und dann fiel mir die Flasche in meiner Manteltasche ein. Meine Hände zitterten so, daß ich sie fallen ließ, aber sie landete auf dem Sitz und zerbrach nicht.

Ich erinnerte mich an meine Blackouts, und, liebe

Freunde, ich versichere Ihnen, daß ich mir in jenem Moment nichts so sehnlich wünschte wie einen Blackout – und das bekam ich dann auch. Ich erinnere mich an den ersten Schluck aus der Flasche, und noch an den zweiten. Ich weiß auch noch, daß ich den Zündschlüssel drehte, und daß Frank Sinatra im Radio ›That Old Black Magic‹ sang, was wirklich großartig paßte. Ich erinnere mich, daß ich mitsang und weitertrank. Mein Auto stand in der hintersten Reihe des Parkplatzes, und ich konnte sehen, wie die Ampel an der Ecke ihre Farben wechselte. Ich konnte einfach nicht aufhören, an jenes leise Klacken im leeren Zimmer zu denken, an das allmählich verblassende rote Licht in jenem Zimmer. Ich dachte unaufhörlich an jenes leise Keuchen und Stöhnen – so als hätte ein Elf Lust auf Body-building bekommen, Angel-Senkbleie an die Enden eines Q-Tips gehängt und in meiner alten Schreibmaschine Hanteln gestemmt. Ich hatte die rauhe, unebene Oberfläche der Rückseite jenes abgerissenen Tapetenfetzens vor Augen. Und ich malte mir immer wieder aus, was vor meiner Rückkehr in die Wohnung geschehen sein mußte... ich stellte mir vor, wie es – er – Bellis – hochgesprungen war und die lose Ecke der Tapete neben der Tür zum Schlafzimmer gepackt hatte, weil sie das einzige im Zimmer war, was sich noch als Papier verwenden ließ; wie er mit seinem ganzen Gewicht daran gezogen, schließlich ein Stück abgerissen und es zur Schreibmaschine getragen hatte, auf dem Kopf, wie das Blatt einer Palme. Ich versuchte mir vorzustellen, wie er es überhaupt geschafft hatte, den Tapetenfetzen in die Maschine einzuspannen. Und all diese Gedanken und Bilder bedrängten mich und wollten sich einfach nicht vertreiben lassen, deshalb trank ich immer weiter, und statt Frank Sinatra hörte ich nun eine Werbung für Crazy Eddie's, und dann sang Sarah Vaughn »I'm Gonna Sit Right Down and Write Myself a Letter«, und auch *das* konnte ich leicht auf mich beziehen, denn schließlich hatte ich das selbst noch vor kurzem getan — oder zumindest *geglaubt*, das getan zu haben, bis an diesem Abend etwas passiert war, das mich zwang, meine Meinung noch einmal gründlich zu überdenken; und ich sang mit der guten alten Sarah, und genau in diesem Moment muß ich die Fliehgeschwindigkeit erreicht haben, denn in der Mitte des zweiten Refrains spuckte ich mir die Seele aus dem Leibe, während jemand mir mit den Handflächen auf den Rücken schlug, meine Ellbogen nach oben und unten bewegte und mir dann wieder auf den Rücken klopfte. Das war der LKW-Fahrer. Jedesmal, wenn er klopfte, stieg eine große Flüssigkeitsmenge in meiner Kehle hoch, und wenn er dann meine Ellbogen nach hinten drückte, spuckte ich sie aus, und das meiste davon war nicht einmal Black Velvet, sondern Flußwasser. Als ich schließlich in der Lage war, meinen Kopf etwas zu heben und mich umzusehen, war es sechs Uhr abends, drei Tage nach meiner Abfahrt, und ich lag am Ufer des Jackson River in West-Pennsylvania, etwa 60 Meilen nördlich von Pittsburgh. Mein Chevrolet ragte mit dem Heck aus dem Fluß. Ich konnte sogar noch den McCarthy-Aufkleber an der Stoßstange sehen.

Hätten Sie vielleicht noch ein Mineralwasser für mich, Meg? Meine Kehle ist völlig trocken.«

Die Frau des Schriftstellers holte ihm schweigend eine Dose, und als sie sie ihm gab, beugte sie sich impulsiv vor und küßte ihn auf die runzelige alligatorhäutige Wange. Er lächelte, und seine Augen strahlten in der Dunkelheit. Sie war jedoch eine warmherzige, sensible Frau, die dieses Strahlen richtig deutete. Vor Glück strahlten Augen nie auf diese Weise.

»Danke, Meg.«

Er trank einen großen Schluck, hustete und winkte ab, als sie ihm eine Zigarette anbot.

»Für heute abend habe ich wirklich genug geraucht. Ich werde es ganz aufgeben — im nächsten Leben.

Der Rest *meiner* Geschichte ist wirklich nicht erzählenswert — sie ist allzu offenkundig, und das ist die einzige Sünde, deren eine Geschichte sich schuldig machen kann. Aus meinem Auto wurden etwa 40 Flaschen Black Velvet gefischt, ein guter Teil davon leer. Ich lallte etwas von Elfen, Elektrizität, Fornits und Plutonium und Fornus daher, und sie hielten mich für total verrückt, und das stimmte natürlich auch.

Nun muß ich noch berichten, was in Omaha passierte, während ich in fünf nordöstlichen Bundesstaaten herumfuhr — das wurde anhand der Benzinrechnungen im Handschuhfach des Chevrolets festgestellt. Alles, was jetzt folgt, sind Informationen, die ich von Jane Thorpe während unseres langen und schmerzlichen Briefwechsels erhielt, der schließlich in einer persönlichen Begegnung in New Haven — ihrem jetzigen Wohnort — seinen Höhepunkt fand, kurz nachdem ich zur Belohnung für meinen Widerruf aus dem Sanatorium entlassen worden war. Am Ende dieses Treffens lagen wir uns in den Armen und weinten beide. Damals begann ich Hoffnung zu schöpfen, daß es für mich doch noch ein neues Leben — vielleicht sogar Glück — geben könnte.

An jenem Tag hatte es gegen drei Uhr nachmittags an der Tür der Thorpes geklopft. Es war ein Telegrammbote. Das Telegramm war von mir — das letzte Glied unserer unglückseligen Korrespondenz Der Text lautete: REG HABE ZUVERLÄSSIGE INFORMATION DASS RACKNE STIRBT ES IST BELLIS ZUFOLGE DER KLEINE JUNGE BELLIS SAGT DER JUNGE HEISST JIMMY FORNIT BITTE FORNUS HENRY.

Für den Fall, daß Ihnen jetzt jene glorreiche Frage Howard Bakers durch den Kopf gegangen ist: *Was wußte er, und wann erfuhr er es?* so kann ich Ihnen sagen, daß ich wußte, daß Jane eine Putzfrau eingestellt hatte; ich wußte aber nicht — außer durch Bellis —, daß sie einen ungezogenen kleinen Sohn namens Jimmy hatte. Natürlich haben Sie nur mein Wort dafür, daß es so war, und ich muß fairerweise hinzufügen, daß die Schrumpfköpfe, die in den nächsten zweieinhalb Jahren an meinem Fall arbeiteten, mir das nie glauben wollten.

Als jenes Telegramm kam, war Jane gerade beim Einkaufen. Sie fand es in seiner Gesäßtasche, nachdem er tot war. Die Uhrzeit der Aufgabe und die Ankunfts- und Zustellzeiten standen auf dem Formular, außerdem die Notiz: KEIN TELEFON/MUSS PERSÖNLICH ZUGESTELLT WERDEN. Jane sagte mir, obwohl das Telegramm nur einen Tag alt war, hätte es so abgegriffen ausgesehen, als wäre es einen ganzen Monat unterwegs gewesen.

In gewisser Hinsicht war jenes Telegramm — jene 24 Wörter — die eigentliche flexible Kugel, und ich habe sie von Paterson in New Jersey aus direkt in sein Gehirn gefeuert, und ich muß dabei so betrunken gewesen sein, daß ich mich überhaupt nicht daran erinnern kann, dieses Telegramm aufgegeben zu haben.

In den letzten zwei Wochen seines Lebens hatte Reg ein ganz geregeltes Leben geführt, das — oberflächlich betrachtet — der Inbegriff der Normalität zu sein schien. Er stand um sechs Uhr auf, machte das Frühstück für seine Frau und sich, dann schrieb er eine Stunde. Gegen acht schloß er sein Arbeitszimmer ab und machte mit dem Hund einen langen gemütlichen Spaziergang. Dabei ging er sehr aus sich heraus, blieb stehen und unterhielt sich mit allen, die Lust auf ein Schwätzchen hatten, band den Hund vor einem nahegelegenen Café an, um eine Tasse Kaffee zu trinken, schlenderte dann gemächlich weiter. Er kam selten vor zwölf nach Hause. Manchmal wurde es sogar halb eins oder eins. Jane vermutete, daß diese ausgedehnten Spaziergänge zum Teil den Zweck hatten, der schwatzhaften Gertrude Relin aus dem Weg zu gehen, denn er hatte sie sich erst einige Tage nach ihrem Arbeitsantritt angewöhnt.

Er nahm ein leichtes Mittagessen zu sich, legte sich dann für etwa eine Stunde hin und schrieb anschließend wieder zwei bis drei Stunden. Abends besuchte er manchmal die jungen Leute von nebenan, entweder zusammen mit Jane oder allein; hin und wieder gingen Jane und er ins Kino, oder sie saßen einfach im Wohnzimmer und lasen. Sie gingen früh zu Bett, Reg normalerweise vor Jane. Sie schrieb mir, Sex hätte es nur sehr wenig gegeben, und das bißchen wäre für sie beide unbefriedigend gewesen. ›Aber Sex ist für die meisten Frauen gar nicht so besonders wichtig‹, schrieb sie mir, ›und Reg arbeitete wieder regelmäßig, und das war für ihn ein lohnender Ersatz. Ich würde sagen, daß unter den gegebenen Umständen jene letzten zwei Wochen unsere glücklichsten seit fünf Jahren waren.‹ — Ich mußte fast heulen, als ich das las.

Ich wußte nichts von Jimmy, aber Reg wußte über ihn Bescheid. Er wußte alles über ihn, mit Ausnahme der allerwichtigsten Tatsache — daß Jimmy inzwischen seine Mutter zur Arbeit begleitete.

Wie wütend muß er gewesen sein, als er mein Telegramm erhielt und es ihm wie Scheuklappen von den Augen fiel. Hier waren SIE also zuletzt doch noch! Und seine eigene Frau gehörte offensichtlich zu IHNEN, denn *sie* war ja im Haus, wenn Gertrude und Jimmy kamen, und sie hatte ihm nie ein Wort von Jimmy erzählt. Was hatte er mir in einem seiner ersten Briefe geschrieben? ›Manchmal frage ich mich, welche Rolle meine Frau dabei spielt.‹

Als sie an jenem Tag nach Hause kam, war Reg nicht da. Auf dem Küchentisch lag ein Zettel: ›Liebling — ich gehe in die Buchhandlung. Bin zum Abendessen zurück.‹ Das kam Jane ganz natürlich vor... aber wenn sie etwas von meinem Telegramm gewußt hätte, wäre sie gerade über diese scheinbare Normalität wahnsinnig beunruhigt gewesen, glaube ich. Sie hätte begriffen, daß Reg glaubte, sie stünde auf der Gegenseite.

Reg dachte natürlich nicht einmal daran, in eine Buchhandlung zu gehen. Er begab sich zu Littlejohn's Gun Emporium, einer Waffenhandlung in der Innenstadt. Er kaufte sich einen 45er Revolver und 2000 Schuß Munition. Er hätte sich bestimmt eine AK-70 zugelegt, aber die durfte das Geschäft nicht ohne Waffenschein verkaufen. Er wollte eben seinen Fornit beschützen, vor Jimmy, vor Gertrude, vor Jane. Vor IHNEN.

Am nächsten Morgen schien alles wie immer zu sein. Jane fiel auf, daß er für einen so warmen Herbsttag einen furchtbar dicken Sweater trug, aber das war auch schon alles. Diesen Sweater brauchte er natürlich wegen des Revolvers. Als er zu seinem üblichen Morgenspaziergang mit dem Hund aufbrach, hatte er den Revolver unter seinem Hosenbund.

Er ging auf direktem Wege zu dem Café, in dem er sonst immer seinen Morgenkaffee trank; an jenem Morgen hielt er sich unterwegs nirgends auf und plauderte auch mit niemandem. Er band den Hund an einem Geländer hinter dem Café an und näherte sich auf Seitenwegen wieder seinem Haus.

Er kannte den Stundenplan der Studenten von nebenan sehr gut und wußte, daß keiner von ihnen zu Hause sein würde. Er wußte auch, wo ihr Ersatzschlüssel lag. Er ging hinein, stieg in den ersten Stock hinauf und beobachtete von dort sein eigenes Haus.

Um zwanzig vor neun sah er Gertrude Rulin kommen. Und Gertrude war nicht allein. Sie hatte tatsächlich einen kleinen Jungen bei sich. Jimmy Rulins vorlautes und freches Benehmen in der ersten Klasse hatte seinen Lehrer und den Schulpsychologen schon nach kürzester Zeit davon überzeugt, daß es für alle – vielleicht mit Ausnahme seiner Mutter, der ein bißchen Erholung von ihm gutgetan hätte – am besten sein würde, ihn für ein Jahr zurückzustellen. Nachmittags konnte er weiterhin seinen alten Kindergarten besuchen, aber die beiden Kindertagesstätten in Gertrudes Wohngegend hatten keine Plätze frei, und sie konnte ihre Arbeit bei den Thorpes nicht auf den Nachmittag verlegen, weil sie von zwei bis vier am anderen Ende der Stadt putzte.

Schließlich hatte Jane widerwillig erlaubt, daß Gertrude Jimmy mitbrachte, bis sich irgendeine andere Lösung ergeben wird. Oder bis Reg dahinterkommen würde, was bestimmt eines Tages der Fall sein würde.

Jane dachte, *vielleicht* würde es Reg überhaupt nichts ausmachen – er war in der letzten Zeit in jeder Hinsicht so unglaublich vernünftig gewesen. Andererseits war es aber auch möglich, daß er einen Wutausbruch bekommen würde. In diesem Falle würde man eben kurzfristig eine andere Regelung finden *müssen*. Aber der Junge sollte um Himmels willen nichts anrühren, was Reg gehörte, das betonte Jane mit besonderem Nachdruck. Gertrude beteuerte, das würde er bestimmt nicht tun; das Arbeitszimmer des Herrn sei ja abgeschlossen, und das würde es auch bleiben.

Thorpe mußte sich über die beiden Hinterhöfe angeschlichen haben wie ein Scharfschütze, der Niemandsland durchquert. Er sah Gertrude und Jane in der Küche Bettwäsche waschen. Den Jungen sah er nicht. Reg schlich am Haus entlang. Das Eßzimmer war leer. Ebenso das Schlafzimmer. Reg hatte schon fast damit gerechnet, daß Jimmy in seinem Arbeitszimmer sein würde, und so war es auch. Der Junge hatte vor Aufregung einen hochroten Kopf, und Reg muß natürlich geglaubt haben, endlich einen IHRER Agenten auf frischer Tat ertappt zu haben.

Jimmy hielt eine Art Todesstrahlenwaffe in der Hand und zielte damit auf den Schreibtisch... und aus seiner Schreibmaschine hörte Reg Rackne schreien.

Sie denken jetzt vielleicht, daß ich subjektive Vorstellungen hinzufüge oder, krasser ausgedrückt, Märchen erzähle. Woher sollte er denn wissen, was ein Mann, der jetzt tot ist, gesehen und gehört hat? denken Sie vielleicht. Aber ich erfinde nichts. Sowohl Jane als auch Gertrude hörten in der Küche deutlich das laute Zischen von Jimmys Weltraumwaffe... er schoß damit ständig im Haus herum, seit er seine Mutter begleitete, und Jane hoffte tagtäglich, daß die Batterien bald erschöpft sein würden. Dieses Geräusch war unverkennbar, und es war auch unverkennbar, woher es kam – nämlich aus Regs Arbeitszimmer.

Der Junge war wirklich ein kleiner Satansbraten – wenn man ihm verboten hatte, ein Zimmer im Haus zu betreten, so war das der einzige Ort, wohin er gehen mußte, wenn er nicht vor Neugier sterben wollte. Er brauchte nicht lange, um herauszufinden, daß Jane einen Schlüssel zu Regs Arbeitszimmer auf dem Eßzimmerkamin aufbewahrte. War er schon vor jenem Tag dort gewesen? Das scheint mir sehr wahrscheinlich zu sein. Jane erzählte mir, sie hätte dem Jungen drei oder vier Tage zuvor eine Orange gegeben, und als sie später das Haus geputzt hätte, hätte sie unter dem kleinen Sofa im Arbeitszimmer Orangenschalen gefunden. Reg aß aber keine Orangen – er behauptete, dagegen allergisch zu sein.

Jane ließ das Leintuch, das sie gerade wusch, fallen und rannte in den Flur hinaus. Sie hörte das laute *Wa-Wa-Wa!* des Spielzeugs, und sie hörte Jimmy schreien: *›Ich krieg dich schon! Du kannst nicht weglaufen! Ich kann dich durch das* GLAS *hindurch sehen!‹* Und... sie sagte... sie sagte, sie hätte jemanden schreien gehört. Es sei ein hoher, verzweifelter Schrei gewesen, so schmerzerfüllt, daß es schier unerträglich gewesen sei.

›Als ich das hörte‹, erzählte sie mir, ›wußte ich, daß ich Reg verlassen mußte, ganz egal, *was* passieren würde, denn das Altweibergeschwätz stimmte — Verrücktheit *war* ansteckend. Denn es war Rackne, den ich schreien hörte; dieser ungezogene kleine Junge war dabei, Rackne zu erschießen, ihn mit einem Spielzeug für zwei Dollar zu erschießen.

Die Tür zum Arbeitszimmer war geöffnet, der Schlüssel steckte im Schloß. Später an jenem Tag sah ich, daß ein Eßzimmerstuhl am Kamin stand und der Sitz Abdrücke von Jimmys Turnschuhen aufwies. Jimmy stand über Regs Schreibmaschinentisch gebeugt da. Reg hatte ein altes Büromodell mit Glaseinsätzen an den Seiten. Jimmy preßte die Mündung seiner Todesstrahlenpistole gegen das Glas und schoß in die Schreibmaschine hinein. *Wa-wa-wa-wa* — rote reflektierte Lichtstrahlen schossen aus der Schreibmaschine heraus, und plötzlich konnte ich alles verstehen, was Reg mir je über Elektrizität erzählt hatte, denn obwohl dieses Spielzeug nur mit harmlosen Batterien betrieben wurde, hatte ich das Gefühl, als kämen Giftwellen aus dieser Pistole, bohrten sich in meinen Kopf und brieten mein Gehirn.

»*Ich sehe dich da drin!*« schrie Jimmy, und sein Gesicht strahlte, wie nur das Gesicht eines Kindes strahlen kann — es sah schön und zugleich grausam aus. »*Du kannst Captain Future nicht entkommen! Du bist tot, Fremdling!*« Und jene verzweifelten Schreie wurden schwächer... immer schwächer...

»Jimmy, hör sofort auf damit!« schrie ich.

Er zuckte überrascht zusammen. Er drehte sich um... schaute mich an... streckte mir die Zunge heraus... drückte die Pistolenmündung ans Glas und begann wieder zu schießen. *Wa-wa-wa*, und jenes bösartig aussehende rote Licht.

Gertrude kam brüllend herbeigestürzt; sie befahl ihm,

sofort aufzuhören und aus dem Zimmer zu verschwinden; sie drohte ihm die schlimmste Tracht Prügel seines Lebens an... und dann flog die Haustür auf, und Reg stürzte schreiend den Flur entlang. Ich wußte auf den ersten Blick, daß er endgültig den Verstand verloren hatte. Er hielt eine Pistole in der Hand.

»Nicht auf meinen Kleinen schießen!« schrie Gertrude, als sie ihn sah, und wollte sich auf ihn stürzen. Reg schleuderte sie einfach beiseite.

Jimmy schien das alles nicht einmal zu bemerken – er feuerte immer weiter in die Schreibmaschine. Ich sah jenes rote Licht in der Dunkelheit zwischen den Tasten pulsieren, und es sah genauso aus wie die elektrischen Lichtbogen, vor denen immer gewarnt wird, man solle sie nicht ohne Spezial-Schutzbrille betrachten, weil man sonst erblinden könnte.

Reg stürzte ins Zimmer und prallte so heftig gegen mich, daß ich hinfiel.

»RACKNE!« schrie er. »DU BRINGST RACKNE UM!«

Und während Reg mit wenigen Sätzen das Zimmer durchquerte, offensichtlich mit der Absicht, das Kind umzubringen, schoß es mir durch den Kopf, wie oft der Junge schon in diesem Zimmer gewesen sein und mit seiner Pistole in die Schreibmaschine geschossen haben mochte, während seine Mutter und ich vielleicht oben die Betten frisch bezogen oder im Hinterhof Wäsche aufhängten, wo wir dieses *Wa-wa-wa* nicht hören konnten... wo wir nicht hören konnten, wie dieses Ding... der Fornit... in der Maschine schrie.

Jimmy hörte nicht einmal auf, als Reg hereingestürzt kam – er schoß immer weiter in die Schreibmaschine hinein, so als hätte er gewußt, daß es seine letzte Chance war, und seitdem habe ich mich immer gefragt, ob Reg nicht vielleicht auch in bezug auf SIE recht gehabt hatte – nur daß SIE vielleicht einfach irgendwie herumfliegen und hin und wieder in den Kopf eines Menschen eintauchen wie jemand, der mit einem Doppelsalto in den Swimming-Pool eintaucht, und diesen Menschen dazu bringen, für SIE die Schmutzarbeit zu verrichten, und dann wieder aus seinem Kopf verschwinden, so daß der Jemand, in den SIE eingedrungen waren, sagt: »Was? Ich? *Was* soll ich getan haben?«

Und eine Sekunde, bevor Reg den Jungen zu packen bekam, gingen die Schreie aus dem Innern der Schreibmaschine in ein kurzes schrilles Quieken über — und ich sah, wie Blut über die ganze Innenfläche des Glases spritzte, so als sei das Geschöpf da drin, was immer es auch sein mochte, explodiert, auf die gleiche Weise, wie lebende Tiere explodieren sollen, wenn man sie in einen Mikrowellenherd steckt. Ich weiß genau, wie verrückt sich das anhört, aber ich *sah* jenes Blut.

»Ich hab's erwischt!« rief Jimmy hochbefriedigt. »Ich hab's...«

Dann schleuderte Reg ihn quer durchs ganze Zimmer. Er prallte gegen die Wand; die Pistole fiel ihm aus der Hand und zerbrach auf dem Fußboden. Natürlich bestand sie nur aus Plastik und Eveready-Batterien.

Reg blickte in die Schreibmaschine hinein und schrie auf. Es war kein Schmerzens- oder Wutschrei, obwohl Wut darin mitschwang — in erster Linie war es aber ein Schrei äußersten Grams. Dann wandte er sich abrupt dem Jungen zu. Jimmy lag auf dem Boden, und was immer er gerade noch gewesen war — wenn er überhaupt jemals etwas anderes als ein ungezogener kleiner Junge gewesen war — jetzt war er nur noch ein zu Tode erschrockener Sechsjähriger. Reg zielte auf ihn, und das ist das letzte, woran ich mich erinnern kann.'«

Der Redakteur trank sein Mineralwasser aus und stellte die Dose ab.

»Gertrude Rulin und Jimmy konnten sich jedoch an

die nächsten Ereignisse genau erinnern«, sagte er. »Jane schrie: ›Reg, nicht!‹, und als er sich nach ihr umdrehte, kam sie auf die Beine und stürzte sich auf ihn. Er schoß und traf ihren linken Ellbogen, aber sie ließ ihn nicht los. Während sie mit ihm kämpfte, rief Gertrude ihren Sohn, und Jimmy rannte zu ihr.

Reg stieß Jane weg und schoß wieder auf sie. Diese Kugel streifte Jane ihre linke Schädelseite. Nur ein Achtelzoll weiter rechts, und er hätte sie getötet. Daran besteht fast kein Zweifel, und überhaupt kein Zweifel besteht daran, daß Reg ohne Janes Eingreifen Jimmy Rulin und möglicherweise auch dessen Mutter umgebracht hätte.

Er *schoß* auf den Jungen — als Jimmy gerade hinter der Türschwelle in die Arme seiner Mutter stürzte. Die Kugel drang schräg von oben in Jimmys linke Gesäßbacke ein, trat — ohne den Knochen getroffen zu haben — am Oberschenkel wieder aus und drang dann in Gertrudes Schienbein ein. Es gab eine Menge Blut, aber keiner von beiden wurde schwer verletzt.

Gertrude warf die Arbeitszimmertür zu und trug ihren schreienden, blutenden Sohn den Flur entlang und ins Freie.«

Wieder schwieg der Redakteur kurze Zeit nachdenklich.

»Jane war zu jener Zeit entweder bewußtlos, oder aber sie hat verdrängt, was dann geschah. Reg muß sich in seinen Schreibtischsessel gesetzt, die Mündung des Revolvers gegen seine Stirnmitte gerichtet und dann abgedrückt haben. Die Kugel folgte nicht der Kurve seines Schädels und trat auf der anderen Seite wieder aus, ohne einen Schaden angerichtet zu haben, und sie machte ihn auch nicht zum hilflosen Krüppel. Das Fantasiegespenst war flexibel, aber die letzte Kugel war so hart, wie eine Kugel nur sein kann. Er fiel tot nach vorne, auf seine Schreibmaschine.

So fanden ihn die hereinstürzenden Polizisten. Jane saß halb ohnmächtig in einer Ecke.

Die Schreibmaschine war mit Blut überströmt; vermutlich war sie auch im Innern voll Blut — Kopfwunden machen eine Riesensauerei.

Es war ausschließlich Blut der Blutgruppe Null.

Reg Thorpes Blutgruppe.

Und damit endet meine Geschichte, meine Damen und Herren. Mehr kann ich Ihnen nicht erzählen.« Die Stimme des Redakteurs war zuletzt wirklich kaum mehr als ein heiseres Flüstern gewesen.

Es gab kein sonst nach Parties übliches Abschiedsgeplauder, auch kein gekünstelt fröhliches Gerede wie nach irgendeiner taktlosen Bemerkung. Niemand war in der Stimmung für oberflächliche Redensarten.

Aber als der Schriftsteller den Redakteur zum Auto begleitete, konnte er sich eine letzte Frage nicht verkneifen. »Jene Kurzgeschichte«, sagte er. »Was ist aus der Geschichte geworden?«

»Sie meinen Regs...«

»Genau — ›The Ballad of the Flexible Bullet‹. Jene Geschichte, die alles erst ins Rollen gebracht hat. *Das* war die eigentliche flexible Kugel — zumindest für Sie, wenn nicht für ihn. Was ist denn nun aus dieser so großartigen Geschichte geworden?«

Der Redakteur öffnete seine Wagentür; es war ein kleiner blauer Chevette mit einem Aufkleber an der hinteren Stoßstange: FREUNDE LASSEN FREUNDE NICHT IN BETRUNKENEM ZUSTAND ANS STEUER. »Nein, sie wurde nie veröffentlicht. Wenn Reg eine Kopie angefertigt hatte, so muß er sie vernichtet haben, nachdem ich die Geschichte angenommen hatte — angesichts seiner Wahnideen in bezug auf SIE kommt mir das sehr wahrscheinlich vor.

Ich hatte sein Original und drei Fotokopien bei mir, als ich in den Jackson River stürzte. Alle vier lagen in einem

Pappkarton. Wenn ich ihn in den Kofferraum gelegt hätte, hätte ich die Geschichte jetzt noch, denn das Heck meines Wagens ging nicht unter – und selbst wenn, hätte man die Seiten trocknen können. Aber ich wollte ihn in meiner Nähe haben und stellte ihn vorne hin, auf die Ablage vor dem Fahrersitz. Die Fenster waren geöffnet, als ich ins Wasser fiel. Die Manuskriptblätter... ich nehme an, sie wurden einfach herausgeschwemmt und trieben ins Meer. Diese Vorstellung ist mir jedenfalls lieber als der Gedanke, daß sie zusammen mit all dem Unrat auf dem Grund jenes Flusses vermoderten oder von Fischen gefressen wurden, oder daß sonst etwas Unappetitliches mit ihnen geschah. Zu glauben, daß sie ins Meer hinaustrieben, ist romantisch und ziemlich unwahrscheinlich, aber wenn ich mir aussuchen kann, was ich glauben will, kann ich immer noch flexibel sein.

Gewissermaßen.«

Der Redakteur stieg in sein kleines Auto und fuhr davon. Der junge Schriftsteller stand da und blickte ihm nach, bis die Rückleuchten nicht mehr zu sehen waren, dann drehte er sich um. Meg stand auf dem Gartenweg im Dunklen und lächelte ihm ein bißchen unsicher zu. Sie hatte die Arme vor der Brust eng um sich geschlungen, obwohl es ein warmer Abend war.

»Wir sind die letzten«, sagte sie. »Sollen wir ins Haus gehen?«

»Na klar.«

Auf halbem Wege blieb sie stehen und fragte: »In deiner Schreibmaschine leben aber doch *keine* Fornits, nicht wahr, Paul?«

Und der Schriftsteller, der sich manchmal – oft – gefragt hatte, *woher* die richtigen Worte denn nun eigentlich kamen, sagte tapfer: »Nein, absolut nicht.«

Sie gingen Arm in Arm ins Haus und sperrten die Nacht aus.

# Der Dünenplanet

Versorgungsraumschiff ASN/29 fiel wie ein Vogel vom Himmel und zerschellte. Etwas später krochen zwei Männer aus seinem zertrümmerten Schädel heraus. Sie gingen ein kleines Stück, blieben dann – ihre Helme unter den Arm geklemmt – stehen und betrachteten die Gegend, in die es sie verschlagen hatte.

Es war eine Strandlandschaft, die keinen Ozean benötigte – sie war ihr eigener Ozean, ein skulpturiertes Sandmeer, eine Art Schwarzweiß-Schnappschuß des Meeres, das für immer zu Wellenbergen und Wellentälern erstarrt war, zu endlosen Wellenbergen und Wellentälern.

Dünen.

Flache Dünen, steile Dünen, glatte Dünen, verwehte Dünen. Messerscharf und spitz zulaufende Dünengipfel, abgeflachte Dünengipfel, unregelmäßig gezackte Dünengipfel, die so aussahen, als hätte man Dünen aufeinandergeschichtet – ein richtiges Dünen-Domino.

Dünen. Aber kein Ozean.

Die Wellentäler zwischen den Dünen zogen sich in wirren schwarzen Schlangenlinien dahin. Wenn man sie lange genug betrachtete, schienen sie Worte zu bilden – unheilverkündende Worte, die über den weißen Dünen schwebten.

»Verdammte Scheiße!« schimpfte Shapiro.

»Fluch nicht«, sagte Rand.

Shapiro wollte ausspucken, besann sich dann aber eines Besseren. Angesichts des riesigen Sandmeers war es wahrscheinlich vernünftiger, keine Flüssigkeit zu verschwenden. Im Sand halb begraben, sah ASN/29 nicht mehr wie ein sterbender Vogel aus; es glich einem Kürbis, der aufgeplatzt ist und jetzt sein verfaultes Inneres darbietet. Es hatte ein Feuer an Bord gegeben; alle Steuerbord-Treibstofftanks waren explodiert.

»Schlimm, die Sache mit Grimes«, sagte Shapiro.

»Ja.« Rand ließ seine Blicke immer noch über das Sandmeer schweifen, bis zum Horizont und wieder zurück.

Die Sache mit Grimes *war* schlimm. Grimes war tot. Von Grimes waren nur noch große und kleine zerfetzte Leichenteile im hinteren Lagerraum übrig. Shapiro hatte einen Blick hineingeworfen und gedacht: *Es sieht so aus, als hätte Gott beschlossen, Grimes zu essen, dann festgestellt, daß er nicht gut schmeckte und ihn wieder ausgespuckt.* Das war für Shapiros eigenen Magen zuviel gewesen. Das und der Anblick von Grimes' Zähnen, die überall auf dem Boden des Lagerraums herumlagen.

Jetzt wartete Shapiro auf irgendeine intelligent Äußerung von Rand, aber Rand schwieg. Rands Augen schweiften unaufhörlich über die Dünen, folgten den verschlungenen Windungen der dazwischenliegenden tiefen Täler.

»He!« sagte Shapiro schließlich. »Was machen wir jetzt? Grimes ist tot. Du hast das Kommando. Was sollen wir tun?«

»Tun?« Rands Augen glitten weiter über die öden Dünen. Ein stetiger trockener Wind kräuselte den mit Gummi imprägnierten Kragen des Raumanzugs. »Wenn du keinen Volleyball hast, weiß ich auch nichts.«

»Wovon redest du?«

»Ist es nicht das, was man am Strand gewöhnlich tut?« fragte Rand. »Volleyball spielen.«

Shapiro war im Weltraum schon oft sehr beunruhigt gewesen, und als das Feuer ausgebrochen war, wäre er um ein Haar in Panik geraten, aber als er jetzt Rand betrachtete, überfiel ihn eine Angst, die über jedes Vorstellungsvermögen weit hinausging.

»Riesengroß«, sagte Rand verträumt, und im ersten Moment dachte Shapiro, daß Rand von seiner – Shapiros – Angst sprach. »Riesengroßer Strand... Sieht aus, als würde er sich endlos so dahinziehen, als könnte man mit dem Surfbrett unter dem Arm 100 Meilen weit laufen und immer noch am Ausgangspunkt sein, hinter sich nichts weiter als sechs oder sieben Fußabdrücke. Und wenn man fünf Minuten auf demselben Platz stehenbliebe, wären auch diese letzten sechs oder sieben Fußspuren verweht.«

»Konntest du dir 'nen ungefähren Überblick über die Topographie verschaffen, bevor wir runterkamen?« fragte Shapiro. Rand hatte offenbar einen Schock erlitten. Rand stand unter Schock, aber Rand war nicht verrückt. Wenn nötig, konnte er Rand eine Pille geben. Und wenn die nicht half und Rand weiterhin Unsinn verzapfte, konnte er ihm auch noch eine Spritze geben. »Konntest du sehen, wo...«

Rand warf ihm einen flüchtigen Blick zu. »Was?«

Konntest du sehen, wo die *grünen Auen* sind? *Das* hatte ihm auf der Zunge gelegen, aber es hörte sich verdammt nach einem Zitat aus den Psalmen an, und er brachte es nicht über die Lippen.

»Was?« fragte Rand nochmals.

»Die Topographie! *Topographie!*« brüllte Shapiro. »Hast du schon mal was von Topographie gehört, du blöde Roboterrübe? *Wo* liegt hier *was?* Wo, zum Teufel, befindet sich das Meer am Ende dieses verfluchten Strandes? Wo sind die Seen? Wo ist die nächste Grünzone? In welcher Richtung? Wo endet der Strand?«

»Wo er endet? Oh, du wirst's nicht glauben, aber er nimmt überhaupt kein Ende. Keine Grünzonen, keine Schneegebirge, keine Meere. Dies ist ein Strand auf der

Suche nach einem Meer, Kamerad. Dünen, Dünen, nichts als Dünen, und sie sind endlos.«

»Aber woher sollen wir dann Wasser bekommen?«

»Nirgendwoher.«

»Das Raumschiff... es läßt sich nicht mehr reparieren, das steht fest.«

»Reg dich nicht auf, Sherlock.«

Shapiro verstummte. Es gab für ihn jetzt nur zwei Möglichkeiten: den Mund zu halten oder hysterisch zu werden. Und er hatte das sichere Gefühl, wenn er jetzt einen hysterischen Anfall bekäme, würde Rand völlig unbeeindruckt weiter die Dünen anstarren, bis Shapiro sich von selbst wieder beruhigte – oder auch nicht.

Wie bezeichnete man einen endlosen Strand? Nun, so etwas nannte man Wüste! Die größte gottverdammte Wüste im Universum, das war's doch wohl?

Im Geist hörte er Rand erwidern: *Reg dich nicht auf, Sherlock.*

Shapiro blieb noch einige Zeit neben Rand stehen und wartete darauf, daß der Mann aufwachte, zu sich kam, irgend etwas unternahm. Aber schließlich riß ihm der Geduldsfaden. Er begann den Abstieg, rutschte und schlitterte die Düne hinab, die sie erklommen hatten, um sich in der Gegend umzusehen. Er spürte, wie der Sand an seinen Stiefeln zog. *Ich will dich zu mir runterziehen, Bill,* schien der Sand ihm zuzuflüstern. In seiner Vorstellung hatte der Sand die dürre, trockene Stimme einer Frau, die zwar alt, aber immer noch furchtbar stark war. *Ich will dich zu mir runterziehen, in mich hinein, ich will dich umarmen... ganz fest umarmen.*

Das erinnerte ihn daran, wie sie sich als Kinder am Strand abwechselnd bis zum Hals im Sand eingraben ließen. Damals hatte es Spaß gemacht – jetzt ängstigte ihn diese Vorstellung. Deshalb brachte er die Stimme rasch zum Schweigen – jetzt war bei Gott nicht die richtige

Zeit für Erinnerungen! — und stapfte mit kurzen, kräftigen Schritten durch den Sand, wobei er unbewußt versuchte, die symetrische Perfektion des Abhangs zu zerstören.

»Wohin gehst du?« Rands Stimme verriet zum erstenmal leichte Beunruhigung und Wachsamkeit.

»Das Funkgerät«, sagte Shapiro. »Ich werde das Funkgerät einschalten und SOS funken. Wir befanden uns schließlich auf einer kartographisch erfaßten Flugbahn. Man wird unseren Notruf hören und uns ausfindig machen. Es ist eine Frage der Zeit. Ich weiß, daß unsere Chancen ganz beschissen sind, aber vielleicht wird doch jemand kommen, bevor...«

»Das Funkgerät ist im Eimer«, sagte Rand. »Es ist beim Aufprall zerschmettert worden.«

»Vielleicht kann ich's reparieren«, rief Shapiro ihm über die Schulter hinweg zu. Als er sich duckte, um durch die Luke zu kommen, fühlte er sich gleich etwas besser, trotz der Gerüche im Raumschiff — nach durchgeschmorten Leitungen und bitterem Freongas. Er versuchte sich einzureden, daß er sich besser fühlte, weil ihm das Funkgerät eingefallen war. In welch erbärmlichem Zustand es auch sein mochte — es gab ihm dennoch eine gewisse Hoffnung. Aber in Wirklichkeit war es nicht der Gedanke ans Funkgerät, der seine Lebensgeister gehoben hatte; wenn Rand sagte, es sei kaputt, so war es höchstwahrscheinlich irreparabel kaputt. Aber hier im Raumschiff konnte er die Dünen nicht sehen — brauchte diesen riesigen, endlosen Strand nicht zu sehen.

Aus *diesem* Grund fühlte er sich besser.

Als er in der trockenen Hitze mit hämmernden Schläfen und laut keuchend wieder den Gipfel der ersten Düne erreichte, stand Rand immer noch bewegungslos da und starrte, starrte, starrte... Eine Stunde war inzwischen vergangen. Die Sonne stand direkt über ihnen. Rands Gesicht war schneeweiß. Schweißperlen hingen in seinen Augenbrauen. Schweißtropfen liefen ihm über die Wangen wie Tränen, andere rannen ihm in den Nacken, in den Halsausschnitt seines Raumanzugs — und das sah so aus, als würden Tropfen farblosen Öls in den Körper eines wirklich perfekt gelungenen Androiden laufen.

*Roboterrübe habe ich ihn beschimpft*, dachte Shapiro schaudernd. *Mein Gott, genauso sieht er wirklich aus — nicht wie ein Android, sondern wie ein Roboter, der gerade mit einer sehr großen Nadel eine Nackenspritze bekommen hat.*

Und außerdem hatte Rand sich doch geirrt.

»Rand?«

Keine Antwort.

»Das Funkgerät war nicht zerbrochen.« Rands Augen flackerten kurz auf. Dann stierte er wieder mit leerem Blick auf die Sandberge. Erstarrt — so hatte Shapiro sie zunächst im Geiste bezeichnet, aber vermutlich *bewegten* sie sich. Es wehte ein stetiger Wind. Bestimmt bewegten sie sich. In einem Zeitraum von Jahrzehnten oder Jahrhunderten würden sie... nun, sie würden *wandern*. Wurden Stranddünen nicht auch *Wander*dünen genannt? Er glaubte, sich aus seiner Kindheit daran zu erinnern. Oder von der Schule her. Oder von sonstwoher, aber was spielte das jetzt überhaupt für eine Rolle, verflucht noch mal?

Er sah ein dünnes Rinnsal von Sand, das an der Seite einer Düne hinabglitt. So als hätte sie gehört

(gehört, was ich dachte.)

Er spürte, daß sich sein Nacken wieder mit Schweiß bedeckte. Na ja, er war eben überreizt. Wer wäre das nicht? Sie befanden sich schließlich in einer kritischen Situation, einer äußerst kritischen Situation. Und Rand schien das nicht zu wissen... oder es war ihm völlig gleichgültig.

»Es war etwas Sand hineingeraten, und der Summer war hin, aber davon hatte Grimes mindestens 60 Stück in seinem Ersatzteilkasten.«

*Ob er mich überhaupt hört?*

»Ich weiß nicht, wie der Sand hineingeraten ist – das Funkgerät war an seinem Platz, hinter der Koje im Lagerraum, durch drei geschlossene Luken von der Außenwelt abgeschirmt, aber...«

»Oh, Sand dringt überall ein. Weißt du noch, wie das war, wenn man als Kind am Strand spielte? Man kam nach Hause, und die Mutter schimpfte furchtbar, weil überall Sand war. Sand in der Couch, Sand auf dem Küchentisch, Sand im Bett. Strandsand ist sehr...« Er machte eine vage Geste, und dann überzog jenes verträumte, beunruhigende Lächeln wieder sein Gesicht. »... ist allgegenwärtig.«

»... aber es ist jedenfalls unbeschädigt«, fuhr Shapiro unbeirrt fort. »Der Notakkumulator funktioniert, und ich habe das Funkgerät dort angeschlossen. Ich hab kurz die Kopfhörer aufgesetzt und SOS gefunkt. Unsere Lage ist also etwas günstiger, als wir hoffen durften.«

»Niemand wird herkommen. Nicht einmal die Beach Boys. Die Beach Boys sind alle schon seit 8000 Jahren tot. Willkommen in Surf City, Bill! Surf City *ohne* Brandung.«

Shapiro starrte auf die Dünen. Er fragte sich, wie lange der Sand schon hier sein mochte. Eine Trillion Jahre? Eine Quintillion? Hatte es hier irgendwann einmal Leben gegeben? Vielleicht sogar vernunftbegabte Wesen? Hatte es Flüsse gegeben? Wald und Wiesen? Meere, so daß es ein richtiger Strand anstatt einer Wüste gewesen war?

Shapiro stand neben Rand und dachte darüber nach. Der stetige Wind zerzauste sein Haar. Und mit einem Schlag war er davon überzeugt, daß es das alles hier einst gegeben hatte, und er konnte sich auch vorstellen, wie das Ende ausgesehen hatte.

Der langsame Rückzug der Städte, als ihre Wasserwege und Erholungsgebiete von dem kriechenden Sand zuerst gesprenkelt, dann bestäubt und schließlich bedeckt und erstickt wurden.

Er sah vor seinem geistigen Auge die braunen angeschwemmten Schlammfächer, die zuerst glänzend wie Seehundfelle waren, deren Farben aber immer stumpfer wurden, als sie sich von den Flußmündungen weg ausbreiteten – immer weiter und weiter, bis sie schließlich miteinander verschmolzen. Er sah direkt vor sich, wie aus glänzendem, glattem seehundfellartigem Schlamm zuerst schilfbewachsener Morast, dann grauer Kies und zuletzt mobiler weißer Sand wurde.

Er sah Berge immer kleiner werden wie Bleistifte, die gespitzt werden; er sah, wie der Schnee auf ihnen schmolz, als der immer höher ansteigende Sand warme Aufwinde mit sich brachte; er konnte die letzten Felsspitzen in den Himmel ragen sehen wie die Fingerspitzen lebendig begrabener Menschen; er sah, wie auch sie schließlich von den idiotischen Dünen bedeckt und sofort vergessen wurden.

Wie hatte Rand sie genannt?

Allgegenwärtig.

*Wenn du gerade eine Vision gehabt hast, Billy-Boy, so war's eine verdammt schreckliche.*

Oh, aber nein, das war sie nicht. Sie war nicht schrecklich; sie war sanft und beruhigend. Sie war so beruhigend wie ein Nickerchen am Sonntagnachmittag. Was gab es denn schon Beruhigenderes als den Strand?

Er schüttelte diese Gedanken von sich ab. Ein langer Blick zum Raumschiff hinüber half ihm dabei.

»Es wird keinen schmerzhaften Todeskampf für uns geben«, sagte Rand. »Der Sand wird uns einfach zudecken, und nach einer Weile werden wir der Sand, und der

Sand wird wir sein. Surf City ohne Brandung – kapierst du den Witz, Bill?«

Und Shapiro war beunruhigt, *weil* er ihn kapierte. Es war beim Anblick all dieser Dünen unmöglich, ihn nicht zu verstehen.

»Verdammtes Roboterrüben-Arschloch!« sagte er. Dann ging er zum Raumschiff zurück.

Und versteckte sich vor diesem Strand.

Endlich ging die Sonne unter. Am Strand – an jenem *richtigen* Strand – legte man um diese Zeit den Volleyball weg, zog ein Sweatshirt über und holte die Wiener Würstl und das Bier raus. Zum Schmusen war es noch ein bißchen früh. Um diese Zeit *freute* man sich aber schon aufs Schmusen.

Wiener und Bier hatten nicht zu den Vorräten von ASN/29 gehört.

Shapiro verbrachte den Nachmittag damit, alle Wasservorräte des Raumschiffs sorgfältig zu sammeln. Mit Hilfe eines Handsauggeräts rettete er das Wasser, das aus den Rissen im Versorgungssystem ausgelaufen und auf den Boden geflossen war. Er fing den kleinen Wasserrest auf, der im zerbrochenen Wassertank der Hydraulikanlage übriggeblieben war. Er vergaß nicht einmal den kleinen Zylinder im Innern der Luftreinigungsanlage, die im Lagerraum für Luftzirkulation sorgte.

Zuletzt ging er in Grimes' Kabine.

Grimes hatte Goldfische in einem kugelförmigen, speziell auf die Schwerelosigkeit zugeschnittenen Aquarium gehalten, das aus unzerbrechlichem Kunststoff war und die Katastrophe unbeschädigt überstanden hatte. Die Goldfische waren – ebenso wie ihr Besitzer – nicht so widerstandsfähig gewesen. Sie trieben als matt orangefarbenes Etwas oben in der Kugel, die unter Grimes' Koje gelandet war, zusammen mit sehr schmutziger Unterwäsche und einem halben Dutzend Pornohefte.

Einen Augenblick lang hielt er das kugelförmige Aquarium in den Händen und betrachtete die toten Fische. »Ach, armer Yorick, ich kannte ihn«, sagte er plötzlich und lachte schrill und überreizt. Dann holte er das Netz, das Grimes in seinem Spind aufbewahrt hatte. Er fischte die Goldfische aus dem Aquarium und überlegte, was er mit ihnen machen sollte. Schließlich hob er das Kopfkissen von Grimes' Koje hoch.

Es war Sand darunter.

Er legte die Fische trotzdem unter das Kissen; dann goß er das Wasser behutsam in den Benzinkanister, der ihm als Sammelbehälter diente. Natürlich mußte es anschließend noch desinfiziert werden, aber auch wenn das Filtriergerät kaputt gewesen wäre, hätte er es in einigen Tagen — so vermutete er — bestimmt nicht abgelehnt, Aquariumwasser zu trinken, nur weil darin vielleicht ein paar Schuppen und etwas Goldfischscheiße herumschwammen.

Er filterte das Wasser, teilte es in zwei Teile auf und trug Rands Anteil zum Dünengipfel hinauf. Rand stand immer noch an derselben Stelle, so als hätte er sich die ganze Zeit über nicht vom Fleck gerührt.

»Rand! Ich habe dir deinen Wasservorrat gebracht.« Er öffnete den Reißverschluß der Tasche vorne auf Rands Raumanzug und schob die flache Plastikfeldflasche hinein. Er wollte den Reißverschluß gerade wieder mit dem Daumennagel schließen, als Rand seine Hand wegstieß und die Flasche herauszog. Sie trug folgende Aufschrift: ASN/Class Raumschiff-Feldflasche Nr. 23196755. Steril, wenn Plombe unversehrt.

Die Plombe war jetzt natürlich aufgebrochen, weil Shapiro die Flasche aufgefüllt hatte.

»Ich hab das Wasser gefiltert...«

Rand öffnete seine Hand. Die Feldflasche fiel in den Sand. »Ich will's nicht.«

»Du willst es nicht? Rand, was ist nur los mit dir? Mein Gott, nun hör doch endlich auf mit diesem Blödsinn!«

Rand würdigte ihn nicht einmal einer Antwort.

Shapiro bückte sich und hob Feldflasche Nr. 23196755 auf. Er fegte mit der Hand die daran haftenden Sandkörner weg, so als seien es riesige aufgeblähte Bazillen.

»Was ist nur *los* mit dir?« wiederholte Shapiro. »Hast du einen Schock erlitten? Glaubst du, daß es so ist? Dagegen kann ich dir nämlich eine Pille oder eine Spritze geben. Aber ich sag dir ganz ehrlich – dein Benehmen geht mir ganz schön auf die Nerven! Du stehst hier draußen rum und stierst ins Leere! Es ist *Sand*! Nichts weiter als *Sand*!«

»Es ist ein Strand«, sagte Rand verträumt. »Möchtest du 'ne Sandburg bauen?«

»Also gut«, sagte Shapiro. »Ich geh jetzt eine Spritze und eine Ampulle holen. Wenn du dich partout wie ein verdammter Roboter benehmen willst, muß ich dich eben entsprechend behandeln.«

»Wenn du versuchst, mir irgendeine Injektion zu verabreichen, solltest du dich lieber ganz leise von hinten anschleichen«, sagte Rand unheimlich sanft. »Andernfalls brech ich dir nämlich den Arm.«

Der Kerl dürfte dazu tatsächlich in der Lage sein, dachte Shapiro. Er selbst, der Steuermann des Raumschiffs, wog nur 150 Pfund und war 5 Fuß 5 Zoll groß. Ringkämpfe waren nicht gerade seine Spezialität. Er fluchte leise vor sich hin und wandte sich zum Gehen, Rands Feldflasche in der Hand.

»Ich glaube, sie sind lebendig«, sagte Rand. »Ich bin mir sogar ganz sicher.«

Shapiro warf ihm über die Schulter hinweg einen Blick zu, dann betrachtete er die Dünen. Der Sonnenuntergang ließ ihre glatten Spitzen wie goldene Filigrankunstwerke aussehen; nach unten zu wurden sie allmählich dunkler, und die Täler hatten die Farbe von schwärzestem Ebenholz. Auf dem nächsten Dünenhang ging Ebenholz dann wieder in Gold über. Von Gold zu Ebenholz. Von Ebenholz zu Gold. Von Gold zu Schwarz. Von Schwarz zu Gold und von Gold zu Schwarz und von...

Shapiro blinzelte hastig mit den Augen und rieb mit der Hand darüber.

»Ich habe mehrmals gespürt, wie sich diese Düne unter meinen Füßen bewegte«, berichtete Rand. »Sie bewegt sich sehr anmutig. Es ist so, als spürte man die Gezeiten. Ich kann ihren Geruch in der Luft wahrnehmen, und es riecht salzig.«

»Du bist verrückt!« sagte Shapiro. Er war so entsetzt, daß er das Gefühl hatte, sein Gehirn hätte sich in Glas verwandelt.

Rand gab keine Antwort. Seine Augen schweiften über die Dünen, die sich in der untergehenden Sonne von Gold zu Schwarz, von Schwarz zu Gold verfärbten.

Shapiro kehrte ins Raumschiff zurück.

Rand blieb die ganze Nacht und den ganzen nächsten Tag über auf der Düne.

Shapiro blickte hinaus und sah ihn dort stehen. Rand hatte seinen Raumanzug ausgezogen, und der Sand hatte den Anzug schon fast bedeckt. Nur ein Ärmel ragte noch heraus, einsam und flehend. Der Sand über und unter ihm erinnerte Shapiro an ein Lippenpaar, das mit zahnloser Gier an einem zarten Bissen saugt. Shapiro verspürte den aberwitzigen Drang, die Düne zu erklimmen und Rands Raumanzug zu retten.

Er widerstand aber diesem Verlangen.

Er saß in seiner Kabine und wartete auf das Rettungs-Raumschiff. Der Geruch nach Freongas war verflogen.

An seine Stelle war der noch unangenehmere süßliche Verwesungsgeruch getreten, den Grimes' Leiche verströmte.

Das Rettungsschiff kam weder an jenem Tag noch in der folgenden Nacht noch am dritten Tag.

Auf unerklärliche Weise tauchte Sand in Shapiros Kabine auf, obwohl die Luke geschlossen war und ihre Abdichtung total in Ordnung zu sein schien. Shapiro saugte die Sandkörner mit dem Handsauger auf, so wie er am ersten Tag die Pfützen ausgelaufenen Wassers aufgesaugt hatte.

Er litt ständig unter furchtbarem Durst. Seine Feldflasche war schon fast leer.

Er glaubte, in der Luft einen Salzgeruch wahrzunehmen; im Schlaf hörte er Möwen schreien.

Und er konnte den Sand hören.

Der nie enden wollende Wind bewegte die erste Düne näher ans Raumschiff heran. Shapiros Kabine war noch in Ordnung, dank dem Handsauger, aber vom Rest ergriff der Sand schon Besitz.

Mini-Dünen waren durch die beschädigten Schlösser eingedrungen und hatten ASN/29 sozusagen beschlagnahmt. Der Sand kroch buchstäblich durch alle winzigen Ritzen. In einem der explodierten Tanks lag schon ein richtiges Häuflein.

Shapiros Gesicht wurde hager, und er hatte lange Bartstoppeln.

Kurz vor Sonnenuntergang des dritten Tages stapfte er die Düne hinauf, um nach Rand zu sehen. Zuerst wollte er die Spritze mitnehmen, aber dann verwarf er diese Idee wieder. Es war viel mehr als nur ein Schock, das war ihm inzwischen klar geworden. Rand hatte den Verstand verloren. Es wäre für ihn am besten, wenn er möglichst schnell sterben würde. Und es hatte ganz den Anschein, als würde genau das geschehen.

Shapiro war hager; Rand war ausgemergelt. Sein Körper war spindeldürr. Seine Beine, die noch vor kurzem sehr kräftig und muskulös gewesen waren, sahen ungesund schlaff und welk aus. Die Haut schlotterte an ihnen wie zu weite Socken, die ständig rutschen. Er trug nur noch seinen Slip, der aus rotem Nylon war und absurderweise Ähnlichkeit mit einer Badehose hatte. Ein heller flaumiger Bart sproß auf seinem Gesicht, bedeckte Wangen und Kinn. Der Bart hatte die Farbe von Strandsand. Seine Haare, die bisher hellbraun gewesen waren, waren jetzt so ausgeblichen, daß sie fast blond wirkten. Sie hingen ihm wirr über die Stirn. Nur seine hellblauen Augen waren noch sehr lebendig. Sie spähten intensiv durch den Haarvorhang, betrachteten unaufhörlich den Strand.

(*die Dünen, Gott verdamm mich, die* DÜNEN!)

Und dann sah Shapiro etwas Schlimmes. Etwas sehr, sehr Schlimmes. Er sah, daß Rands Gesicht sich in eine Sanddüne verwandelte. Sein Bart und sein Haar überwucherten seine Haut.

»Du wirst bald sterben«, sagte Shapiro. »Wenn du nicht ins Raumschiff kommst und etwas trinkst, wirst du bald sterben.«

Rand schwieg.

»Ist es das, was du *willst*?«

Nichts. Außer dem ausdruckslosen Säuseln des Windes war nichts zu hören. Shapiro bemerkte, daß Rands Nackenfalten sich bereits mit Sand füllten.

»Das einzige, was ich *will*«, sagte Rand mit schwacher Stimme, die sich anhörte wie ein ferner Windhauch, »sind meine Beach Boys-Kassetten. Sie sind in meiner Kabine.«

»Zum Teufel mit dir!« sagte Shapiro wütend. »Aber weißt du, was ich sehr hoffe? Ich hoffe, daß ein Raumschiff kommt, bevor du stirbst. Ich möchte dich schreien und protestieren hören, wenn man dich von deinem kostbaren gottverdammten Strand wegzerrt. Ich möchte sehen, was dann passiert!«

»Der Strand wird auch dich holen«, sagte Rand. Seine Stimme war tonlos und rasselte, wie wenn Wind durch einen aufgeplatzten Kürbis weht – einen Kürbis, der Ende Oktober bei der letzten Ernte auf dem Feld vergessen worden ist. »Hör nur, Bill! Lausch doch nur mal der *Welle*!«

Rand warf den Kopf zurück. Sein halboffener Mund enthüllte seine Zunge. Sie war so eingeschrumpft wie ein ausgetrockneter Schwamm.

Shapiro hörte etwas.

Er hörte die Dünen. Sie sangen Lieder vom Sonntagnachmittag am Strand – von traumlosen Nickerchen am Strand. Langen Nickerchen, sorglos und friedlich. Das Schreien von Möwen. Sich langsam bewegende, unbekümmerte Sandkörnchen. Wanderdünen. Er lauschte... und wurde magisch angezogen. Er wurde von den Dünen magisch angezogen.

»Du hörst sie«, stellte Rand fest.

Shapiro steckte zwei Finger in seine Nase und grub seine Nägel hinein, bis sie blutete. Dann erst brachte er es fertig, die Augen zu schließen; langsam und schwerfällig kehrte sein Denkvermögen zurück. Er verspürte rasendes Herzklopfen.

*Ich war schon fast wie Rand. Mein Gott!... fast hatten sie mich!*

Er öffnete die Augen wieder und sah, daß Rand einer Muschelschale an einem langen, menschenleeren Strand glich, daß ihn nach all den Geheimnissen eines nur scheintoten Meeres verlangte, während er auf die endlosen Dünen starrte und starrte und starrte...

*Schluß jetzt*, stöhnte Shapiro innerlich.

*Oh, aber lausch doch dieser Welle!* flüsterten die Dünen.

Wider jeden gesunden Menschenverstand lauschte Shapiro.

Dann hörte sein gesunder Menschenverstand auf zu existieren.

Shapiro dachte: *Ich könnte besser hören, wenn ich mich hinsetzen würde.*

Er setzte sich zu Rands Füßen, legte seine Absätze auf seine Schenkel wie ein Yaqui-Indianer und lauschte.

Er hörte die Beach Boys, und die Beach Boys sangen von Spaß, Spaß, Spaß. Er hörte sie singen, daß die Mädchen am Strand alle noch zu haben seien. Er hörte ...

... ein hohles Seufzen des Windes, nicht im Ohr, sondern in der Schlucht zwischen rechter und linker Gehirnhälfte – er hörte dieses Seufzen irgendwo in jener Finsternis, die nur von der Hängebrücke des corpus callosum überspannt wird, der bewußtes Denken mit dem Unendlichen verbindet. Er spürte keinen Hunger, keinen Durst, keine Hitze, keine Angst. Er hörte nur die Stimme in der Leere.

Und ein Raumschiff kam.

Es schoß vom Himmel herab, und seine Nachbrenner zogen eine lange orangefarbene Spur von rechts nach links. Donnergetöse ließ alles erzittern, und zahlreiche Dünen stürzten ein, so als hätte ein Kopfschuß sie niedergestreckt. Der Donner zerriß die hypnotische Umnebelung von Shapiros Gehirn, und einen Moment lang war er buchstäblich gespalten, in der Mitte gespalten, *zerrissen* ...

Dann sprang er auf.

»Ein Raumschiff!« schrie er. »Du heiliger Arsch! Ein Schiff! EIN SCHIFF!«

Es war ein Handels-Raumschiff aus dem Gürtel, schmutzig und ramponiert von 500 – oder auch 5000 – Jahren Clan-Dienst. Es brauste durch die Luft, setzte unsanft auf, schlitterte ein Stück weit. Es fügte den Dünen schwere Verletzungen zu, schmolz Sand zu schwarzem Glas. Shapiro genoß diese Wunden aus ganzem Herzen.

Rand schaute um sich wie ein Mann, der aus tiefem Traum erwacht ist.

»Sag ihm, es soll verschwinden, Billy.«

»Du begreifst nicht!« Shapiro vollführte einen torkelnden Freudentanz und schwenkte wild seine Arme. »Du wirst wieder gesund...«

Er rannte mit langen Sätzen auf das schmutzige Handelsschiff zu, wie ein Känguruh, das vor einem Buschfeuer flüchtet. Der Sand versuchte ihn zu behindern, seine Füße festzuhalten. Er trat danach. Zum Teufel mit dir, du verfluchter Sand! Ich hab einen Schatz in Hansonville. Der Sand wußte nicht, was ein Schatz war. Der Strand hatte nie einen Steifen gehabt.

Der Rumpf des Raumschiffs öffnete sich. Eine Gangway wurde herausgestreckt wie eine Zunge. Ein Mann eilte darauf herab, gefolgt von drei Androiden und einem Kyborg, bei dem es sich mit Sicherheit um den Kapitän handelte. Jedenfalls trug er eine Baskenmütze mit aufgestecktem Clan-Symbol.

Einer der Androiden richtete einen Greifarm auf ihn, aber Shapiro schob ihn einfach beiseite. Er fiel vor dem Kapitän auf die Knie und umarmte dessen Metallapparaturen.

»Die Dünen... Rand... kein Wasser... noch am Leben... hypnotisiert... unheimliche Welt... ich... Gott sei Dank...«

Der Metalltentakel eines Androiden umschlang Shapiro und riß ihn unsanft zurück, so daß er auf dem Bauch landete. Trockener Sand flüsterte unter ihm – es klang wie leises Lachen.

»Es ist okay«, sagte der Kapitän. »Bey-at shel! Me! Me! Gat!«

Der Android ließ Shapiro los und wich nervös zurück.

»Der ganze weite Weg nur für'n verdammten Versorger!« rief der Kapitän verbittert aus.

Shapiro weinte. Es tat weh, nicht nur im Kopf, sondern auch in der Leber.

»Dud! Gee-yat! Gat! Water-for-him-Cry!«

Der Mann, der als erster die Laufplanke hinabgestiegen war, warf ihm eine Saugflasche zu. Shapiro setzte sie an den Mund und trank gierig, ließ kristallklares kaltes Wasser in seine Kehle rinnen; Wassertropfen liefen ihm über das Kinn, hinterließen dunkle Streifen auf der Haut seines Raumanzugs, der ausgebleicht war wie ein Knochen. Er würgte, übergab sich, trank wieder.

Dud und der Kapitän beobachteten ihn. Die Androiden waren sprungbereit. Schließlich wischte sich Shapiro den Mund ab und stand auf. Er fühlte sich krank und zugleich sehr wohl.

»Sind Sie Shapiro?« fragte der Kapitän.

Shapiro nickte.

»Clan-Zugehörigkeit?«

»Keine.«

»ASN-Nummer?«

»29.«

»Mannschaft?«

»Drei Personen. Einer davon ist tot. Der andere – Rand – ist dort drüben.« Er deutete in Rands Richtung, ohne hinzuschauen.

Das Gesicht des Kapitäns ließ keine Gefühlsregung erkennen. Duds Gesicht hingegen zeigte Bestürzung.

»Der Strand hat ihn erwischt«, sagte Shapiro. Er sah ihre fragenden, befremdeten Blicke. »Vielleicht ein schwerer Schock. Er scheint hypnotisiert zu sein. Er redet dauernd über die... die Beach Boys... oh, tut mir leid, das können Sie ja gar nicht verstehen... Er... er ißt und trinkt nicht. Er ist schlimm dran.«

»Dud! Nimm einen der Andies mit und hol ihn da runter!« Er schüttelte den Kopf. »Ein Versorger, du lieber Himmel! Keine Bergungsprämie!«

Dud nickte. Gleich darauf stapfte er mit einem der Androiden die Düne hinauf. Der Andy sah wie ein zwanzigjähriger Surfer aus, der sich ein paar Groschen für Rauschgift verdient, indem er gelangweilten Witwen zu Diensten ist, aber sein Gang verriet ihn sogar noch mehr als die segmentierten Fangarme, die aus seinen Achselhöhlen herauswuchsen. Dieser allen Androiden gemeinsame Gang war der langsame, bedächtige, schmerzhaft aussehende Gang eines betagten englischen Butlers mit Hämorrhoiden.

Aus der Schalttafel des Kapitäns ertönte ein Summen.

»Ich höre.«

»Hier Gomez, Käpt'n. Es gibt Schwierigkeiten. Alle entsprechenden Geräte zeigen an, daß die Oberfläche hier sehr nachgiebig ist. Wir können keinen festen Untergrund ausfindig machen. Wir befinden uns jetzt auf der bei unserer Landung entstandenen Schmelzfläche, und es sieht fast so aus, als sei sie das Härteste auf dem ganzen Planeten. Das Problem ist aber, daß sie selbst schon anfängt einzusinken.«

»Empfehlung?«

»Wir sollten machen, daß wir hier wegkommen.«

»Wann?«

»Vor fünf Minuten.«

»Sie sind ein Spaßvogel, Gomez.«

Der Kapitän drückte auf einen Knopf und schaltete das Sprechfunkgerät aus.

Shapiro rollte wild mit den Augen. »Hören Sie, kümmern Sie sich nicht um Rand. Ihm ist nicht mehr zu helfen.«

»Ich nehm euch beide mit«, sagte der Kapitän. »Eine Bergungsprämie krieg ich nicht, aber die Vereinigung zahlt mir vielleicht was für euch zwei... obwohl keiner von euch beiden viel wert ist, soviel ich sehen kann. Er ist verrückt, und Sie sind ein Angsthase.«

»Nein... Sie verstehen nicht... Sie...«

Die listigen gelben Augen des Kapitäns funkelten.

»Haben Sie irgendwas bei sich gehabt, das Sie mir als Belohnung geben könnten?« fragte er.

»Kapitän... hören Sie... bitte...«

»Wenn ja, so wär's nämlich ein Jammer, es einfach hierzulassen. Sagen Sie mir, was es ist und wo es ist. Ich teile 70 zu 30 Prozent. Das ist der Standardsatz für eine Rettungsaktion.«

Die Schmelzfläche neigte sich plötzlich unter ihnen. Neigte sich merklich. Irgendwo im Innern des Raumschiffs ertönte ein gleichmäßiges Alarmsignal. Das Funksprechgerät begann wieder zu summen.

»*Da!*« schrie Shapiro. »*Da sehen Sie, womit Sie es hier zu tun haben! Jetzt ist wirklich nicht die richtige Zeit, um sich über Belohnungen zu unterhalten!* WIR MÜSSEN VERDAMMT NOCH MAL MACHEN, DASS WIR HIER WEGKOMMEN!«

»Halten Sie den Mund, sonst laß ich Ihnen von einem der Andies eine Beruhigungsspritze verpassen«, sagte der Kapitän. Seine Stimme klang ruhig, aber in seine Augen war ein neuer Ausdruck getreten. Er drückte auf den Knopf des Sprechfunkgeräts.

»Käpt'n, wir haben einen Neigungswinkel von zehn Grad, und er wird ständig größer. Wir haben noch etwas Zeit, aber nicht viel. Sonst kippt uns noch das Schiff um.«

»Die Streben werden es schon aufrecht halten.«

»Nein, Sir. Entschuldigen Sie, Käpt'n, aber das werden sie nicht.«

»Okay, schalten Sie den Zündmechanismus schon mal ein, Gomez.«

»Danke, Sir.« Die Erleichterung in Gomez' Stimme war unüberhörbar. »Sonst noch etwas?«

»Schicken Sie Chang runter. Einer der Burschen hier ist ganz ausgedörrt.«

»Jawohl, Sir.«

Dud und der Android kamen die Düne herab, aber Rand war nicht bei ihnen. Der Andy blieb immer mehr zurück. Und dann geschah etwas höchst Seltsames. Der Andy fiel vornüber aufs Gesicht. Der Kapitän runzelte die Stirn. Der Andy war nicht so gestürzt, wie man es von einem Androiden erwartet – das heißt, mehr oder weniger wie ein Mensch. Es hatte so ausgesehen, als hätte jemand eine Schaufensterpuppe umgestoßen. Er war einfach umgefallen. Plumps, und eine kleine Sandwolke stieg hoch.

Dud ging zurück und kniete neben ihm nieder. Die Beine des Andys bewegten sich noch, so als träumte er in den 1,5 Millionen freongekühlter Mikroschaltkreise, aus denen sein Gehirn bestand, daß er sich noch vorwärtsbewegte. Aber die Beinbewegungen waren langsam und ruckartig. Von Zeit zu Zeit hörten sie ganz auf. Rauch drang aus seinen Poren, und seine Fangarme zuckten im Sand. Das Ganze hatte eine grausame Ähnlichkeit mit dem Sterben eines Menschen. Ein tiefes Knirschen kam aus seinem Innern: *Graaaaaaggggg!*

»Er ist voll Sand«, flüsterte Shapiro. »Er hat die Religion der Beach Boys angenommen.«

Der Kapitän warf ihm einen ungeduldigen Blick zu. »Reden Sie keinen solchen Unsinn, Mann! Dieses Ding könnte durch einen Sandsturm laufen, ohne daß auch nur ein Körnchen in sein Inneres dringt.«

»Nicht auf *diesem* Planeten.«

Die Schmelzfläche sank wieder ein. Jetzt stand das Raumschiff schon deutlich schief. Mit leisem Stöhnen reagierten die Streben auf die größere Gewichtsbelastung.

»Laß ihn!« brüllte der Kapitän Dud zu. »Laß ihn, laß ihn! Gee-yat! Come-for-me-Cry!«

Dud ließ den Androiden mit dem Gesicht nach unten weiterhampeln und kam zurück.

»Was für 'ne Scheiße!« murmelte der Kapitän.

Er begann sich mit Dud sehr schnell in einem Pidgin-Dialekt zu unterhalten, den Shapiro teilweise verstehen konnte. Dud berichtete dem Kapitän, daß Rand sich geweigert habe mitzukommen. Der Andy habe versucht, Rand zu packen, aber ziemlich kraftlos. Er habe sich auch da schon ruckweise bewegt, und aus seinem Innern seien seltsame knirschende Geräusche gekommen. Außerdem habe er angefangen, eine Kombination von galaktischen Tagebau-Koordinaten und ein Verzeichnis der Folksong-Kassetten des Kapitäns herunterzuleiern. Daraufhin habe er — Dud — selbst eingegriffen. Es sei zu einem kurzen Kampf gekommen. Der Kapitän erklärte Dud, wenn er es zugelassen hätte, daß ein Mann ihn überwältigte, der seit drei Tagen in der heißen Sonne stand, dann eigne er sich vermutlich nicht für seine derzeitige hohe Position.

Dud bekam vor Verlegenheit einen hochroten Kopf, aber sein ernster, besorgter Gesichtsausdruck veränderte sich nicht. Er drehte langsam den Kopf, damit der Kapitän die vier tiefen Kratzer auf seiner Wange sehen konnte, die langsam anschwollen.

»Him-gat big indics«, sagte Dud. »Strong-for-Cry. Him-gat for umby.«

»Umby-him-for-Cry?« Der Kapitän sah Dud streng an.

Dud nickte. »Umby. Beyat-shel. Umby-for-Cry.«

Shapiro suchte mit gerunzelter Stirn in seinem erschöpften und verängstigten Gehirn nach der Bedeutung dieses Wortes. Und plötzlich fiel sie ihm ein. ›Umby‹. Das hieß ›verrückt‹. *Er ist stark, glauben Sie mir um Gottes willen. Stark, weil er verrückt ist. Er hat einen starken Willen, große Kraft. Weil er verrückt ist.*

Umby.

Der Boden schwankte wieder unter ihnen, und Sand wehte über Shapiros Stiefel.

Hinter ihnen ertönte das hohle *ka-thud, ka-thud, ka-thud* der sich öffnenden Atemventile. Shapiro dachte, daß das eines der schönsten Geräusche sei, die er in seinem ganzen Leben gehört hatte.

Der Kapitän saß tief in Gedanken versunken da, ein seltsamer Zentaur, dessen untere Hälfte aber kein Pferdeleib war, sondern aus komplizierten Apparaturen bestand. Dann blickte er hoch und drückte auf den Knopf des Sprechfunkgeräts.

»Gomez, schicken Sie Excellent Montoya mit einer Tranquilizer-Pistole runter.«

»Wird gemacht.«

Der Kapitän sah Shapiro an. »Jetzt habe ich zu allem übrigen auch noch einen Androiden verloren, der etwa soviel wert war, wie Sie in den nächsten zehn Jahren verdienen können. Außerdem hab ich nun endgültig die Schnauze voll! Ich mache mit Ihrem Kumpel jetzt nicht mehr viel Federlesens.«

»Kapitän!« Shapiro fuhr sich mit der Zunge über die Lippen. Er wußte, daß das einen sehr schlechten Eindruck machte. Er wollte nicht verrückt, hysterisch oder feige erscheinen, und der Kapitän schrieb ihm offensichtlich all diese Eigenschaften zu. Und wenn er sich die Lippen anfeuchtete, so mußte das diesen schlechten Eindruck noch verstärken... aber er konnte einfach nicht anders. »Kapitän, ich kann gar nicht nachdrücklich genug auf die Notwendigkeit hinweisen, diesen Planeten so schnell wie möglich zu ver...«

»Halten Sie den Mund«, sagte der Kapitän nicht unfreundlich.

Ein schwacher Schrei kam vom Gipfel der Düne, auf der Rand stand.

»Rührt mich nicht an! Kommt mir ja nicht zu nahe! Laßt mich in Ruhe! Alle sollt ihr mich in Ruhe lassen!«

»Big-indics gat umby«, sagte Dud ernst.

»Ma-him, yeah-mon«, erwiderte der Kapitän und wandte sich dann an Shapiro. »Er scheint *wirklich* in einem sehr schlimmen Zustand zu sein.«

Shapiro schauderte. »Sie wissen ja nicht Bescheid. Sie...«

Wieder senkte sich die Schmelzfläche, und nun war der Neigungswinkel unter ihren Füßen schon alarmierend. Die Streben ächzten noch stärker. Das Sprechfunkgerät knackte. Gomez' Stimme klang dünn und schwankte ein bißchen.

»Wir müssen sofort starten, Käpt'n!«

»In Ordnung.«

Ein brauner Mann tauchte auf der Laufplanke auf. Er hielt eine lange Pistole in einer behandschuhten Hand. Der Kapitän deutete auf Rand. »Ma-him, for-Cry. Can?«

Excellent Montoya, der weder von der sich immer stärker neigenden Erde — die überhaupt keine Erde war, sondern nur Sand, der zu Glas geschmolzen war (und Shapiro sah, daß es jetzt von tiefen Rissen durchzogen war) — noch von den ächzenden Streben noch von dem unheimlichen Anblick eines Androiden, der sich mit den Beinen sein eigenes Grab schaufelte, aus der Ruhe bringen ließ, betrachtete einen Moment lang Rands schmale Gestalt.

»Can«, sagte er dann.

»Gat! Gat-for-Cry!« Der Kapitän spuckte aus. »Schieß ihm meinetwegen ab, was du willst, mir ist das egal«, sagte er. »Solange er nur atmet, bis wir an Bord sind.«

Excellent Montoya hob die Pistole. Die Bewegung wirkte zu zwei Dritteln nachlässig und zu einem Drittel unbekümmert, aber sogar in seinem miserablen Zustand am Rande einer Panik bemerkte Shapiro, wie Montoya den Kopf etwas seitlich legte, als er zielte. Wie bei vielen in den Clans war die Pistole fast ein Teil von ihm – es war so, als zielte er mit seinem eigenen Finger.

Es gab ein hohles *Fuuuh!* als er auf den Abzug drückte und der Tranquilizer-Pfeil aus dem Lauf flog.

Eine Hand hob sich aus der Düne und fing den Pfeil ab.

Es war eine große braune Hand, flimmernd, aus Sand bestehend. Dem Wind zum Trotz streckte sie sich einfach aus der Düne empor und bereitete dem kurzen Flug des glitzernden Pfeils ein Ende. Dann fiel der Sand mit einem lauten Zischen wieder hinab. Keine Hand mehr. Nicht zu glauben, daß es diese Hand wirklich gegeben hatte. Aber sie hatten sie alle gesehen.

»Giddy-hump«, sagte der Kapitän fast im Konversationston.

Excellent Montoya fiel auf die Knie. »Aidy-May-for-Cry, big-gat come! Saw-hoh got belly-gat-for-Cry!...«

Obwohl Shapiro vor Entsetzen wie gelähmt war, begriff er, daß Montoya den Rosenkranz auf Pidgin betete.

Oben auf der Düne sprang Rand auf und ab, schüttelte die geballten Fäuste gen Himmel und kreischte triumphierend.

*Eine Hand. Es war eine* HAND. *Er hat recht. Diese Dünen sind lebendig, lebendig, lebendig...*

»Indic!« sagte der Kapitän in scharfem Ton zu Montoya. »Cannit! Gat!«

Montoya verstummte. Seine Blicke schweiften zu der wie wahnsinnig herumhüpfenden Gestalt auf der Düne, dann schaute er rasch weg. In seinem Gesicht stand eine fast mittelalterlich anmutende abergläubische Angst geschrieben.

»Okay«, sagte der Kapitän. »Jetzt hab ich endgültig genug. Ich geb's auf. Wir starten.«

Er drückte auf zwei Knöpfe seiner Schalttafel. Der Motor, der ihn hätte umdrehen müssen, damit er wieder mit dem Gesicht zur Gangway zu stehen kam, summte nicht; er knarrte und knirschte. Der Kapitän fluchte. Die Glasfläche bewegte sich wieder.

»Käpt'n!« Gomez. In Panik.

Der Kapitän drückte auf einen anderen Knopf, und das Laufwerk begann sich rückwärts die Gangway hinaufzubewegen.

»Führen Sie mich«, sagte der Kapitän zu Shapiro. »Ich habe keinen Rückspiegel. Es war eine Hand, nicht wahr?«

»Ja.«

»Ich will von hier weg«, sagte der Kapitän. »Es ist jetzt vierzehn Jahre her, daß ich meinen Schwanz noch hatte, aber im Moment hab ich das Gefühl, als würd ich mich bepissen.«

*Fsssst!* Eine Düne schwappte plötzlich über die Gangway hinweg. Nur war es keine Düne; es war ein Arm.

»Scheiße, verfluchte Scheiße!« murmelte der Kapitän.

Auf einer Düne hüpfte Rand immer noch kreischend auf und ab.

Jetzt begannen die Apparaturen der unteren Körperhälfte des Kapitäns zu mahlen. Der Minipanzer, auf dem Kopf und Schultern des Kapitäns wie ein Turm saßen, begann nach rückwärts zu zucken.

»Was...«

Die Apparaturen blieben stehen. Sand rieselte zwischen den einzelnen Teilen hinab.

»Tragt mich rein!« schrie der Kapitän den beiden übriggebliebenen Androiden zu. »Jetzt! SOFORT!«

Ihre Tentakel schlangen sich um die Apparaturen, und sie hoben ihn hoch – er hatte eine groteske Ähnlichkeit mit einem Fakultätsmitglied, das von einer Horde randalierender Verbindungsstudenten in einer Decke hochgeworfen werden soll. Er schaltete das Sprechfunkgerät ein.

»Gomez! Letzte Zündstufe! Jetzt gleich!«

Die Düne am Fuße der Gangway bewegte sich. Wurde zu einer Hand. Einer großen braunen Hand, die auf der Gangway hochzukriechen begann.

Schreiend rannte Shapiro vor dieser Hand davon.

Der fluchende Kapitän wurde von den Androiden in Sicherheit gebracht.

Die Gangway wurde eingezogen. Die Hand rutschte ab und wurde wieder zu Sand. Die Einstiegsluke wurde geschlossen. Die Motoren dröhnten. Keine Zeit, um die richtige Position für den Start einzunehmen; keine Zeit für etwas in dieser Art. Shapiro hockte sich einfach vornübergebeugt an der Wand hin und wurde prompt von der Beschleunigung platt an sie gepreßt. Bevor er ohnmächtig wurde, kam es ihm so vor, als greife der Sand mit muskulösen braunen Armen nach dem Handels-Raumschiff und versuche, sie alle aufzuhalten...

Dann hoben sie ab und waren fort.

Rand blickte ihnen nach. Er setzte sich. Als auch die letzte Spur der Triebwerke des Raumschiffs schließlich vom Himmel verschwunden war, wandte er seinen Blick von neuem der ruhigen Unendlichkeit der Dünen zu.

Langsam, nachdenklich begann er, eine Handvoll Sand nach der anderen in den Mund zu stopfen. Er schluckte... schluckte... schluckte. Bald glich sein Bauch einer dicken Trommel, und Sand bedeckte allmählich seine Beine.

# Anhang

Originaltitel der Geschichten, Übersetzer und Erstveröffentlichungen

**Der Affe — The Monkey**
Deutsche Übersetzung von Alexandra von Reinhardt
bereits erschienen im »Jahresband 1986« (Heyne TB 6600)

**Paranoid: Der Gesang — A Chant**
Deutsche Übersetzung von Joachim Körber

**Der Textcomputer der Götter — Word Processor of the Gods**
Deutsche Übersetzung von Alexandra von Reinhardt

**Für Owen — For Owen**
Deutsche Übersetzung von Jachim Körber

**Der Überlebenstyp — Survivor Type**
Deutsche Übersetzung von Monika Hahn
bereits erschienen in: Weißbuch des Schwarzen Humors (Heyne TB 6351)

**Der Milchmann schlägt wieder zu — Big Wheels: A Tale of The Laundry Game (Milkman 2)**
Deutsche Übersetzung von Alexandra von Reinhardt

**Der Fornit — The Ballad of the Flexible Bullet**
Deutsche Übersetzung von Alexandra von Reinhardt
bereits erschienen im »Jahresband 1987« (Heyne TB 6700)

**Der Dünenplanet — Beachworld**
Deutsche Übersetzung von Alexandra von Reinhardt

# Dean Koontz

*»Er bringt die Leser dazu, die ganze Nacht lang weiterzulesen... das Zimmer hell erleuchtet und sämtliche Türen verriegelt.«*

*Eine Auswahl:*

**Die Augen der Dunkelheit**
*01/7707*

**Schattenfeuer**
*01/7810*

**Schwarzer Mond**
*01/7903*

**Tür ins Dunkel**
*01/7992*

**Todesdämmerung**
*01/8041*

**Brandzeichen**
*01/8063*

**In der Kälte der Nacht**
*01/8251*

**Schutzengel**
*01/8340*

**Mitternacht**
*01/8444*

**Ort des Grauens**
*01/8627*

**Vision**
*01/8736*

**Zwielicht**
*01/8853*

**Die Kälte des Feuers**
*01/9080*

**Die Spuren**
*01/9353*

**Nachtstimmen**
*01/9354*

**Das Versteck**
*01/9422*

**Schlüssel der Dunkelheit**
*01/9554*

**Die zweite Haut**
*01/9680*

**Highway ins Dunkel**
*Stories*
*01/10039*

Heyne-Taschenbücher

# Dan Simmons

*Der Meister des Phantastischen.*

*»Dan Simmons schreibt brillant.«*
*Dean Koontz*

**Styx**
*01/9779*

**Sommer der Nacht**
*01/9798*

**Kinder der Nacht**
*01/9935*

**Kraft des Bösen**
*01/10074*

01/9935

# Heyne-Taschenbücher

# Clive Barker

»Ich habe die Zukunft des Horrors gesehen, sie heißt Clive Barker.«
Stephen King

»Anspruchsvoll und packend.«
FRANKFURTER ALLGEMEINE ZEITUNG

**Das Tor zur Hölle »Hellraiser«**
01/8362

**Cabal**
01/8464

**Jenseits des Bösen**
01/8794

**Gyre**
01/8868

**Imagica**
01/9408

**Stadt des Bösen**
01/9595

01/9595

Heyne-Taschenbücher

# Stephen King

*»Stephen King kultiviert den Schrecken... ein pures, blankes, ein atemloses Entsetzen.«*

*Eine Auswahl:*

**Brennen muß Salem**
*01/6478*

**Im Morgengrauen**
*01/6553*

**Der Gesang der Toten**
*01/6705*

**Die Augen des Drachen**
*01/6824*

**Der Fornit**
*01/6888*

**Dead Zone - das Attentat**
*01/6953*

**Friedhof der Kuscheltiere**
*01/7627*

**Das Monstrum - Tommyknockers**
*01/7995*

**Stark »The Dark Half«**
*01/8269*

**Christine**
*01/8325*

**Frühling, Sommer, Herbst und Tod**
*Vier Kurzromane*
*01/8403*

**In einer kleinen Stadt »Needful Things«**
*01/8653*

**Dolores**
*01/9047*

**Alpträume**
*Nightmares and Dreamscapes*
*01/9369*

**Das Spiel**
*01/9518*

**Abgrund**
*Nightmares and Dreamscapes*
*01/9572*

**»es«**
*01/9903*

**Das Bild – Rose Madder**
*01/10020*

*Im Hardcover:*
**Desperation**
*43/44*

Heyne-Taschenbücher